KB251674

Dinerline

태오 게임 판타지 소설
Fantasy Frontier Spirit

디넬라인

디넬라인 1

태오 게임 판타지 소설

초판 1쇄 찍은 날 § 2005년 12월 12일
초판 1쇄 펴낸 날 § 2005년 12월 22일

지은이 § 태오
펴낸이 § 서경석

편집장 § 문혜영
편집책임 § 김규진
편집 § 이재권 · 유경화 · 심재영

펴낸곳 § 도서출판 청어람
등록번호 § 제1081-1-89호
등록일자 § 1999. 5. 31
어람번호 § 제1-0659호

주소 § 경기도 부천시 원미구 심곡1동 350-1 남성B/D 3F (우) 420-011
전화 § 032-656-4452 팩스 § 032-656-4453
http://www.chungeoram.com
E-mail § eoram99@chollian.net

ISBN 89-5831-880-5 04810
ISBN 89-5831-879-1 (세트)

Dinerline

태오 게임 판타지 소설

Fantasy Frontier Spirit

디넬라인

1

도서출판 청어람

CONTENTs

Chapter 1 /7

Chapter 2 /19

Chapter 3 /64

Chapter 4 /118

Chapter 5 /167

Chapter 6 /210

Chapter 7 /266

Chapter 8 /281

"강호야—!"

"……."

"강호야—!!"

모범적인 백수답게 강호는 9시가 넘도록 침대에서 뒹굴고 있었다. 열심히 꿈나라를 헤매고 있는 강호를 강호의 어머니 유경희 씨가 열심히 불러대고 있었다.

벌컥!

강호의 어머니가 방문을 열고 들어왔다. 그리고는 침대에서 뒹구는 강호를 보고 유경희 씨는 속에서 무언가가 끓어오르는 것을 느꼈다. 그녀는 그 끓어오르는 기운을 물리적인 힘으로 승화시켜 손바닥으로 모았다. 그리고는 강호의 엉덩이를 무시무시한 기운이 담긴 손바닥으로 절도있게 내려치기 시작했다.

“야!”

“흡!”

“이 머시마야!”

“커억!”

“면접 날까지!”

“끄악!”

“퍼질러!”

“…….”

“자냐!”

네 번째 일격을 참으며 타이밍을 노리던 강호는 물 찬 제비를 가장한 개구리같이 침대를 튀어나왔다. 어떻게든지 한 대라도 덜 맞아보겠다는 강호의 모습이 애처로워 보였다.

“타앗―!”

하지만 강호는 자신의 어머니가 피하는 자신을 보며 미소를 짓고 있다는 것을 알지 못하였다.

유경희 씨의 미소와 함께 다섯 번째 일격을 위해 떨어지고 있던 유경희 씨의 손이 허공에서 거의 직각으로 꺾이며 강호의 엉덩이를 강타했다.

픽!

“으엑?”

침대에서 개구리같이 뛰쳐나가던 강호의 엉덩이로 떨어진 과다한 운동 에너지와 침대의 높이에 따른 위치 에너지가 더해졌다. 그리고 강호는 애꿎은 방바닥에 모든 에너지를 전달해 주었다.

철퍼덕!

"크으… 엄마! 아들내미 죽일 작정이우?"

강호가 방바닥에 개구리같이 뻗어서 고개만 돌려 째려보며 소리쳤다.

"너는 매일 하는 일이라고는 만화책 보는 것밖에 없으면서 변초(變招)도 모르냐?"

강호는 어처구니없다는 표정으로 유경희 씨를 올려다보았다. 역시 어머니는 강했다.

강호는 방바닥에서 일어나면서 항복한다는 듯이 양팔을 들어 올렸다.

"졌수다."

그 모습을 보고 유경희 씨는 강호의 머리에 알밤을 먹였다.

"오늘 10시에 면접 있다고 안 했냐? 지금이 9시 30분이다. 빨리 씻고 옷 갈아입고 나갓!"

유경희 씨가 날카롭게 외쳤다. 그래서 강호는 아침밥도 못 먹고 부라부라 씻은 후 정장을 입고 대문을 나섰다.

"김강호 씨?"

"예?"

"들어오십시오."

한 여사원이 면접실 앞에서 기다리고 있는 강호를 불렀다. 강호는 급하게 달려오느라 구겨진 양복을 문질러서 좀 펴보려고 했으나 별 성과는 없었다. 강호는 고개를 푹 숙인 후 혼잣말을 했다.

"그래, 김강호! 너는 할 수 있어! 면접 100번 실패의 위업을 달성할 수는 없어! 그래, 딱 100번째에 합격하면 되는 거야! 아자!"

강호는 두 뺨을 손바닥으로 탁탁 쳤다.

"김강호 씨? 어서 들어오십시오."

여사원의 재촉에 강호는 긴장을 하며 열려 있는 면접실의 문으로 들어갔다.

"젠장—!"

강호의 외침에 거리를 걷고 있던 사람들은 강호를 미친 사람 보듯이 했지만 강호는 개의치 않고 계속 걸었다.

"젠장, 이번이 100번째인가?"

비록 결과는 나오지 않았지만 강호는 자신이 떨어졌다는 것을 대충 감 잡을 수 있었다. 면접 100번 실패의 위업은 이 험난한 취업난에서도 쉽게 이룰 수 있는 것이 아니기에 그만큼 누적된 경험은 강호의 탈락을 확신하고 있었던 것이다.

"제엔장……."

인상을 찌푸리던 면접관의 면상이 떠오르자 강호의 면상도 덩달아 찌그러졌다. 그렇게 강호는 얼굴을 한껏 찌그리며 집으로 향했다.

"잘 봤냐?"

대문을 열자마자 유경희 씨는 강호에게 물었다.

"딱 보니 또 떨어졌구먼? 오늘이 100번째 아니냐? 잔치라도 열어주리?"

유경희 씨의 비꼼에도 강호는 묵묵히 현관을 들어서서 신발을 벗고 자신의 방으로 들어갔다. 축 처진 그 모습이 유난히 처량해 보였다. 오늘따라 아들이 안쓰러워 보인 유경희 씨는 다독거려 주고자 강호의 방문 고리를 지그시 잡았다.

벌컥.

그때 강호의 방문이 열렸다. 그리고 강호가 괴성을 지르며 뛰쳐나왔다.

"아버지—!"

뛰쳐나오는 강호와 가까스로 충돌을 피한 유경희 씨는 괴성을 지르는 강호를 보며 미소를 지었다.

한편, 안방으로 뛰어들어 온 강호는 방바닥을 부술 기세로 무릎을 꿇으며 슬라이딩을 했다.

"…뭐냐?"

당황한 강호의 아버지 김강석 씨가 강호에게 물었다. 밖으로 나가려고 하는 김강석 씨 앞에 정확하게 정지한 강호는 비장한 얼굴로 말문을 열었다.

"아버지! 사회의 안녕과 평안에 가장 악영향을 미치는 청년 실업이라는 과제는 몇백 년 동안 이 대한민국에서 사라지지 않은 고질적인 문제로 이 악질적인 현상은 1억 2천만 한민족의 꿈과 희망을 책임질 청년들의 여린 가슴을 무참히 짓밟는 잔인하며 악독한 사회적 이슈입니다. 서기 20세기 후반, 혹은 21세기 초반부터 현재 25세기 중반까지 이어져 오는 이 악마의 사슬은 국가의 경제를 옭아매고 있습니다. 그래서 저 김강호는 이십대의 태반이 백수라는 이 사회에서 한 가닥의 희망의 불빛을 피워보고자 합니다. 저의 이 자그마한 희망의 불꽃은 자라나고 있는 이 국가 청년들의 취업난을 해결하게 될 것이며 결국에는 국가의 안녕과 발전에 크나큰 영향을 끼칠 것입니다. 아버지! 어머니! 이 국가의 안녕과 발전은 아버지와 어머니의 손에 달려 있습니다. 1억 2천만 국민의 꿈과 희망은 아버지와 어머니의 손에 달려 있다는 것입니다! 도와주십시오! 저는 이 사회에 진정한 청년의 모습을 보여주기 위해 사업을 해야만 합니다. 저의 사업의 시작은 온 청년들의 사업의 계기가 되어 취업난을 해결할 것이며 더 나아가 국가의 발전에 이바지할 것이며 더욱더 나아가서는 세계의 평화에 이바지하게 될 것입니다!"

강호의 일장 연설이 끝나자 김강석 씨는 강호를 미친놈 보듯이 보고 있었다. 어느새 들어온 유경희 씨 역시 김강석 씨와 같은 표정으로 강호를 보고 있었다. 그리고 그들의 생각 역시 부부는 일심동체(一心同體)라는 말과 같았다.

'…원래 저런 놈이 아니었는데… 뭘 잘못 먹었나?'

전 외무부 차관까지 역임했던 김강석 씨는 자신 앞에서 무릎을 꿇고 있는 아들을 보며 떨떠름한 표정으로 한마디 던졌다.

"취직 실패해서 사업하고 싶다는 말로 알아듣겠다. 그래서 본론이 뭐냐?"

자신이 그렇게 긴 말을 했다는 것에 스스로 대견해하던 강호는 아버지의 물음에 다시금 비장한 표정을 지으며 답했다.

"국가의 발전과 세계의 평화를 위해 사업을 해야 되겠다는 것입니다."

김강석 씨는 무릎을 꿇고 있는 강호를 피해서 방을 나가려고 했다. 하지만 그의 바짓가랑이를 잡는 손이 있었다.

"아버지!"

"뭐냐?"

강호는 비굴한 표정을 지었다.

"구, 국가와 세계의 발전을 위해서 사업 자금 좀 대주실래요?"

"돈 없다!"

비정한 아버지 김강석 씨는 매몰차게 거절하고 방에서 나가려고 했으나 바짓가랑이를 붙잡고 있는 강호의 손 때문에 나갈 수가 없었다.

"아버지!!"

강호의 절규와 초롱초롱한 눈빛 어택에 김강석 씨는 한숨을 쉬며 말했다.

"앉아라."

김강석 씨와 유경희 씨, 그리고 김강호 세 식구는 안방에 앉아서 조용히 대화를 시작했다.

"자… 무슨 사업을 할 거냐?"

"자세히 생각해 보지는 않았지만… 제 전공인 경영학과 아버님께 물려받은 외교술을 잘 살릴 수 있는 것으로 선택해야겠지요."

그 순간 김강석 씨의 미간이 살짝 찌푸려졌다.

"아직 뭐 할 건지도 정하지 않고 이 난리를 피운 거냐?"

김강석 씨의 말에 찔끔한 강호는 급히 부정했다.

"아닙니다! 제가 현재 생각하고 있는 사업은 함경도의 삼 종류를 외국으로 수출하는 무역업을 생각하고 있으며 함경도의 삼은 세계에서 가장 뛰어난 효능을 가지고 있는 삼으로 인식되어 있음에도 불구하고 무역업에 종사하는 사람들이 의외로 적어 상당히 가능성이 있는 사업으로 보입니다."

강호의 말을 듣고 김강석 씨의 얼굴이 살짝 풀렸다. 그리고 다시 물었다.

“얼마나 들 것 같냐?”

강호는 곰곰이 생각해 본 뒤 말했다.

“아무리 안 돼도… 2억은 있어야 뭐가 되겠는데요?”

2억. 취업난은 결코 해결하지 못했지만 물가 안정은 심혈을 기울여서 성공시킨 정부의 노력이 헛되지 않게 20세기 후반의 급격한 물가 상승과는 대조적으로 근 500여 년 동안 물가가 유지되었다. 그렇기에 2억이라는 돈은 만만한 돈이 절대 아니었다.

‘2억’ 이란 말을 듣자마자 김강석 씨와 유경희 씨는 버럭 소리를 질렀다.

“2억이 옆집 똥개 이름이냐! 안 된다! 그런 돈 없다!”

“에이, 차관쯤 돼서 퇴직하면 퇴직금 많지 않아요?”

“돈 없어, 임마!”

버럭 소리를 지르며 나가려고 하는 아버지를 강호가 붙잡았다.

“얼마나 대줄 수 있는데요? 제가 그 안에서 다른 사업을 찾아보겠습니다.”

“한 천만… 커억!”

유경희 씨가 김강석 씨의 옆구리를 사정없이 꼬집었다. 그리고 옆구리를 잡고 고통스러워하는 강호의 아버지 대신 유경희 씨가 말을 이었다.

“딱 이백만 원! 그 이상은 절대로 안 된다!”

강호는 말도 안 된다는 듯이 소리를 질렀다.

“요즘 세상에 이백만 원 가지고 누구 코에 붙인다고 그래요! 딱 보니까 천만 원쯤 될 것 같은데 그 정도만 좀 빌려주면 안 될까요? 그러면 나중에 몇 배로 갚을 텐데…….”

거기에 유경희 씨는 강경하게 대응했다.

"네 아빠 퇴직금이랑 내 퇴직금은 아들내미 사업하는 데 쏟아 부으려고 모은 게 아니라 우리의 아름다운 노후를 위해서 모은 거다. 그러니까 절대로 안 된다. 이백만 원도 받기 싫은가 보지? 이백만 원 정도는 도와줄 테니까 능력껏 해봐라."

강호는 한숨을 푹 쉬었다.

"에구, 알았습니다. 그러면 대강 다시 찾아보고 안 되면 다시 취직 시험이나 보죠 뭐."

강호는 자신의 방으로 돌아와서 곰곰이 생각해 보았다. 솔직히 부모님께 손 벌리기는 싫었지만 취직이 안 되니 방법이 없었다. 어쩔 수 없이 그는 이백만 원으로 할 수 있는 사업을 계속 생각해 보았다.

강호의 인생 20여 년의 기간에 영향을 끼친 것은 많고도 많았지만 그중에 가장 강렬한 영향을 끼친 것은 단 한 가지였다.

세상은 불공평하다.

그렇다. 이 세상은 불공평하다. 아무리 공평해지고 싶어도 공평함에 가까워질 수는 있지만 공평해질 수는 없다. 어차피 불공평한 세상, 불공평한 직장을 얻는 것이 강호의 인생 목적이었다. 시간 많고 보수 많고 편한 직장. 하지만 그런 직장이 어디 있을까.

"젠장! 이백만 원 가지고 어떻게 사업을 해?"

그런 직장이 어디 있을까. 그렇게 보자면 그런 사업이 어디 있을까. 빈익빈(貧益貧) 부익부(富益富)라 하지 않았는가. 더 많은 돈을 벌려면[益富] 부(富), 즉 자본(資本)이 있어야 하지 않겠는가.

"애구, 어떻게 할 만한 것이 이렇게 없나……."

대충 사업 구상을 한다고 웹 서핑을 하기는 하는데 영 결과가 마땅치 않다.

강호는 한숨을 쉬었다. 취직이란 어려운 것이었다.

이렇게 저렇게 사업 정보를 검색하며 인터넷 서핑을 하다가 은행 웹페이지로 들어간 강호는 이상한 것을 보게 되었다.

"응? USD는 미국 달러고 EUR은 유로고… 그런데 DLG? 그리고 환율이 10,015.8910? 왜 이렇게 비싸?"

은행 웹 페이지 구석에 달려 있는 환율표에 자신이 모르는 통화가 하나 더 있기에 갑자기 의문이 생겼다. 그리고 잠시 생각해 보자 언젠가 교수님이 DLG를 언급한 것이 생각났다. 몇 년 전의 일이지만 경제학에도 상당히 관심이 많았던지라 DLG라는 통화에 대해 기억해 낼 수 있었다.

"Dinerline Gold. 디넬라인이라는 게임의 통화라고 했지……?"

디넬라인 골드라는 것을 보자 왠지 느낌이 왔다. 어차피 특별히 하는 일도 없었던지라 천천히 '디넬라인 골드'에 대한 자료를 찾기 시작했다.

"디넬라인… 디넬라인……."

한때는 몇 가지 게임을 프로게이머 수준으로 할 정도로 빠삭했던 강호였지만 대학 졸업 후에는 유경희 씨의 닦달과 자신도 취직이라는 것에 대해 상당히 강박 관념이 있었던지라 게임 종류를 근절했던 것이다. 그 덕분에 각종 만화책을 통달하게 되었지만.

그러면서 강호는 디넬라인 정식 홈페이지로 접속했다. 그러자 멋들어진 홈페이지가 모니터에 나타났다.

어려서부터 이상하게 돈에 관심이 많았던 강호는 대학까지 경영학

과 경제학을 전공하였지만 여러 가지 환경이 상당히 나빴던 관계로 그
런 것들을 써먹어본 적은 한 번도 없었다. 하지만 타고났다고 할 수도
있는 감각은 강호에게 무언가를 말해 주었다. 왠지 이백만 원 가지고
하는 사업을 찾은 것 같은 느낌, 불공평함에서 나오는 특유의 오오라,
그것들이 강호의 뇌리를 자극하고 있었다.

　"그래, 조금 더 조사를 해보는 거야."

　강호는 좀 더 자세한 계획을 세우기 위해 그 홈페이지를 뒤지기 시
작했다.

　홈페이지에 기록된 모든 자료를 파악, 분석하고 하다못해 게시판의
글까지 거의 다 읽은 강호는 자신의 사업 계획이 점점 잡히는 것을 느
끼고 흥분하기 시작했다.

　"호오……."

　그리고 다른 사람들과 같은 발전 속도로 자신의 캐릭터가 발전하여
돈을 벌게 된다면 적자에서 흑자로 돌아서는 기간을 계산해 보았다.
그러자 딱 3개월이면 원금은 나오며 그 후로는 한 달에 약 80골드, 즉
팔십만 원가량의 수입이 있다는 계산이 나왔다.

　"크큭."

　강호의 입이 좌우로 길게 찢어졌다. 강호의 심장은 터질 듯이 뛰었
다. 종이에 쓰여 있는 800,000라는 숫자가 강호를 즐겁게 만들었다.

　강호는 다짐했다. 대박을 낼 것이라고.

　'이 세상이 불공평하다면 나도 불공평하게 살리라.'

　반쯤 풀린 강호의 눈은 천장에 붙어 있는 환한 전등을 바라보고 있
었으며, 좌우로 길게 찢어진 강호의 입에서는 침이 줄줄 흘렀다.

'불공평한 세상이여! 너의 그 산물을 보거라!'

강호의 뇌는 다량의 엔돌핀(Endorphin)의 침투로 날뛰었다. 강호의 길지 않은 인생 내내 이러한 일은 없었다.

기쁨이란 이런 것인가.

즐거움이란 이런 것인가.

인생의 목적에 한 걸음 들어서는 느낌. 그 짜릿함이 강호의 영혼을 울렸다.

그리고 내장이 튀어나올 정도로 크게 소리쳤다.

"아버지—!"

밤새도록 정보를 수집하여 결국 돈을 어떻게 벌 것인가에 관해 완벽한 기획서를 작성한 강호는 기쁨의 눈물을 흘렸다.

'백수에서의 탈출! 드디어 나도 돈을 벌 수 있는 것이다. 불공평한 세상에서 불공평하게 살리라. 재계(財界)의 거부가 되어 만 평짜리 저택을 짓고 말리라.'

기쁨의 눈물을 휘날리며 안방으로 뛰어가는 강호의 모습은 감동 그 자체였다.

백수의 한(恨).

그 한이 한여름의 얼음 녹듯이 녹아 눈물로 변하는 모습이었다. 면접 100회 탈락의 절망이 희망으로 바뀌었으며 집에서 뒹굴며 모아둔 몸 안의 지방이 에너지로 바뀌어 몸속을 휘저었다.

"아버지! 어머니! 제가 드디어 직업이 생겼습니다!"

강호의 어머니와 아버지는 강호의 절규로 새벽 5시부터 깨서 멍한 표정으로 강호를 바라보았다.

Chapter 2

다음날. 강호는 곧바로 여러 가게를 들러가면서 디넬라인을 구입했고, 현금을 DLG로 환전했다. 다른 곳에 정신이 팔려서 강호는 잘 몰랐지만 디넬라인이라는 게임은 상당히 유명해서 환전과 게임 구입은 그다지 어렵지 않았다.

가상현실 게임 기기를 좁디좁은 방 안 가득 설치한 강호는 디넬라인의 세계로 접속했다. 가슴이 두근두근대는 것이 상당히 부담될 정도였지만 다행히도 디넬라인 접속에는 아무런 영향이 없었다.

*　　　*　　　*

디넬라인의 접속은 성공적으로 이루어졌다. 현실과 거의 다른 점을 찾기 힘들 정도로 현실감이 흘러넘치는 중세풍의 배경이 강호의 주위로 펼쳐졌고, 강호는 흐릿하게 미소를 지으며 디넬라인에서의 첫발을 내디뎠다.

"잠깐!"

강호가 주위를 둘러보고 있을 때 갑자기 뒤에서 누가 강호를 부르는 듯했다.

"죄송합니다!"

중세 배경에 전혀 안 어울리는 정장을 입은 젊은 남자는 강호에게 사과를 하고는 강호의 손을 잡아끌었다.

'슈우웅' 하는 소리와 함께 강호는 어디론가 다른 곳으로 이동되었다.

"훗."

강호는 살짝 실소를 터뜨렸다. 이 특이한 가입 방법은 초보자들을 상당히 당황하게 만드는 것으로 유명했다. 그리고 강호는 사이트를 뒤지며 벌써 이것을 알고 있었다.

강호는 주위를 쓱 둘러보았다. 그냥 평범한 카페였다. 그리고 그 카페에는 탁자마다 사람들이 앉아서 뭔가를 적고 있었다.

"여기 신상 정보를 기입해 주십시오."

강호를 끌고 온 사람은 종이와 펜을 내밀었다. 강호는 그것들을 받아 들고 종이를 바라보았다.

이름 :

디넬라인 내 희망 이름 :

나이 :

…….

강호는 자신감 넘치는 미소를 지었다. 수많은 이력서를 작성해 본 경험으로 이런 것쯤이야 눈 감고도 어디에 무엇을 써야 하는지 알 수 있는 경지에 이른 그였다.

강호는 이름을 쓰고 디넬라인 내에서의 희망 이름도 썼다.

"삐이이이! 이 이름은 이미 사용되고 있는 이름입니다. 다른 것을 기입해 주십시오."

"……."

강호는 그럴 줄 알았다는 듯이 고개를 설레설레 내저었다. 그리고 다른 아이디를 기입해 넣기 시작했다.

한참 동안 아이디랑 씨름을 하던 강호는 결국 디르라는 아이디를 낙찰받게 되었다. 상당히 간단하고 어감도 좋은 아이디인데 아직 쓰는 사람이 없는 것이 신기했지만 뭐 좋은 게 좋은 거라고 좋게 생각하기로 했다.

강호는 그 카페에서 다시 디넬라인으로 퉁겨왔다.

강호의 입가에 미소가 자연스럽게 그려졌다.

벌써 디넬라인으로 접속한 지 며칠이 되었다. 조급해지는 마음을 다 잡고 정보 수집을 다니는 중이었다.

강호는 오늘도 자할라딘의 이곳저곳을 둘러보며 분위기를 익히고 있었다. 일어나자마자 아침밥을 먹고 접속을 해서인지 게임 안의 풍경도 새벽의 그것이었다. 디넬라인의 시간은 한국의 시간과 동일했기 때문이다.

　강호는 자꾸만 조급해지는 마음을 다스렸다. 빨리빨리 기획서대로 해서 돈을 벌고 싶은 마음이 하루에도 수십 번씩 불쑥불쑥 일었으나 이럴 때는 신중한 것이 가장 빠른 길이라는 것을 알고 있었다.

　어스름한 새벽 안개가 은은하게 깔린 고즈넉한 거리에 꽤나 고풍스러운 건물들이 주위로 정리, 정돈되어 자리잡고 있었다. 강호도 가보지는 못했지만 이탈리아의 유명한 중세 도시들의 유적을 보는 듯한 느낌이었다. 바닥도 돌로 이루어져 있었고 건물도 거의가 석조 건물들이었으니.

　안개가 점점 옅어져 갔다. 아무도 없던 거리에 점점 지나다니는 사람들이 늘고 있었다. 강호는 거리 구석에 벽을 등지고 쪼그려 앉았다.

　강호의 눈이 하늘을 향했다.

　푸르른 하늘. 어스름한 주위 광경과는 다르게 하늘은 매우 밝았다. 그리고 그 밝음은 강호의 마음도 밝게 만들어주었다.

　"아참!"

　강호는 옷에 달린 호주머니들을 뒤적거렸다. 가장 처음에 주는 기본적인 옷이라서 그다지 멋도 없고 기능도 없었지만 그래도 나름대로 소박한 맛이 있는 옷이었다.

　강호의 바지 왼쪽 호주머니에서 동그란 주머니, 다르게 보면 자루같이 생긴 주머니가 나왔다. 역시 기본적으로 제공되는 주머니였다. 그리고 바깥 세상에서 환전이라든지 문서 전환을 할 때 필요한 꽤 중요한 주머니이기도 했다.

　강호는 그 주머니에서 서류 한 뭉치를 꺼내었다. 환전할 때 문서도 안으로 들이는 것이 가능하다고 해서 들여온 사업 기획서였다.

디르 프로젝트. 그렇게 시작하는 기획서는 며칠 전보다 훨씬 길어져 있었다. 나름대로 수집한 정보를 덧붙인 것이었다.

강호는 기획서를 쭉 다시 읽어보았다. 대충 간단히 요약하자면 기획서의 내용은 이러했다.

· 자하딘으로 간다. 가장 안정된 대륙이기에 사업이 수월하다. 유저가 많은 사르딘이나 카샤딘과는 달리 유저가 전혀 없다고 할 수 있기에 단점이 있다고 할 수 있지만 상관없다.

· 마법사탑에 가서 시간을 확장하는 마법을 배운다. 수강료를 받는다는 뜻은 돈만 내면 가르쳐 준다는 뜻이리라.

· 도시 외곽에 싸구려 창고를 사서 포도주를 제조한다.

· 마법으로 시간을 빠르게 해서 고급 포도주를 양산한다.

· 포도주를 판다.

· 돈을 번다!

기획서의 마지막 줄을 읽은 강호의 입가가 양쪽으로 길게 찢어졌다. 그리고 전체적으로 매우 음흉한 오오라가 흘러나왔다. 같은 사람이라고는 믿기지 않을 정도였다.

"훗."

강호, 아니, 이젠 디르. 디르는 자리에서 일어섰다. 이를 악문 그의 모습이 비장해 보였다.

원래 인상이 평범하고 오랜 백수 생활로 약간은 어리버리해 보이는 분위기는 날카로워진 눈빛에 의해 사라졌다. 이제는 독기(毒氣)가 흘러나올 만큼 분위기가 바뀐 디르는 천천히 발을 옮겼다. 이제 안개는 사라지고 강렬한 태양이 거리를 비추고 있었다.

비장하게 마음을 먹은 디르는 천천히 거리를 걸어나갔다.

기획서대로 하자면 마법사탑으로 가야 할 때였다.

디르는 길쭉한 마법사탑을 올려다보았다. 목을 뒤로 한참을 꺾어야 겨우 끝이 어디쯤인지 가늠할 정도였다. 마법과 상당한 건축 기법을 조화시켜서 지어낸 건물이라 기형적으로 높았던 것이다. 사실 그것 덕분에 찾아오기가 매우 수월했다.

디르는 마법사탑의 철문을 바라보았다. 상당히 두꺼워 보이는 것이 아마도 안에서 열어주어야 들어갈 수 있는 듯했다. 사실 문고리도 없는 문이지 않은가.

탕탕탕!

디르의 손이 철문을 치는 것과 함께 둔탁한 소리가 났다. 그래도 왠지 마법사들이 사는 곳 같은 느낌이 났다. 그에 디르의 가슴이 살짝 긴장으로 조여왔다.

그르르륵!

무거운 철문이 마찰음과 함께 열렸다. 그리고 그 내부는 호텔의 프론트를 보는 것같이 깔끔하고 마법을 이용해서 밝은 인테리어를 구성해 놓아서 밖의 무식한 돌탑과는 매우 안 어울렸다.

디르는 살짝 놀란 표정을 재빨리 거두고 안으로 들어갔다. 발바닥으로 느껴지는 카펫의 부드러운 느낌이 얇디얇은 초급 신발을 통해 느껴졌다.

디르는 어색하지만 접대용 미소를 지으며 카운터 앞에 섰다.

"안녕하십니까? 디르라고 합니다."

디르의 말에 카운터에 앉아 있던 젊은 마법사는 미소를 지었다.

"안녕하세요? 어떻게 오셨습니까?"

친절한 마법사의 말에 디르는 빙그레 미소를 지었다. 어색하긴 했지만 그래도 보기 좋은 수준이었다.

"마법을 배우고 싶어서 들렀습니다만… 어떻게 해야 할까요?"

"우선… 어떤 마법 계열을 배우고 싶으신지 말씀을 해주셔야 합니다. 마법이라는 것이 분야가 한두 가지가 아니라서 말이죠."

"공간과 시간을 다루는 마법을 배우고 싶습니다."

마법사의 말에 디르는 냉큼 대답했다. 그에 젊은 마법사는 디르의 얼굴을 흘끔 쳐다보았다. 예상했던 대답이 아니었기 때문이리라.

"그게 말이죠… 저희 마법사탑에서는 그 분야의 마법 강의를 하고 있지 않습니다. 물론 기본적인 마법들이라면 되겠지만 말씀하시는 것을 보니 기본적인 공간 마법을 원하시는 것 같지는 않군요."

젊은 마법사의 말에 디르의 가슴이 철렁 내려앉았다.

"그게… 말이 됩니까? 중급 이상의 공간 마법을 가르칠 사람이 이 탑에 하나도 없다는 말이 도저히 믿기지가 않는군요."

디르의 말에 젊은 마법사는 난감한 표정을 지었다.

"그게… 워낙 비인기 분야라서 말이죠. 열심히 익혀도 다른 마법과는 달리 진전이 매우 느리고 효율성도 적다 보니……."

젊은 마법사의 말에 디르는 매우 실망했다. 사르딘같이 공격 마법에 치중한 마법사들이 많은 곳을 피해서 일부러 이곳으로 왔는데 그래도 마법의 분야를 고루 갖추고 있는 자하딘 대륙의, 그것도 가장 큰 도시라는 자할라딘의 중앙 마법사탑이 그 분야를 가르치지 않는다면 어디서 그 마법 분야를 배울 수 있겠는가. 그렇다고 독학을 할 시간이 있는 것도 아니고.

초반부터 계획이 막혀 버렸다. 마법을 배우지 못하고는 계획을 진행할 수 없었다. 그렇다고 초반만을 익혀서는 죽도 밥도 안 되고. 점점 절망이 디르의 머리 속을 채우고 있었다.

디르의 실망스러운 표정을 보자 젊은 마법사는 안절부절못했다. 마법을 배우고 발전시키는 곳에서 배울 수 없는 마법 때문에 실망하는 사람이 나온다는 것은 고른 마법의 발전을 추구하는 마법사탑의 기본 이념에 맞지 않았다.

"사실… 한 분 있기는 한데 가르치는 일을 극도로 싫어하시는 분이라…….”

젊은 마법사의 말을 들은 디르의 눈이 번뜩였다. 희망이 보였던 것이다.

"그분께 연락해 주십시오.”

디르의 결의에 찬 눈을 보며 젊은 마법사는 한숨을 쉬었다. 그런 말은 아예 꺼내는 것이 아니었건만. 벌써 들어버린 이상 말은 꺼내봐야 하지 않겠는가.

"잠시만요.”

젊은 마법사는 카운터에 놓여 있는 수정 구슬에 손을 대고 뭐라고 중얼거리기 시작했다. 아마도 전화기 같은 목적으로 사용되는 물건인 듯했다.

"싫다시는데요?”

"이익!”

한참을 이야기하던 젊은 마법사에게서 나온 말에 디르는 뭔가가 끓어오르는 것을 느꼈다.

"후우!"

심호흡을 하면서 열을 가라앉힌 디르는 조용히 다시 말을 꺼냈다.

"다시 해보십시오."

살기가 뿜어져 나오는 듯한 디르의 살벌한 눈길에 젊은 마법사는 다시 메시지 마법으로 연락을 취했다.

"안 받으시는데요?"

순간 젊은 마법사는 디르가 불을 뿜는 것 같은 환상에 사로잡혔다. 뜻밖의 사태에 머리끝까지 열받은 디르는 화를 삭이느라 말을 제대로 하지도 못했다. 다만 극도로 붉어진 얼굴만이 그것을 보여줄 뿐이었다.

"제가 직접 만나게 해주십시오."

디르의 말이 착 깔려서 나왔다. 젊은 마법사는 디르의 목소리에서 격렬한 감정을 느낄 수 있었다.

"그건 허락없이는 안 됩니다만……."

"여기가 마법진 맞지요?"

"아니, 거기로 가시면 안 되는데……."

디르는 카운터 옆에 있던 마법진 위로 올라섰다. 그것을 본 젊은 마법사는 디르를 말렸다. 하지만 어쨌거나 디르는 마법을 사용할 줄 몰랐으니 올라갈 방법이 없었다.

"올려 보내 주십시오."

얼굴이 딱딱하게 굳은 디르의 말에 젊은 마법사는 발을 동동 굴렀다. 그리고 디르에게 말했다.

"그러면 다시 연락해 보겠습니다. 잠시만 기다려 주십시오."

젊은 마법사는 다시 마법구에 손을 올리고 열심히 입을 중얼거리기 시작했다. 그런 그를 디르는 조용히 바라보고 있었다.

젊은 마법사는 뭔가 계속 따지는 듯한 표정이었다. 그리고 끊임없이 입을 움직이며 몰아치더니 메시지 마법을 끊었다.

"우선 올라오시랍니다."

젊은 마법사는 어느새 흥건한 이마의 식은땀을 닦으며 말했다. 박박 우겨대서 우선 올려보내겠다고 거의 일방적으로 말했던 것이다.

젊은 마법사는 디르가 올라서 있는 마법진을 가동시켰다.

"하르만!"

하르만이라는 말과 함께 마법진이 하얀 빛을 뿜었다. 그리고 디르는 하르만의 방으로 이동되었다. 아마도 그 공간 계열 마법사 이름이 하르만인 듯했다.

디르가 잠시 생각을 하는 동안 마법진에서 밝게 뿜어져 나오던 빛은 사그라지고 디르는 하르만의 방에 와 있었다.

디르가 당도한 그곳에서는 끝이 안 보일 정도로 많은 책들이 책장에 꽂힌 채 위압적인 광경을 만들어내고 있었다. 그 모습에 디르는 주위를 두리번거렸다. 그때 디르의 뒤에서 누군가의 목소리가 들려왔다.

"하하! 여기일세. 만나서 반갑네. 내가 하르만일세."

디르가 뒤를 돌아보자 반갑다는 듯이 악수를 청하는 한 노인이 있었다.

디르는 인자하게 생긴 노인과 악수를 하며 말했다.

"안녕하십니까? 디르라고 합니다."

하르만은 서글서글한 미소를 지으며 손짓했다. 디르는 왠지 모르게 느껴지는 불안감에 잠시 소름이 끼쳤다.

"그쪽으로 앉게나."

디르와 하르만은 단출한 탁자를 사이에 두고 앉았다. 하르만의 등 뒤로는 꽤 큰 창문이 있었다. 창문으로는 하늘밖에 보이지 않는 것으로 봐서 적어도 10층은 넘는 듯했다.

하르만이 손짓을 하자 옆에 있는 찬장에서 유리 잔 하나와 물병이 날아오더니 탁자에 놓였다. 하르만은 물을 따라서 한 모금 마시고는 디르를 보여 말했다.

"뭐라도 마실 텐가?"

"아뇨. 괜찮습니다."

디르는 마실 것을 거절한 다음 살짝 긴장해서 하르만을 바라보았다. 하르만은 다시 물 한 모금을 마시더니 말문을 열었다.

"내 제자가 되고 싶다고 했나?"

"예."

"올라오라고는 했지만 나는 마법을 가르치는 것에는 흥미가 없네. 소질도 없고 말이야."

"……."

"그래도 배울 텐가?"

"예."

하르만의 물음에 디르는 곧바로 대답했다. 사실 다른 옵션도 없었기에 생각할 필요도 없었다.

하르만은 말을 잠시 끊은 후 잠시 뭔가를 생각하는 듯하더니 다시 말을 이었다.

"아무리 생각해도 가르치고 싶지 않군. 미안하지만 다른 사람을 알 아보게."

디르는 울컥했다. 그래서 뭐라고 소리치려고 하는데 그럴 수가 없었다. 디르의 몸이 하얀 빛으로 뒤덮이기 시작했기 때문이다.

"에, 엥?"

하얀 빛 사이로 몸을 돌리는 하르만을 볼 수 있었다. 하르만의 등을 보며 디르는 화가 치솟았다.

천천히 디르의 몸을 덮은 하얀 빛이 사라질 때쯤 디르는 더 이상 하르만의 방에 있지 않았다. 하르만이 마법사탑 바깥으로 디르를 공간 이동시켜 버렸기 때문이다.

디르는 마법사탑 앞에 주저앉아서 하르만의 마법을 생각해 보았다. 아무런 주문도 없이 다른 사람을 텔레포트시켜 버릴 정도의 실력이라면…….

하지만 곧 다시 화가 올라왔다. 불청객이라지만 그래도 이렇게 사람을 쫓아 보내다니.

"야, 이 치사한 영감탱이야!"

디르의 목소리가 사방으로 퍼졌다. 지나가던 사람들은 뭔 일인가 하고 디르를 보고 있었다.

"그게 그렇게 아깝냐!"

마법사탑의 앞에 있는 공터에 주저앉아 목이 터져라 소리 지르는 디르의 모습은 꽤나 처절해 보였다. 그리고 그것을 보고 사람들이 웅성거리며 모여들기 시작했다.

"이 쫌팽이야아아아!"

디르의 목소리가 자할라딘에 메아리쳐서 퍼졌다. 하르만은 자신의 방에서 그 목소리를 들으며 이마를 짚었다. 머리 아픈 녀석이다.

이제는 무더위의 초반에 들어선 7월. 햇빛이 쨍쨍 내리쬐는 자할라딘의 마법사탑 앞에 디르가 정좌해 있었다. 일견 엄숙하게도 보이는 그의 자세는 약간씩 경련을 일으키고 있었다. 무려 반나절을 이러고 있었던 것이다.

중심가에 있는 마법사탑 앞의 공터는 사람들의 이동이 많은 곳이었다. 그렇기에 디르의 행동은 당연히 많은 관심을 불러일으킬 수밖에 없었다.

물론 땅바닥에 앉아 있는 것만으로는 그런 관심을 불러일으키기는 어려웠다. 사실 그 이유는 디르의 뒤에 꽂혀 있는 하나의 표지 때문이었다.

꽤 널찍한 판자에 나무 막대를 연결해서 땅에 고정해 놓은 그것에는 디르가 직접 쓴 문구가 적혀 있었다.

악덕 마법사 하르만! 각성하라!

붉은 글씨로 쓰인 그 문구는 그 필체에서부터 처절함이 흘러나오고 있었다. 그리고 모여든 군중들은 그것을 보고 연신 수군거리고 있었다. 앞뒤 사정을 모르는 그들로서는 전혀 짐작할 수 없는 스토리였지만 역시 당연하게도 스토리는 알아서 만들어져 퍼지기 시작했다.

하르만이라는 이름이 꽤 유명하긴 했지만 그쪽 바닥에서나 유명했지 일반인까지 이름을 알 만큼 유명한 사람은 아니었기에 온갖 추측이 난무했다.

뜨거운 햇볕을 그대로 받는 디르의 몸에서 땀이 연신 흘러내렸다. 그리고 눈에서는 독기가 줄기줄기 뻗치고 있었다. 마법사탑을 노려보고 있는 디르의 눈빛을 보고 주위 사람들은 혀를 내둘렀다. 도대체 무슨 일이 있었기에 이렇게 독하게 앉아 있을까?

한편, 같은 시간에 자신의 방에서 하르만은 골머리를 싸매고 있었다. 평온하고 즐거운 노후를 즐기고 있는 자신에게 웬 날벼락 같은 사건이란 말인가. 거의 80을 넘어가는 이때까지 남에게 원한 한 번 산 적 없건만.

하르만은 지끈지끈 쑤셔오는 머리를 움켜쥐었다. 저걸 가서 패버릴 수도 없고, 그렇다고 도망치기도 자존심 상하고, 그렇다고 가만있기도 그렇고.

하르만은 결국 결단을 내릴 수밖에 없었다. 그래서 그는 카운터를 보는 마법사에게 메시지 마법을 연결했다.

"데리고 와!"

"예?"

"지금 탑 앞에 앉아 있는 녀석 데려오라구!"

"아, 예. 옛!"

항상 평정심을 유지하던 그답지 않게 하르만은 고함을 쳤다. 그것에 당황한 카운터 마법사는 마법 구슬에 대고 경례까지 올려붙였다. 그리고는 재빨리 디르를 데리러 뛰어갔다.

다시 하르만의 방. 단 하루가 지났을 뿐이지만 그들의 분위기는 매우 바뀌어 있었다. 하르만은 화를 억누르느라 디르를 매섭게 쏘아보고 있었고, 디르는 그 눈빛은 담담하게 받고 있었다.

아무 일도 없었다는 듯이 앉아 있는 디르를 보고 있으니 하르만은 더욱 열이 올랐다. 하지만 많은 수양을 거친 마법사답게 화를 억누르며 입을 열었다.

"자네는 왜 마법을 배우려고 하는가?"

뜬금없는 하르만의 질문에 디르는 순간 열심히 머리를 굴렸다. 사실대로 돈 벌기 위해서 마법을 배운다고 할 것인가, 아니면 다른 거창한 이유를 댈 것인가.

하지만 결국 솔직하게 말하기로 한 디르는 천천히 말을 시작했다.

"돈을 벌어야 하기 때문입니다."

의외의 대답에 하르만은 실소를 흘렸다. 뺀질뺀질한 녀석으로 보았는데 의외로 귀여운 구석이 있는 것 같아서 또다시 피식 웃었다.

디르는 뻘쭘한 표정으로 피식피식 웃고 있는 하르만을 보았다. 그래도 쓸데없이 거짓말을 할 필요는 못 느꼈다. 어차피 막가기 시작한 것, 팍팍 가자는 것이었다.

"구체적으로 마법을 어떻게 사용해서 돈을 벌 것인가?"

하르만이 흥미로운 표정으로 디르에게 물었다. 이제는 디르가 씨익 웃었다. 하르만의 표정이 풀린 것이 보였기 때문이다.

디르는 미리 작성해 놓은 자신의 사업 기획서를 주머니에서 꺼내 하르만에게 내밀었다. 하르만은 '웬 서류?' 라는 표정으로 기획서를 받아 들었다.

기획서를 읽는 데는 시간이 얼마 걸리지 않았다. 기획서를 다 읽은 하르만은 디르를 어이없는 표정으로 바라보았다.

"참… 기발한 생각이군."

약간은 비꼬는 듯한 하르만의 목소리에 디르는 씨익 웃었다. 그리고 손을 깍지를 끼고 말을 시작했다.

"예, 고급 포도주의 공급은 달리는데 귀족들은 고급 포도주를 원하니 10년 이상 된 포도주의 가격이 치솟는 것이지요. 그러니 시간을 빨리 돌려서 고급 포도주의 양산이 가능해지면 떼돈을 버는 거지요."

'떼돈을' 이라는 부분을 말할 때 디르의 눈이 번뜩였다. 떼돈. 아주 중요한 것이다.

디르는 슬쩍 광기를 뿜어내었다. 디르의 광기와 독기를 느끼고 하르만이 순간 움찔했다. 디르는 씨익 미소를 지었다.

"…알겠네. 내 마법을 가르쳐 주지. 시간 증폭 마법은 6서클이 되어야 쓸 수 있는 마법이니 나 말고는 제대로 가르칠 수 있는 사람이 없을 것 같군."

이번에는 하르만의 눈이 번뜩였다. 왠지 하르만의 반응이 심상치 않음을 느낀 디르는 움찔했다. 뭔가 꿍꿍이가 숨겨져 있는 것이 마구 느껴졌다.

디르가 무슨 생각을 하고 있든 간에 하르만은 자리에서 일어났다. 가르쳐 준다는 말에 입이 찢어지라 웃고 있던 디르는 멀뚱히 하르만을 올려다보았다.

"잘해보세나."

하르만이 손을 내밀었다. 디르는 하르만의 손을 잡았다. 두 사람의 손이 서로를 잡고 흔들렸다.

하르만과 디르의 눈이 서로 다른 뜻에서 번뜩였다. 둘 다 그다지 속이 넓은 사람들은 아니었다.

수업은 그 다음날부터 시작하기로 했다. 그리고 그 다음날은 금방 다가왔다.

디르는 아무리 침착하려 해도 떨리는 가슴을 주체할 수가 없었다. 어찌 되었든 중요한 일이니까.

디르는 두근거리는 가슴 때문에 침을 한 번 꿀꺽 삼키고는 하르만의 연무실 앞에 섰다. 전날 연무실로 오라고 했기 때문이다.

연무실의 문이 자동으로 열렸다. 디르는 순간 흠칫 놀랐지만 얼굴을 굳히고는 안으로 들어갔다.

안으로 들어가자 하르만이 텅 빈 연무실에 정좌해 있었다. 디르를 기다리고 있었던 것이다.

"이리 와서 앉아라."

하르만이 앉아 있는 곳 바로 앞에는 다른 방석이 하나 깔려 있었다. 디르는 사뿐사뿐 방석으로 다가가서 양반다리를 하고 앉았다. 은근히 기 싸움 하는 분위기였다.

하르만은 그런 것 따위는 개의치 않는 눈빛으로 입을 열었다.

"우선 마법에 관해 간단히 설명하겠다. 그리고 앞으로의 수업 방식에 대해서도 설명하도록 하지."

디르의 눈빛이 진지하게 바뀌었다. 하르만도 지금만은 노련한 노마법사가 되는 것 같았다.

"마법은 서클로 그 등급을 매긴다. 서클은 총 9서클까지 있고, 낮은 서클일수록 마법 공식이 간단하고 그 기능도 간단하며 높은 서클일수록 마법 공식이 복잡하고 그 기능도 복잡하게 된다. 그리고 그 서클들을 레벨과 맞춰본다면 레벨 100은 2서클 마스터, 레벨 200은 3서클 마스터, 300은 4서클 마스터, 500은 5서클 마스터, 600은 6서클 마스터, 700은 7서클 마스터, 800은 8서클 마스터, 그리고 1,000은 9서클 마스터라고 알려져 있다. 하지만 절대적인 것은 아니다."

디르는 가만히 하르만의 말을 듣고만 있었다. 궁금한 것이 있었지만 질문을 하는 것보다 듣는 것이 낫다고 판단한 것이다. 하르만도 그런 디르를 보고 흐릿하게 미소를 지었다.

"1, 2 서클은 마법의 기본이다. 마법이라기보다 서커스단들이 하는 마술에 가까울 정도지. 대신 기초인만큼 중요하기도 하지. 그리고 1, 2 서클의 공식을 조금 응용한 것이 3서클과 4서클의 마법들이라고 할 수 있겠다. 그리고 5서클은 다시 6서클과 7서클, 그리고 8서클의 기본이 되는 것이고 9서클은 신급 마법들의 초입이 된다고 알려져 있지만 한 사람을 빼놓고는 9서클을 마스터한 사람이 없기에 신빙성은 그다지 없다고 할 수 있다."

하르만의 말이 왠지 의미심장하게 디르의 가슴을 울렸다. 하르만은 무심한 표정으로 말을 이었다.

"우선 이 정도면 마법의 기초적인 배경 지식은 끝이라고 할 수 있다. 너의 계획은 시간 확장 마법진을 설치하는 것이니 최소한 5서클은 마스터해야 6서클에 있는 시간 확장 마법진을 그릴 수 있지."

디르는 침을 꿀떡 삼켰다. 하르만의 입가가 왠지 살짝 올라가는 느낌이 들었다. 그리고 그것이 매우 불안한 이유는 디르도 몰랐다.

"사실 몇 달 만에 6서클 마법진을 그린다는 것은 불가능하다."

진지한 하르만의 말에 디르의 가슴에서 무언가가 덜컥 떨어지는 느낌이 들었다.

그렇다. 마법이란 것을 너무 쉽게 생각한 것이다. 6서클은 '조금' 힘든 목표였다.

"홋, 걱정하지 마라. 내가 그렇게 만들어줄 테니."

하르만의 눈이 위험하게 빛났다. 디르는 갑자기 오싹해졌다. 뭔가 불길한 느낌이 들었다. 그다지 속이 넓은 할아범이라고 생각하지는 않았지만 겨우 그런 것 때문에 쪼잔하게 복수를 계획할 사람도 아니라고 생각했다. 하지만 그 생각이 약간 틀렸다고 판단되었다.

쿵!

어디서 나왔는지 하르만이 마치 상자같이 생긴 책을 디르 앞으로 던졌다. 바닥에 떨어지면서 꼭 둔기가 떨어지는 듯한 소리가 났다.

"……."

"여기에 있는 2서클까지의 마법을 완벽하게 익히고 레벨 100을 넘겨라. 책에 상세하게 설명되어 있으니 물어볼 것은 없을 것이다."

디르는 하르만의 음흉한 눈빛을 보았다. 맞았다. 역시 저 노인네는 쪼잔한 성격이었다.

"레벨 100을 채우기 전까지는 연무실에서 나올 생각을 하지 않는 것이 좋을 거야."

디르의 얼굴이 살포시 일그러졌다. 하지만 아무 말 않고 가만히 있었다. 하르만은 디르의 표정을 보고 피식 웃고는 연무실을 나갔다.

디르는 육중한 책을 보고 한숨을 쉬었다. 하지만 디르는 포기할 생각은 전혀 없었다. 디르의 눈에서는 미친개의 희번덕거리는 빛이 뿜어져 나오고 있었다.

디르가 광기(狂氣)를 내뿜고 있을 때 하르만은 다른 생각을 하고 있었다.

'훗, 네가 이기나 내가 이기나 해보자구.'

"매직 미사일!"

디르가 주문을 외우자 하얀 화살이 앞으로 쏘아져 나갔다. 연무실의 벽에 부딪치고 사라지는 매직 미사일을 보며 디르는 한숨을 내쉬었다.

1서클은 거의 할 것이 없었다. 단순히 마력을 움직이는 방법과 공식의 기초, 그리고 그것을 구현시키고 마법을 끊임없이 수련해서 수련도를 올리다 보면 레벨은 금세 50이 되어 있고, 1서클을 마스터하게 되었다.

여기까지는 쉬웠다. 단 하루 만에 1서클을 돌파한 것은 드물긴 했지만 그래도 하루에 스무 시간을 그대로 마법 연습에 쏟아 부었다는 것을 감안한다면 당연한 결과일지도 몰랐다.

하루에 스무 시간. 그야말로 폐인이었다. 세 시간 잔 다음 일어나자마자 밥을 먹고 접속해서 점심때까지 마법 연습, 그리고 점심 먹고 다시 마법 연습, 그리고 저녁.

디르의 눈에서는 독기가 줄기줄기 뻗쳤다. 더 이상의 실패는 있을 수 없다.

2서클. 새로운 것은 없었다. 하르만의 말대로 1서클에서 응용을 조금 하고 마력를 조금 더 부으면 되는 것이었다.

그것을 다른 말로 하자면 이해라기보다는 단순 암기, 단순 연습 스타일이었다. 유저들이 왜 마법사를 싫어하는지 이해가 가는 디르였다.

디르는 쉴 새 없이 마법을 사용했다. 마력이 고갈되면 앉아서 명상을 하며 마력을 다시 모아 마법을 사용했으며, 그 미친 듯한 노가다는 디르의 총 마력 수치를 기형적으로 끌어올리고 있었다.

그리고 며칠간의 강행군으로 폐인화되어 가고 있는 디르는 한숨을 쉬었다. 그리고 다시 묵직한 책의 책장을 넘겼다.

그리고 디르의 뒤에는 하르만이 질린 표정을 짓고 있었다. 알아서 나가떨어지거나 조금만 게을리 하면 호통을 쳐 쫓아내려고 했는데 젊은 놈의 독기가 보통을 넘어서고 있었다.

하지만 하르만 그 자신도 모르게 그의 입가에는 미소가 살짝 걸려 있었다.

　일주일 후.

　일주일 만에 디르는 레벨 100을 달성하는 기염을 토했다. 한 방에 첫 번째 벽을 깨버린 것이다. 그것은 웬만한 폐인(?)들도 하기 힘든 그런 것이었다. 특히 연무실 안에서만 수련해서 레벨을 올리는 것이라면.

　하지만 그것은 절대로 공짜로 이루어진 것이 아니었다. 아침 일찍 일어나서 디넬라인으로 접속한 뒤에 마법사탑으로 등교하는 디르의 생활은 일주일 동안 내내 이어졌던 것이다.

　디르는 더 이상 예전의 강호가 아니었다. 항상 늦잠과 게으름의 대명사로 불리던 강호는 점점 독해져 가고 있었고, 눈 밑에는 항상 다크 서클이 머물고 있었으며, 만성적인 피로로 인해서 눈은 항상 충혈되어 있었다.

　한마디로 미친놈이 되어가고 있었다.

　연달은 취직 실패로 의한 강박관념, 그리고 어디서 뿜어져 나오는지 모를 의지―혹은 광기―는 디르가 더 이상 정상적인 사람임을 포기할 수 있게 만들었다.

　2서클은 정말 별것없었다. 그냥 무대뽀로 몸에 익히는 것이라고 책에 나와 있었고, 디르도 그냥 무대뽀로 익혔다.

　단순 연습. 마력이 되는 대로 마법을 사방으로 갈겨대었다. 하르만의 연무실은 마법사들의 연무실 중에서도 상당히 튼튼한 편이었고, 이제 겨우 2서클을 익히는 디르의 마법에 부서질 정도는 절대로 아니었기에 디르는 마음 푹 놓고 마법을 난사한 것이다.

그런 과정에서 디르의 몸 안의 마나가 끊임없이 고갈되었다가 다시 차면서 마력이 계속 늘어갔다. 그러다 보니 능력치가 아주 희한하게 변해가고 있었다.

레벨이 오르면 보너스 스텟포인트를 찍음으로써 능력치를 올릴 수 있고, 아니면 알맞은 활동을 함으로써 능력치를 올릴 수 있는데 하루 종일 움직이지도 않고 마법만 난사하는 데다가 책만 읽고 있으면서 레벨이 오르면 마법의 위력을 위해서 지력 같은 능력치에 다 부어버리니 근력이나 민첩성 등 물리적인 능력치는 레벨 1때의 능력치와 별다른 점이 없었다.

대신 디르의 마법력과 마력 수치는 레벨 100을 겨우 넘은 사람의 것이라고 하기에는 믿을 수 없을 만큼 엄청났다. 어차피 몬스터를 잡으러 다닐 것도 아닌데 다른 것은 필요없다고 생각했기에 마법에 관련된 것을 제외하면 아무것도 신경을 쓰지 않았기 때문이다.

그리고 디르를 미친놈 보듯이 하는 하르만이 있었다. 일주일 동안 레벨을 100을 만들다니. 인간이 이럴 수 있다는 것에 하르만도 경탄할 지경이었다.

아니, 몬스터들을 잡아가면서 경험을 쌓아 레벨을 올렸다면 그럴 수 있다 하겠다. 하지만 연무실 안에서 일주일 동안 마법만 써서 레벨을 100까지 올렸다는 것은 이론상으로는 가능할지 몰라도 사실상 거의 불가능한 것이라고 해도 무방했다.

그렇지만 하르만은 아무 말도 할 수 없었다. 그것을 이룬 미친 녀석이 자신 앞에 있었으니.

짝짝짝!

하르만의 박수 소리가 텅 빈 연무실 안에 퍼졌다.

"첫 번째 벽을 넘은 것을 축하한다. 정말 예상 밖이군."

하르만의 말에 디르는 충혈된 눈으로 하르만을 바라보았다. 하르만은 순간 섬뜩했으나 씨익 웃으며 다시 말을 이었다.

"이제는 3서클과 4서클을 마스터하면 된다. 이것은 약간의 이해가 필요하니 모르는 것이 있으면 언제든지 찾아오도록."

디르의 입가가 살짝 비틀려 올라갔다. 사실 디르도 하르만이 자신을 쫓아내려고 한다는 것을 눈치채고 있었다. 그렇게 난리를 피운 녀석을 자신의 제자로 넙죽 받아들일 사람이 어디에 있겠는가.

하지만 하르만의 생각이 조금 바뀌었다고 생각한다면 오산일까?

아니, 아마도 맞을 것이다.

"이제 3서클 시작해라."

하르만은 긴 마법사용 로브를 한 번 펄럭이고는 다시 연무실을 나갔다. 그런 하르만을 디르는 씨익 미소를 지으며 바라보았다.

"아자!"

디르의 외침이 연무실을 울렸다. 그리고 디르는 다시 책장을 넘기기 시작했다.

탁한 회색의 벽. 창문 하나 없는 무식한 벽. 그 벽은 디르가 징그러울 정도로 많이 봐온 벽이었다. 하르만의 연무실 벽. 각종 마법들이 걸려 있어서 매우 튼튼한 벽이지만 패션 감각은 영 꽝인 하르만이 제작한 관계로 디자인은 단순하기 그지없었다.

디르는 그 벽을 스윽 쓰다듬었다. 까칠까칠한 돌의 감촉이 손을 통해서 느껴졌다.

한 달. 많다면 많고 작다면 작은 시간이겠지만 디르에게는 정말 중요한 시간들이었다. 4서클을 마스터한 것이다.

그 시간 동안 디르는 기획서의 중대한 결점을 발견했다.

마법. 마법이다.

마법이란 그렇게 쉬운 것이 아니었다. 아니, 마법이 쉽지 않다는 것은 알고 있었다. 하지만 시간 확장 마법이 그렇게 고급 마법인지 몰랐던 것이 실책이었다.

하지만 디르는 믿었다. 하르만을 만남으로 해서 그 실책이 덮여질 수 있다는 것을.

디르는 독해져도 상당히 많이 독해지면서 그 한 달 만에 4서클을 마스터했다. 이것은 실전으로 서클을 올리는 마법사들은 절대로 하지 못할 편법이었다.

사실 편법이라고 불릴 것도 없었다. 다 아는 사실이니.

디넬라인에서의 경험치는 그야말로 모든 행동을 산출해서 얻는 것이다. 그래서 비교적 많은 종류의 행동을 할 수 있는 실전이 훨씬 경험치를 얻기가 쉬웠고, 그것이 레벨 상승에는 훨씬 도움이 되지만 마법 서클을 올린다는 것은 마법과의 능숙도와 마법력에 달려 있기에 적에게 마법을 쓰는 것이나 맨땅에 마법을 쓰는 것이나 효과는 같았다. 그렇기에 그냥 방구석에 박혀서 마법을 쓰는 것이 들로 산으로 몬스터를 상대하는 것보다 마법 서클 올리기는 쉬웠던 것이다.

하지만 그 지루한 일을 누가 할까. 안 그래도 공식을 외우고 수인을 그려야 하는 직업이라 유저들에게서 따돌림받는 직업인 마법사 중에 골방에 갇혀서 미친 듯이 마법을 써댈 사람은 없다고 봐도 무방했다.

하지만 디르는 게임 세상 안에 게임을 하러 들어온 것이 아니었다. 그것이 디르가 한없이 독해질 수 있는 근원이었다.

디넬라인 안의 세상은 디르에게는 직장이었다. 싫든 좋든 해야 하는 일 말이다.

디르는 붉게 충혈된 눈으로 연무실의 문을 보았다. 어떻게 알았는지 그곳에는 하르만이 샴페인을 들고 서 있었다.

"오늘 같은 날에는 이게 좀 필요할 것 같군."

하르만이 미소를 지으며 연무실 중앙에 앉았다. 이상할 만큼 방석을 즐겨 쓰는 하르만의 연구실에는 의자라고는 하나도 없었다.

하르만은 샴페인 병을 디르에게 내밀었다. 디르는 샴페인 병을 받아 들었다.

디르가 샴페인 병을 흔들자 펑 하는 소리와 함께 마개가 어디론가 사라지며 샴페인이 병에서 마구 흘러나왔다.

디르는 흘릴세라 샴페인을 잔에 부었다. 거품이 가득한 샴페인이 투명한 샴페인 잔에 차 올랐다.

디르와 하르만은 살짝 잔을 부딪쳤다. 쨍 하는 맑은 소리와 함께 잔이 살짝 진동했다.

잔을 들고 서로를 슬쩍 바라본 디르와 하르만은 피식 실소를 흘렸다. 그리고 샴페인 잔을 입으로 가져갔다.

디르가 샴페인을 음미하며 마시고 있을 때 하르만이 나직하게 말했다.

"이제 5서클로 들어가야겠군. 지금까지 수고했다."

하르만의 말에 디르는 씨익 웃었다. 퀭한 디르가 웃자 그다지 보기 좋은 모습은 아니었지만 하르만도 따라 미소를 지어주었다.

"5서클부터는… 네가 원하는 방향으로만 속성이 가능하다. 사실 5서클을 마스터할 쯤이 되어야 6서클 마법진을 그릴 수 있겠지만 5서클에 있는 공간과 시간 마법들만 열심히 하면 6서클도 가능할 게다.”

하르만의 말에 디르의 미소가 진해졌다. 하르만의 미소도 진해졌다. 하지만 왠지 모를 음흉한 미소랄까?

“내일부터는 연무실에서 수련을 하는 것이 아니니 편한 옷차림으로 오는 게 좋을 거다.”

디르는 궁금한 눈빛으로 하르만을 보았다. 디르의 궁금중 어린 눈빛에 하르만은 사람 좋게 미소 지어 주었다.

디르는 그런 하르만의 눈빛이 왠지 매우 불안했다.

그 다음날 하르만과 디르는 자할라딘 근처의 야산으로 갔다.

하르만을 따라 겨우겨우 산을 오른 디르는 산중턱에 위치한 널따란 공터를 볼 수 있었다. 어떻게 만들었을까 싶을 정도로 평평한 땅에 깔끔한 바닥, 그리고 그 주위로는 커다란 돌 네 개가 줄을 맞춰서 크기별로 놓여 있었다.

“여기가… 뭐 하는 곳입니까?”

“훗, 여기 앉아라.”

하르만은 피식 웃으며 디르에게 말했다. 디르는 하르만이 가리키고 있는 곳을 바라보았다. 그냥 맨질맨질한 바닥이었다.

디르는 엉거주춤 그곳에 앉았다. 뭔가가 자꾸 불안했다.

“여, 여기서 뭘 어떻게 하는 건데요?”

디르의 목소리가 살짝 떨려 나왔다. 그것을 보며 하르만은 씨익 미소 지었다.

“공간과 시간 계열 마법의 기본은 뭐니 뭐니 해도 텔레키네시스다. 원거리에 있는 물건을 마음대로 움직이는 마법이고. 당연하게도 네가 알고 있는 마법이기도 하지."

하르만을 뒷짐을 지고 흰 머리칼을 날리며 디르 앞을 왔다 갔다 했다. 디르는 아까부터 계속 드는 불안감에 미간을 살짝 찌푸리고 하르만을 보고 있었다.

"예상하고 있겠지만 저기 있는 돌들을 텔레키네시스로 공중에 띄워서 유지하는 연습을 여기서 하게 될 것이다."

하르만의 눈이 번쩍였다. 디르는 살짝 고개를 갸우뚱했다. 특별히 어려운 일도 아닌데라는 생각이 든 것이다.

"저기 있는 돌들을 텔레키네시스로 들어라."

디르는 고분고분 주문과 수인을 맺고 마법을 사용했다. 네 개의 돌은 크기별로 나열되어 있었고, 그 돌들은 디르의 마법에 의해서 공중으로 살짝 떠올랐다.

"머리 위로 크기 순서대로 올려라."

디르의 미간이 찌푸려졌다. 순간 마법이 깨질 뻔했으나 다행히 마법은 유지할 수 있었다.

"작은 것이 위로 가도록 차례차례 띄워라. 머리부터 각 돌들의 간격은 1미터로 유지하고."

하르만은 담담하게 말했다. 담담한 그의 말에 디르는 입을 꾹 다물고 텔레키네시스를 컨트롤하기 시작했다. 그러자 호두 알만한 돌멩이부터 지름이 1미터에 달하는 큰 바위까지 총 네 개의 돌이 천천히 디르 쪽으로 다가왔다.

돌들은 크기 순서대로 허공에 줄을 섰다. 디르의 눈이 질끈 감겼다. 최소한 방향은 틀 수 있으니 돌이 머리 위로 떨어져서 다치는 일은 없겠지만 보이지도 않는 것을 허공에 유지시키고 있다는 것은 의외로 어려운 일이었다.

"이 수련은 텔레키네시스를 연습하면서도 가장 기본적인 공간을 머리 속에 각인시키는 수련이지. 사람의 머리는 공간이라는 것을 종이에 그려질 수 있는 것이라고 착각하곤 하지. 하지만 2차원과 3차원의 차이는 현저하지. 모든 사람들이 그것을 알고 있긴 하지만 실제로 느끼고 있는 사람은 드물지."

하르만은 고개를 끄덕였다. 하지만 디르는 하르만의 목소리를 듣는 것만으로도 고역이었다. 집중이 자꾸 풀어지는 것이었다. 하지만 하르만의 강의는 계속되었다.

"이 수련은 공간이라는 것을 이해하기 위한 가장 기초적인 단계이다. 정신 똑바로 차리고……."

쿵!

하르만이 말을 하고 있는데 디르의 머리 위에 둥둥 떠 있던 돌 중 가장 큰 것이 땅에 묵직한 소리를 내며 떨어졌다. 디르가 겨우겨우 옆으로 방향을 튼 것이다.

쿵!

마법이 흔들리자 두 번째 돌도 떨어지고 말았다. 하지만 이것도 옆으로 방향을 틀 수 있었다.

쿵.

"악!"

디르의 머리에 세 번째 돌이 떨어졌다. 그리고 네 번째의 돌도 콩 하는 귀여운(?) 소리와 함께 떨어졌다.

디르는 돌에 맞은 머리를 비비며 하르만을 흘겨봤다.

"말 좀 걸지 마요! 집중 안 되잖아요!"

짜증 섞인 디르의 말에 하르만의 미간이 찌푸려졌다. 그리고 땅에 떨어져 있던 돌 중 가장 작은 것이 디르의 머리로 날아와서 한 방 때리고는 다시 땅바닥으로 떨어졌다.

"다시 시작해라."

디르는 하르만의 말에 눈을 흘기며 다시 집중했다. 땅바닥에 떨어져 있었던 돌들이 디르 머리 위의 허공에서 다시 줄을 서기 시작했다.

그리고 하르만은 다시 강의를 하기 시작했다. 디르는 귀까지 틀어막고 싶은 심정이었으나 묵묵히 집중했다. 그런 디르를 보며 하르만은 씩 미소를 지었다.

"내가 방금 무슨 말 했냐?"

갑작스러운 하르만의 질문에 디르의 집중이 또 깨지고 말았다. 그리고 당연스럽게도 돌들은 다시 밑으로 다 떨어지고 말았다.

"이씨!"

꽁.

"다시 시작해라."

돌멩이 하나가 다시 디르의 머리를 때리고 떨어졌다. 한숨을 한 번 푹 쉰 디르는 다시 마법을 사용했다.

"이 수련은 말이야, 말을 하면서도 할 수 있는, 텔레키네시스가 수족처럼 자연스럽게 움직일 수 있도록 하는 것으로……."

하르만의 목소리가 산속에 조용히 퍼져 나갔다. 디르는 인상을 찌푸릴 대로 찌푸리고 앉아 있었다.

일주일. 일주일 동안 치질이 걸릴 정도로 찬 바닥에 앉아서 텔레키네시스 훈련을 한 디르의 텔레키네시스는 매우 발전하게 되었다. 끊임없이 말하는 하르만의 강의를 들어가며 이제는 돌발적인 질문에까지 대답하는 경지에 오른 것이다.

대충 텔레키네시스가 능숙해졌다고 생각한 하르만은 이제 수련 방식을 바꾸기로 결심했다. 드디어 본심을 드러내기 시작한 것이다.

"이제부터 내가 창안한 절기인 천환무(天丸武)를 전수하도록 하겠다. 천환무란 텔레키네시스를 기본으로 구슬들을 조용하여 적을 공격하는 절기로서 마법과 무공이 잘 어우러진 절세의 절기라고 할 수 있겠다."

진지한 표정을 지으며 말하고 있는 하르만에게 디르가 갑자기 끼어들었다.

"시간 확장 마법은요?"

"떽!"

하르만의 고함에 디르는 찔끔해서 하르만을 바라보았다.

"천환무와 시간 확장은 매우 연관되어 있는 것으로 천환무를 잘 익히게 되면 시간 확장 정도는 쉽게 할 수 있다. 그러니까 말이야……."

디르는 하르만 모르게 살짝 한숨을 쉬었다. 가르쳐 달라는 것만 가르쳐 주면 좋을 텐데 다른 소리를 하는 하르만을 보면서 답답함을 느꼈다. 하지만 아쉬운 것은 자신이니 어쩔 수 없었다.

"…라고."

"예?"

하르만의 말을 듣지 못한 디르가 되물었다.

"뛰라구."

"예?"

하르만의 간단한 말에 디르는 다시 되물었다. 하르만은 디르의 이마에 알밤을 하나 먹였다.

"일어서서 뛰어."

디르는 엉거주춤 일어섰다. 하르만은 계속 뛰라고 손짓하고 있었다. 디르는 영문도 모른 채 뛰기 시작했다.

"수고했다."

"헉헉헉!"

하르만의 말이 나오자마자 디르의 입에서 거친 숨소리가 터져 나왔다.

천환무의 수련.

하르만의 말에 의하자면 공간 이동은 항상 불안정하기 때문에 상처가 있거나 튼튼하지 않은 사람이 사용하게 되면 몸에 무리가 갈 수 있다고 한다. 그런 이유로 졸지에 매일매일 디르는 산을 뛸 수밖에 없었다.

육체적 능력은 처음 디넬라인에 들어올 때와 다를 게 거의 없는 디르로서는 버겁기 이를 데 없는 일이었다.

시간 확장 마법은 어디 갔는지 옆으로 새버리고 디르가 산을 뛰고 있는 사이에도 시간은 흐르고 있었다.

"계속 뛰어!"

자할라딘 근처의 야산. 하르만이 디르에게 소리쳤다. 벌써 이 산행은 한 달째 이어지고 있었다.

하지만 그냥 뛰는 것이 아니었다. 철 덩어리들을 허공에 주렁주렁 띄우고 뛰고 있었다.

"3번 철구 내려간다!"

하르만의 외침에 디르는 세 번째 철 덩어리에 마나를 더 보냈다. 그러자 비실비실 내려가던 철구 하나가 다시 공중으로 떠올랐다.

철구 다섯 개를 텔레키네시스로 공중으로 띄운 채 열심히 뛰는 것. 그것은 하르만이 직접 개발한 천환무의 특별 수련 방식이었다. 텔레키네시스 수련도를 올리면서 체력은 물론 마력까지 올리는 기가 막힌 수련법이었다.

하지만 디르는 미칠 지경이었다. 무슨 인간 전투 병기를 만들 생각인지……. 하지만 하르만은 집요했다.

디르는 하르만이 이때까지 제자가 없었던 게 아니라 제자들이 배우다가 과로로 사망하는 바람에 자신은 순결한 선생이라고 우기는 것이 아닐까 하는 생각까지 하기에 이르렀다.

'설마… 내가 죽으면 이 야산에 묻으려고?'

사람이 극한 상황에까지 몰리면 엉뚱한 상상을 하게 된다. 그리고 디르는 현재 그런 상황이었다. 하지만 곧 그것의 문제를 깨달을 수 있었다.

파묻어도 다시 살아나는데 뭐가 문제이겠는가? 그 생각을 떠올리자 갑자기 안심이 된 디르는 다시 마나를 컨트롤하며 다리를 놀렸다. 그때 하르만이 한마디 했다.

"죽으면 못한 수련을 두 배로 시킬 테니까 죽지 않도록 조심해."

하르만의 말에 디르의 머리 속이 하얗게 표백되었다.

죽으면 두 배.

오로지 그 단어만이 디르의 머리 속을 휘저었다. 그리고 디르는 아까의 가설을 약간 수정했다.

'제자들이 죽은 게 아니라 도망친 것이로군.'

디르는 정신적인 괴성을 내지르며 산길을 올랐다.

자할라딘 뒷산. 무식하게 마법사용 로브를 입고 주위로 다섯 개의 철구를 둥둥 띄운 채 열심히 산길을 뛰고 있는 한 청년이 있었다. 그리고 그 뒤로는 반백이 된 머리를 하고 앞서 뛰어가는 청년을 닦달하는 노인이 있었다.

"훗."

디르의 천환무가 초반부를 어느 정도 익히게 되었을 때 하르만의 코웃음이 텅 빈 하르만의 연구실 안에 퍼져 나갔다.

하르만의 연구실에는 하르만과 디르가 얼굴을 마주하고 한 탁자 주위에 앉아 있었다. 그리고 그들 사이에는 꽤나 무거운 침묵이 흐르고 있었다.

그리고 그 침묵을 깬 것은 하르만이었다.

"포도주를 만들려면 당연히 포도가 있어야겠지. 시간 확장 마법은 갔다 와서 배우면 되겠군."

하르만의 말에 디르는 고개를 끄덕였다.

하르만은 이 일을 미리 알고 있었던 것이다. 디르가 원하는 고급 포도주를 제작하려면 양질의 포도가 필요하고 양질의 포도는 자할라딘 근처에서 구할 수 없다는 것. 시간 확장 마법은 포도를 구한 다음에 필요하지만 포도를 구하려면 최소한의 무력이 필요하다는 것을 말이다. 그리고 그 무력은 천환무가 메워주고 있었고.

디르가 잠시 하르만에 대해서 생각하는 동안 하르만이 입을 열었다.

“어디로 사러 갈 생각이냐?”

“동부 해안가에 있는 그루가스로 가려고 합니다.”

하르만은 다시 생각에 잠겼다. 그리고 무겁게 말을 꺼내었다.

“아크일 산맥을 넘어야겠군.”

“예.”

간단한 문답들이 오갔다. 그리고 많은 생각들이 서로의 머리 속을 스쳐 지나갔다.

“아참, 내일 자하딘 황국 와인 콘테스트가 있다고 하더군. 떠나기 전에 한번 그런 곳에 가보는 것도 좋을 것이야. 인맥도 쌓고 말이지.”

하르만의 말에 디르는 살짝 고개를 끄덕였다. 아직도 하르만의 이미지가 머리 속에 잡히지 않고 있는 디르였다.

다음날. 디르는 무작정 따라나섰다. 와인 콘테스트에 나올 사람들이 대부분 고급 포도주의 주 고객들이고, 출품될 상품들이 대부분 경쟁 상품들이었기에 사전 정보를 모을 겸 해서 가는 것이었다. 지피지기면 백전백승이라 하지 않았는가.

하르만과 디르가 정문을 통과하자 온몸을 갑옷으로 둘러싸고 있는 경비기사가 경례했다. 하르만과 디르는 경례를 마주 받고는 건물 안으로 들어갔다.

건물 안으로 들어서자 화려한 건물 내부가 디르를 압도시켰다. 높은 천장에 그려져 있는 벽화들, 그리고 각 기둥마다 조각되어 있는 아름다운 조각상들, 그 사이사이로 아름다운 불빛을 내며 반짝이고 있는 샹들리에, 그리고 어디선가 은은히 흘러나오는 아름다운 음악. 설마 레코드는 아닐 테니 생음악일 터였다.

디르는 귀족의 파티가 어떻다는 것은 이미 들어서 알고 있었지만 직접 보게 되니 들었던 것과는 느낌이 확실히 달랐다.

하르만은 도시로 놀러 온 시골 소년같이 두리번거리고 있는 디르를 미소 지으며 보고 있었다. 그때 하르만은 누군가가 자신에게 다가오고 있다는 것을 알아챘다.

"아, 이거 아토리드님 아니십니까?"

"안녕하십니까, 하르만님? 오랜만입니다."

하르만에게 다가온 아토리드는 하르만에게 정중하게 인사했다. 자하딘 황국 제6황자인 그는 빼어난 용모와 친절한 매너로 많은 레이디들의 순정을 사로잡고 있는 주인공이었다. 화려한 배경과 멋진 용모, 그리고 친절한 예의. 가히 완벽한 조합이 아닐 수 없었다.

아토리드는 두리번거리고 있는 디르를 눈짓했다. 누구냐는 뜻이었다. 하르만은 씨익 웃으면서 디르를 소개했다.

"이쪽은 이번에 제 제자가 된 디르라고 합니다. 인사드리거라. 이쪽은 아토리드 자하딘님이시다."

하르만의 말에 화들짝 놀란 디르는 아토리드를 바라보며 인사를 했다.

"저는 디르라고 합니다. 디르라고 부르시면 됩니다."

"나는 아토리드라고 하네."

아토리드와 디르는 서로의 손을 잡고 흔들었다. 디르는 살짝 긴장을 하고 아토리드를 바라보았다. 얼굴은 항상 웃고 있으나 눈은 예리하게 주위를 살펴보는 자였다.

"하하, 이것 참 놀랍군요. 가델로프의 칭호를 받은 분의 첫 제자라니요. 이거 디르님께 잘 보여야 되겠습니다. 하하하!"

아토리드의 농담 반 진담 반의 말에 하르만이 웃었다. 하지만 디르는 긴장했다. 얼굴은 웃고 있으나 눈동자만은 언제나 번뜩거리고 있었다. 저런 자들은 보통 자신의 껍질 안에 칼을 품고 있다는 아버지의 말이 떠올랐다.

하르만과 농담을 주고받던 아토리드는 디르의 경계심 어린 눈초리를 알아챘다.

'으음?

아토리드는 자신의 속마음이 다 까발려진 것 같은 기분에 살짝 인상을 찌푸렸다. 처음에는 그저 뭘 모르는 사내라고 생각했다. 하지만 지금은 아니었다. 아토리드는 왠지 디르를 경계해야 할 것 같은 기분이 들었다. 별것 아닌 마법 수련생이지만 왠지 경계해야 될 자라고 자신의 육감이 말해 주고 있었다.

아토리드는 정신을 차리고 하르만에게 손짓했다.

"우선 앉아서 기다리시죠. 아직 시작하지 않았으니."

아토리드의 말에 따라 하르만과 디르는 근처 테이블에 자리를 잡았다. 아토리드도 그 근처에 앉았다.

"이번에 어떤 와인이 우승할 것이라고 생각하십니까?"

아토리드가 하르만에게 물었다. 하르만은 약간 고민하는 듯이 말했다.

"역대상… 크리피오 가의 와인이 우승 가능성이 가장 높지만 갈라스 가도 무시할 바는 아니지요."

하르만이 하얀 수염을 쓰다듬으며 말했다. 아토리드는 하르만의 말에 고개를 끄덕이다가 디르를 흘끔 보았다. 디르는 앉아서 아토리드를 바라보고 있었다. 그 둘의 눈이 마주쳤다. 디르는 경계심 어린 눈을 풀고 씨익 웃으며 시선을 다른 곳으로 돌렸다.

“아, 그러면 하르만님께서 디르 군에게 마법만 가르치시는 겁니까?”

“아, 그렇습니다. 왜 그러시는지…….”

“하하, 아닙니다. 마법만 연구할 마법사 같지는 않아서 말입니다.”

뭔가 의미심장한 말이었다. 디르는 그 질문에 뭔가 다른 의미가 숨겨져 있다고 생각했다. 그리고 대충 아토리드가 무엇을 알고 싶은지 간파한 그는 말을 꺼냈다.

“한동안 마법을 배워서 사업을 할 계획입니다. 포도주 사업 말이죠.”

디르의 말이 끝나자 아토리드의 눈이 번뜩였다. 디르를 제외하고는 아무도 그것을 눈치채지 못했다. 그때 웨이터 하나가 아토리드에게 다가왔다.

“콘테스트가 곧 시작한다고 전하시랍니다.”

웨이터의 말을 듣고 아토리드가 아쉬운 듯이 일어났다.

“잠시 뒤에 뵙겠습니다. 이번에 제가 직접 사회를 맡았답니다.”

아토리드는 서글서글한 미소를 지으며 홀의 중앙에 있는 연단으로 걸어갔다. 디르는 아토리드의 뒷모습을 바라보았다. 웃음 속에 감춰진 야심. 디르의 눈에는 그것이 보였다. 똑같이 야심을 지닌 자라서 그런 것일까. 하르만은 아토리드를 보고 있는 디르를 보고 웃었다.

“내 나름대로 포도주 애호가라고 불릴 만하니 모르는 것이 있으면 물어보거라. 그리고 여기는 거의 와인 애호가들밖에 없으니 얼굴을 익혀놓으면 사업상으로도 좋겠지.”

“예!”

디르는 하르만의 말에 절도있게 대답했다. 이것은 인맥을 쌓을 절호의 기회였다. 그것도 그의 주요 타겟이라고 할 수 있는 소량 고급 와인을 구입할 사람들이 홀 안에 가득 차 있었다. 디르는 진심에서 우러나오는 미소를 지었다.

아토리드가 연단에 서서 시작하려고 하는 듯하자 디르는 하르만을 따라 사람이 없는 테이블 앞에 가서 섰다.

"신사 숙녀 여러분, 제19회 자하딘 황국 포도주 콘테스트에 오신 것을 환영합니다."

홀 중앙에 있는 연단에 선 아토리드는 음성 확대 마법으로 말하기 시작했다. 잠시 후, 조금 긴 서론이 끝나고 와인 콘테스트가 시작되었다.

"우선 첫 번째로는 유명한 포도주 제조 집안인 갈라스 가에서 이번에 개봉한 12년산 백포도주입니다."

아토리드의 말이 끝나기가 무섭게 홀 사이사이에서 웨이터들이 튀어나와 백포도주를 따르기 시작했다.

디르는 하르만의 조언을 들어가며 열심히 포도주의 맛을 보았다. 그렇게 몇 가지 종류의 와인들이 선보이고 나자 투표를 거쳐서 우승자를 뽑았다. 우승자는 크리피오 가의 13년 산 레드 와인이었다. 사실 다른 와인들은 거의 들러리이고 갈라스 가와 크리피오 가의 경쟁이라고 하는데 대중적인 와인에 주력하고 있는 갈라스 가의 와인은 전통적으로 고급 와인으로 유명한 크리피오 가의 와인을 따라잡기는 무리였다.

턱수염을 기른 중년 남자인 크리피오 가의 가주는 연단으로 올라가 아토리드에게 트로피를 받았다 그리고 수상 소감으로 몇 마디 하고는 내려왔다. 그러자 사람들은 아무 일 없었다는 듯이 다시 모여서 이야기를 나누기 시작했다.

와인 콘테스트보다는 사교적 모임 같은 분위기에 디르는 머쓱해졌
다. 그때, 디르와 이런 저런 이야기를 하고 있는 하르만에게 여러 명의
젊은 귀족 남녀들이 다가왔다.

"하르만님, 안녕하십니까?"

하르만은 자신을 부르는 소리에 뒤를 돌아보았다.

"아, 이거 오랜만일세."

곱상하게 생긴 젊은 남자와 하르만은 악수를 했다. 그러고 나자 그
젊은이는 자신의 뒤에 있는 다른 사람들을 소개했다.

"이쪽은 다과 모임 동지들입니다."

남자의 말에 하르만도 디르를 그들에게 소개시켰다.

"이쪽은 내 제자가 된 디르라고 하네. 잘 대해주게."

하르만의 소개에 디르는 일단의 귀족 남녀들과 인사를 나누었다. 그
귀족들과 하르만은 이런 저런 이야기를 화기애애하게 나누었다.

"아, 저번에 자네 아버님에게 신세를 톡톡히 졌지. 감사하다고 전해
드리게나."

하르만의 말을 들은 귀족 남자는 자랑스럽다는 듯이 고개를 끄덕였
다. 그런 그들을 디르는 조용히 뒤에서 지켜보며 그들의 얘기를 듣고
만 있었다.

"잠시 화장실 좀 다녀오겠네."

하르만은 대화 도중에 화장실을 갔다.

그러자 갑자기 귀족들의 태도가 싸늘하게 변했다. 다정하게 말을 걸
던 그들이 말을 딱 끊고 주위를 살펴보며 다른 높은 귀족들을 찾고 있
는 것이었다.

"에에……."

디르는 갑작스러운 그들의 태도 변화에 당황했다. 뭐라 말을 해야 할지 방향을 못 잡고 있는 디르를 뒤로 남겨두고 그 귀족들은 자기들끼리 웃고 떠들었다. 아예 무시를 하고 있는 것이다.

주먹을 꽈악 쥔 디르는 시끄럽게 이야기를 하고 있는 그들의 뒤를 쏘아보았다. 많은 사람들 속에서 갑자기 화가 치솟았다.

"어이, 비켜주겠나?"

웃고 떠들고 있는 귀족 남녀들 뒤로 아토리드가 한마디 던졌다. 그 귀족들은 아토리드가 자신에게 말을 하자 굽신거리며 아토리드에게 달라붙었다. 아토리드는 그들을 아는 척도 하지 않고 디르에게 다가왔다.

"여기 좀 앉아도 되겠나?"

"에… 예."

디르가 아토리드를 보며 대답을 하자 아토리드는 디르 옆의 의자에 자리를 잡고 앉았다. 그러자 예의 그 귀족 남자가 비굴한 미소를 지으며 아토리드에게 말을 걸었다.

"이번에 저희 아버님께서……."

"좀 조용히 해주겠나? 디르 군과 대화하는 데 방해되는군."

냉정하게 말을 잘라 버린 아토리드는 디르에게 와인 잔을 내밀었다. 찔끔한 귀족 남자는 구시렁거리면서 다과파들과 함께 사라졌다.

디르는 기분이 한결 나아졌다. 디르가 그러든 말든 간에 아토리드는 디르가 따라준 와인을 한 모금 마셨다.

"질문을 하나 하겠네. 솔직히 대답해 주게."

"예."

디르도 와인을 한 모금 마셨다.

"포커의 일곱 번째 카드, 자네의 패는 8플러쉬일세. 지금 빠지기에는 전에 배팅한 것이 너무 많고 계속 진행하여 지게 되면 훨씬 많은 피해가 있을 것일세. 자네는 다음 배팅을 어떻게 할 것인가?"

아토리드가 조용히 와인을 한 모금 마셨다. 디르는 열심히 머리를 굴렸다. 저것이 무슨 뜻인가? 8플러쉬라니? 8플러쉬를 가지고 뭘 하라고.

8플러쉬. 높다면 높고 낮다면 낮은 패인 이 패는 포커에서 같은 문양의 카드가 다섯 장이 있고 그 다섯 장 중에 가장 높은 카드가 8인 것을 뜻한다.

디르는 결국 결론을 내렸다.

"맥스(Max). 맥스로 가겠습니다. 어차피 빠질 수 없다면."

어려운 말을 내뱉은 디르는 옆에 있는 물을 벌컥벌컥 들이켰다. 조용히 와인을 음미하고 있던 아토리드의 입가에 자그마한 미소가 걸렸다.

"솔직한 답변, 고맙네. 조만간 또 만날 걸세."

"예, 다음에 뵙죠."

아토리드는 조용히 다른 곳으로 걸어갔다. 디르는 아토리드의 뒷모습을 보며 물을 들이켰다.

맥스. 포커의 배팅 방법 중의 하나로 현재 배팅할 수 있는 최대한의 금액을 배팅하는 것을 뜻했다. 디르의 생각이 맞는다면 그와 아토리드는 곧 다시 만날 터이다.

'아토리드가 야심이 있다면 말이지.'

디르는 안주를 하나 집어먹었다. 그렇게 갑작스러우면서도 강렬한 만남으로 기억되는 제19회 자하딘 황국 와인 콘테스트는 끝이 났다.

다음날. 떠날 준비를 하고 있는 디르에게 황궁의 하인이 찾아왔다.

"황자님이 저를 만나고 싶어하신다구요?"

"예."

"흠, 시간이 얼마 남지 않았군요. 그럼 가시죠."

마법사탑으로 들어가던 디르는 황궁 하인에게 잡혀서 황궁으로 향하게 되었다. 디르는 황궁 하인을 졸졸 따라갔다.

화려한 궁전. 자하딘 황국의 부를 그대로 보여주는 듯한 화려한 궁전은 햇빛을 받아 아름답게 빛나고 있었다. 하지만 디르에게는 그런 것 따위는 보이지 않았다.

'왜 보자고 하는 것일까?

디르는 조만간에 볼 것이라고 하기에 언제 한 번 다시 만날 것이라고는 생각했지만 이렇게 이를 줄은 몰랐던지라 조금 당황해 있었다.

디르는 아토리드가 무엇을 물을 것인가에 대해 열심히 생각해 보았으나 떠오르는 것은 전혀 없었다. 같이 사업을 하자고 할 사람도 아니고 디르가 뭐 천재 모사인 것도 아니고.

하지만 디르는 좋게 생각하기로 했다. 원래 높은 사람들과 연이 많으면 좋은 것이다.

"여기입니다. 정원에 계실 겁니다."

황자궁에 도착한 하인은 디르를 보고 말했다. 디르는 하인에게 감사의 표시로 인사를 하고는 정원으로 들어갔다.

자그마한 정원에서는 아토리드가 탁자에 앉아 조용히 차를 마시고 있었다. 더운 날씨에 차를 마시는 것이 조금 이상하긴 했지만 아토리드는 뜨거운 차를 음미하며 마시고 있었다.

“안녕하십니까?”

디르가 아토리드에게 인사했다. 아토리드는 디르를 보더니 반갑게 일어섰다.

“아, 오라 가라 해서 미안하네. 이쪽으로 앉게나.”

아토리드의 환대에 디르는 기분 좋게 탁자의 반대편에 앉았다. 아토리드가 디르에게 물었다.

“차 마실 텐가?”

“저는 괜찮습니다. 날씨가 더워서요.”

“하하, 그렇군. 사실 이번에 아주 좋은 찻잎이 들어왔는데 도저히 안 마시고는 못 견디겠더라고.”

디르의 대답에 아토리드는 이제야 알았다는 듯이 맞장구쳤다. 디르는 아토리드의 말에 씨익 웃었다.

“그러면 뭘 마실 텐가?”

“전 괜찮습니다.”

디르의 말에 아토리드는 피식 웃었다. 그리고 다시 차를 한 모금 마셨다. 그리고 서서히 본론을 꺼내기 시작했다.

“포도주 사업을 한다고 했지?”

디르는 긴장하고 아토리드의 다음 말을 기다렸다.

“그러면 자네가 궁극적으로 원하는 것이 무엇인가?”

또다시 애매한 질문. 디르는 조용히 생각했다. 자신이 궁극적으로 원하는 것. 이 세상에서 원하는 것.

“돈입니다.”

디르는 당당하게 말했다. 누가 들으면 웃을 이야기이지만 디르와 아토리드는 진지했다.

“좋군. 완벽해.”

아토리드가 조용히 읊조렸다. 마치 아무것도 아니라는 듯이 말을 내뱉은 그는 다시 차를 한 모금 마셨다.

‘젠장! 좋다는 거야, 싫다는 거야?’

디르는 조용히 아토리드의 다음 말을 기다렸다. 아토리드는 슬쩍 미소 지으며 말을 꺼냈다.

“목표는 다르지만 길이 같은 사람들은 동료가 될 수 있다고들 하지. 그리고 지금 우리가 그런 상황인 듯하군.”

아토리드는 차를 다 마셨는지 살짝 눈썹을 찌푸렸다. 그리고 말을 이어나갔다.

“내가 궁극적으로 원하는 것은 권력일세. 무소불위(無所不爲)의 권력.”

“…….”

“하지만 나는 지금 자네가 나를 도울 수 있을 거라고 생각하지 않네.”

아토리드는 냉정하게 말했다. 디르도 그것은 인정한다는 듯이 고개를 끄덕였다.

“거물이 되게. 성공을 하게. 나와 같은 위치에, 아니면 나를 도울 수 있는 위치에 서도록 하게. 그러면 내가 자네의 부(富)를 훨씬 빨리 늘려줄 하나의 방도가 될 것일세.”

디르는 아토리드의 야심으로 타오르는 눈을 보았다. 그리고 느꼈다.

“나는 사람 보는 눈이 틀렸다고 생각하지 않네. 그러면 다음에 보도록 하지. 다음에 볼 때는 동업자의 위치에서 만났으면 하는군.”

아토리드가 자리에서 일어섰다.

명백한 축객령이었다. 하지만 디르는 전혀 기분 나빠하지 않았다. 그는 그의 현재 상황을 잘 알고 있었다. 그리고 그는 자신의 미래에 자신감을 가지고 있었다.

디르는 조용히 황궁을 나왔다.

햇볕이 강렬한 8월의 중순이었다.

Chapter 3

마법사탑을 나온 디르는 이미 세워놓은 계획을 따라 움직이고 있었다. 우선 자할라딘 근처보다는 포도가 훨씬 잘 자랄 수 있는 기후인 곳으로 가서 포도를 구입하는 것이 중요했다.

포도는 지중해성 작물로 기름진 땅에 심는 작물이 아니다. 조금은 척박하고 건조한 석회질 토양에서 겨울이 춥지 않아야 잘 자란다. 하지만 자할라딘은 내륙 지방에서도 깊숙한 내륙 지방. 보통 내륙 지방은 계절들 간의 온도 차가 심하기 마련이다. 거기에 자할라딘 근방의 땅들은 기름지기 그지없으니 다른 작물들에게는 천국일지 모르나 포도에게는 그다지 좋은 환경이 아니었다.

하지만 자하딘은 아주 큰 나라였다. 그리고 자할라딘은 자하딘 황국의 정 중앙에 위치하고 있었으며, 자할라딘과 바다는 무려 1,800km나 떨어져 있었다. 그리고 가장 질이 좋은 포도가 나는 포도밭은 자할라딘에서 1,600㎞나 떨어져 있었다. 상식적으로 포도를 운반하는 것은 불가능한 거리이다. 어떻게 덜커덩거리는 수레에 포도를 잔뜩 싣고 햇빛을 쬐며 운반하겠는가. 포도밭 근처에서 포도주를 만든다고 해도 운반 도중 너무 덥거나 추워서 맛이 변해 버리기 일쑤이며 괴물의 산맥이라 불리는 아크일 산맥을 넘어야 하는 상황에서 포도주를 안전하게 운반하는 것은 꿈만 같은 이야기였다.

하지만 그 모든 상황은 디르를 비껴 지나치고 있었다.

디르는 마법사탑에서 나오자마자 바로 옆에 있는 공간이동소로 향했다. 바로 포도를 사려고 떠나는 것이다. 최대한 빨리 움직여야 했다.

마법사탑의 지원으로 이루어지는 공간이동소는 말 그대로 공간 이동을 시켜주는 기관으로 자하딘의 각 도시를 빠르게 이동시켜 주는 중요한 기관이었다.

"어서 오십시오. 어디로 가시겠습니까?"

디르가 공간이동소로 들어서자마자 직원이 빠르게 물었다.

"예, 그루가스로 갈려고 합니다."

디르의 말에 직원은 살짝 놀란 표정을 지었으나 상인 정신을 살려 큰 홀에 있는 여러 개의 마법진들 중에 하나로 안내해 주었다.

그루가스는 자할라딘에서 아주 먼 곳에 있는 도시였다.

"그루가스까지는 7골드입니다."

바로 이것이 공간 이동으로 물품을 이동시킬 수 없는 이유였다. 공간 이동 마법진을 설치하는 것은 돈이 많이 드는 일이므로 이용하는 가격도 물론 비쌌다. 보통 사람들의 한 달 생활비를 훌쩍 뛰어넘는 요금은 사람들을 웬만큼 바쁘지 않는 이상 걸어다니게 만들었다.

"예, 여기 있습니다."

비싼 요금에도 디르는 별 불평 없이 요금을 지불했다. 깎아달라고 해도 소용없다는 것을 알기 때문이다.

"그러면 그루가스로 이동합니다. 마법진 위로 올라서 주십시오."

어느새 마법사 세 명이 나와서 텔레포트 마법을 준비했다. 마법진이 그려져 있지만 그루가스까지는 워낙에 멀어서 마법사가 많이 필요했다.

마법사 세 명이 마법진 가에서 열심히 주문을 외우자 마법진이 빛을 점점 뿜었다. 그리고 결국 디르를 덮으며 그루가스로 그를 이동시켰다.

공간이동소 그루가스점을 나오자 9월의 상쾌한 바람이 디르의 몸을 휘감았다. 상쾌한 바람에 디르는 기지개를 펴듯이 팔을 위로 쭉 뻗었다. 디르가 입은 마법사용 로브의 큰 소매가 바람에 펄럭였다.

"아! 상쾌하다!"

가을 하늘은 높고 공기는 상쾌한, 그야말로 소풍 가기 딱 좋은 날씨였지만 디르는 크게 개의지 않고 다시 자신의 비즈니스를 떠올리며 움직이기 시작했다.

우선 근처의 실력 좋은 목수를 수소문해서 특수 수레를 주문해 놓은 후에 그루가스 근처의 모든 포도밭을 둘러보기 시작했다.

하지만 의외로 포도들이 썩 마음에 들지 않았다. 기후가 완벽함에도 불구하고 영 이상했다.

"어디서… 포도를 구하지?"

벌써부터 한숨만 나오는 디르였다. 결국 그는 그루가스에 머물며 며칠 동안 계속 포도밭만을 수색하고 다녔다.

어느새 2주일이 지나고 보름 뒤에 찾으러 오라던 수레를 찾을 날짜가 내일로 다가왔다.

그날도 디르는 아침 일찍부터 근처의 포도밭들을 둘러보았다. 하지만 역시 포도들이 영 시원치 않았다.

자할라딘 근처의 것들보다는 나아 보였지만 그래도 상품이라고 하기에는 어려운 포도들이었다.

"젠장, 오늘까지 허탕이면 안 되는데……."

디르는 투덜대며 울타리를 하나 넘었다. 울타리가 좀 높았던지라 마법을 약간 사용해서 넘은 디르는 그가 원하던 것을 볼 수 있었다.

그 울타리를 넘자마자 갑자기 최상품의 포도들이 주렁주렁 달려 있었다.

"흡!"

눈이 휘둥그레진 디르는 정신없이 그 포도밭을 살펴보았다. 말 그대로 최상질의 포도들이 포도나무에 주렁주렁 달려 있었다. 디르는 당장 포도를 따서 껍질째로 우물우물 먹어보았다. 그 포도는 이가 시릴 정도로 높은 당도를 가진, 포도주 담기에는 최상의 포도였다.

갑자기 디르의 뇌리에 한 단어가 스쳐 지나갔다.

토양.

디르는 재빨리 앉아서 흙을 손으로 살짝 퍼보았다. 역시 인공으로 석회질을 뿌린 흔적이 있었다. 이 농장의 주인은 포도에 대해서 무언가를 아는 사람이었다.

"야! 이 자식아!"

디르가 흡족한 표정으로 포도밭을 둘러보고 있을 때 한 사람이 디르에게 바락바락 소리를 지르며 달려오고 있었다. 그에 디르는 어리둥절하여 그 남자를 쳐다보았다.

"이 도둑놈!"

이제 지척까지 온 그 농부는 부지깽이로 보이는 막대를 휘두를 기세였다. 그 순간 사업가의 눈이 번뜩였다.

"안녕하십니까?"

디르가 정중히 인사를 하자 농부는 화를 내다가 갑자기 인사할 수도 없고 순간 난감한 상태에 빠졌다.

"이곳 주인 되시는지요?"

"으흠. 예, 그렇습니다만… 누구신지……?"

농부는 나름대로 정중하게 대답했다. 디르의 정중한 태도에 도둑은 아니라고 생각했는지 손에 들었던 부지깽이를 땅바닥에 내려놓았다. 하지만 의심의 눈초리를 거두지 않고 디르의 행동 하나하나를 살펴보고 있었다.

"저는 디르라고 합니다. 이번에 포도주 제조업을 하기 위해 포도를 구입하려고 왔습니다."

디르는 사실대로 말했다. 농부의 의심스러운 눈빛을 푸는 것이 우선이라고 생각했기 때문이다.

"아, 그렇군요."

디르는 이때가 중요한 때라고 생각했다. 2주가량을 돌아다녀도 저조하던 포도의 질, 그리고 여기 있는 최상급의 포도, 그리고 그의 앞에는 그 최상급 포도의 주인이 서 있다.

디르는 앞에 서 있는 농부를 보며 배시시 웃었다. 그러자 그 농부는 뭔 미친놈을 보겠냐는 듯이 디르를 이상한 눈초리로 쳐다보았다.

　이탈리아에서 산다는 그 농부는 포도를 아주 좋아한다고 했다. 그래서 포도 농업에 관해 공부도 열심히 하고 이탈리아 안에서도 포도에 가장 적합한 토양을 가진 땅까지 물색해서 농사를 지으려고 했지만 문제가 하나 있었다.
　돈.
　그것이었다. 돈이 있어야 땅을 사서 농사를 짓든지 말든지 할 것이 아닌가. 그나마 있는 돈으로는 그가 원하는 만큼의 땅을 사기에는 턱없이 부족했다. 그래서 비교적 돈은 적게 들되 현실과 차이가 없다고 말할 수 있는 디넬라인의 세계로 온 것이었다.
　디르는 그의 이야기를 듣고 눈물을 흘렸다. 너무나 동감이 갔다. 이 황금만능주의적인 세상의 피해자 둘은 서로의 이야기를 듣고 부둥켜안으며 눈물을 흘렸다. 그리고 그들은 다짐했다. 돈을 많이 벌자고.

　한동안 이야기를 나누던 그들은 결국 사업 이야기를 시작했다. 그리고 1kg당 2실버로 4톤을 구입하기로 결정이 났다. 사실 보통 포도는 1kg당 1실버도 안 하지만 그의 포도는 보통 포도가 아니었다. 전속 계약 비슷하게 해놓은 디르는 내일 다시 오겠다고 해놓고 농부의 집을 나왔다.
　농부의 집을 나온 디르는 바로 동물들을 사고파는 시장으로 향했다. 내일 수레를 끌고 갈 동물이 필요한 것이다.
　“으흠…….”
　왁자지껄한 동물 시장에서 디르는 두리번거리며 케므를 찾았다. 케므는 두텁고 딱딱한 가죽을 가지고 있는 소와 비슷하게 생긴 동물로 힘과 지구력이 좋고 온순한 데다 두터운 가죽 덕에 더위와 추위를 덜 타는 아주 유용한 동물이었다. 번식성도 좋은지라 가장 널리 보급되어 있는 농업용 동물이었다. 하지만 고기가 너무 질기고 가죽은 거칠어서 노동 이외에는 사용할 수 없는 동물이기도 했다.

"아, 저기 있다."

케므를 파는 가게를 찾은 디르는 곧바로 그 가게로 들어가 케므 한 마리를 구입했다. 일부러 가장 튼튼한 녀석으로 고른 디르는 케므를 끌고 몇 주 전에 수레를 주문해 놓은 루파라는 목수의 집으로 향했다.

"계십니까?"

디르가 대문 밖에서 소리치자마자 안에서 2주일 전과 마찬가지로 우당탕탕 하는 소리가 나더니 목수 루파가 문을 열고 튀어나왔다.

"오셨습니까? 안으로 들어오시지요."

디르는 루파를 따라서 예전에 한 번 와봤던 작업실로 들어갔다. 디르가 끌고 온 케므는 잡초가 무성히 자라고 있는 마당에 그냥 풀어놓았다. 작업실 안에는 루파의 동업자인 루스와 벅스가 구석에 앉아서 쉬고 있었다.

"오늘 아침에 완성시켜 놓고 내일 오실 줄 알고 기다리고 있었는데 벌써 오셨군요.

"그럼 제가 부탁한 물건은 완성되었는지요?"

"예, 여기 있습니다."

각종 연장들이 널려 있는 작업실 구석에 보자기가 씌워져 있는 물건이 하나 있었다. 루파가 그 보자기를 잡아당기자 안에서 까만색의 나무로 된 수레 하나가 나왔다.

수레는 말 또는 다른 동물이 끌 수 있게끔 설계되어 있었고 수레치
고는 흔치 않게 상자형으로 물건을 안에 넣게끔 되어 있었다. 수레의
겉에는 어울리지 않게 무수히 많은 마법 문자들이 새겨져 있었다.

"으흠, 제가 그려준 대로 잘 새기셨군요. 그럼 안쪽도 좀 살펴보겠습
니다."

디르는 수레에 그려져 있는 마법 문자들을 자세히 보고는 말했다.
그리고 앞쪽에서 열 수 있도록 되어 있는 수레를 열고 안으로 들어가
서 자세히 보기 시작했다.

"안쪽도 다 완벽하게 되었군요. 감사합니다."

디르가 만족스럽다는 듯이 말하자 긴장하고 있던 세 명은 기쁜 표정
을 지었다.

"하하, 그것 새긴다고 엄청 힘들었습니다."

루파가 디르를 보며 말했다.

"그럼 약속했던 10골드에 보너스 10골드를 더 드리겠습니다."

디르가 루파 등에게 20골드를 내밀었다. 그러자 그들은 기쁜 표정으
로 금화를 받아 들었다. 아마도 그들은 오늘밤에 그 돈으로 조촐하게
나마 잔치를 벌일 분위기였다.

"제가 적어도 2톤 이상의 무게는 견뎌야 한다고 했는데 틀림없겠
죠?"

"예, 그것은 걱정하지 마십시오. 아주 튼튼하게 만들어서 2톤은 충
분히 견딜 수 있습니다. 하지만 4톤이 넘어가면 위험하니 조심하십시
오."

"예. 그런데 이곳에 좀 널찍한 공터가 없을까요?"

"그런 것이라면… 뒷마당이 있지요."

디르는 수레에 새겨져 있는 마법진을 발동시켜 보려고 공터를 찾았다. 루파를 따라 바깥으로 나와 건물 뒤로 가니 잡초가 가득 자란 앞마당과는 다르게 잡초가 하나도 없이 평평한 마당이 나왔다.

“여기는 저희들이 가끔씩 큰 물건을 만들 때 사용하는 곳입니다. 지금은 그런 것이 없으니 사용하시면 됩니다.”

“뭐, 오래 걸릴 것도 아닙니다. 잠시만 뒤로 떨어져 주십시오.”

디르는 끌고 온 수레를 마당 한가운데에 놓더니 수인을 맺기 시작했다. 입으로는 무슨 주문 같은 것을 웅얼웅얼했다.

“방어막.”

디르가 수레에 그려진 마법진에 마법을 주입하자 푸른빛이 감돌며 수레를 감싸기 시작했다. 디르는 마법진이 마나를 그만 흡수할 때까지 계속 마나를 주입했다.

한참 동안 마나를 주입하고 나서야 흡수를 멈춘 실드 마법진은 푸른빛으로 한 번 밝게 빛나더니 원래의 검은 수레로 돌아왔다.

“헉헉헉.”

디르는 마나를 너무 많이 사용해서 지친 상태로 바닥에 정좌를 하고 앉아 몸을 천천히 회복시켰다.

노가다의 결과로 인해 경이적인 수치를 자랑하는 디르의 마력도 꽤 큰 수레에 반영구적인 마법진를 가동시킬 만한 마력을 주입하는 것은 힘든 일이었다.

어느 정도 회복한 디르는 다시 수인을 맺으며 주문을 외웠다.

“경량화.”

이번에는 하얀 빛이 뿜어지며 아까와 같은 일이 다시 일어났다. 디르는 또다시 앉아서 마력을 모은 뒤 이번에는 상자같이 생긴 수레를 열고 안쪽을 향해 수인을 맺고 주문을 외우기 시작했다. 하지만 그 마법이 그중에 가장 힘든 마법이었는지 시간이 수인을 맺는 시간과 주문을 외우는 시간이 조금 더 길었다.

"공간 확장!"

디르가 시동어를 외치자 수레 안에서 엄청난 빛이 쏟아져 나왔다. 그리고 디르는 쓰러지듯이 앉아 주머니에서 마력 포션 하나를 꺼냈다. 텅 빈 것 같은 마력을 다시 채우기 위해 디르는 포션을 마셨다. 비록 저급품이었지만 그래도 조금은 효과가 있기 때문이었다.

아무 말 없이 잠시 쉰 디르는 조금 있다가 일어서더니 다시 마법 하나를 열심히 외우기 시작했다.

"방온!"

방온. 아주 실용적인 목적에서 만들어진 마법으로 마법이 걸린 대상의 온도를 변하지 않게 해주는 아주 유용한 마법이었다.

안의 온도를 적당하게 만들어놓은 디르는 문을 닫았다. 문을 열기 전까지는 온도가 변하는 일은 없을 것이다.

루파 등은 그 모습을 구경하고 있었다. 사실 마법사가 직접 마법을 쓰는 것을 보는 것은 그루가스 같은 평화로운 동네에서는 보기 어려운 광경이었다.

디르가 일어서자 루파가 디르에게 물었다.

"다 끝나셨습니까?"

디르는 루파의 물음에 긍정을 표했다.

"예, 이제 다 끝났습니다."

"하하, 대단한 수레가 탄생했군요."

디르는 루파의 말에 씨익 웃으며 케므를 수레에 매달았다. 그리고는 루파 등의 배웅을 받으며 루파의 집을 나왔다.

"혹시 그루가스에 다시 오시면 들러주십시오. 무슨 물건이든 잘 만들어 드리겠습니다.

루파의 말에 디르는 고개를 끄덕였다.

다음날.

디르는 접속하자마자 그 농부의 농장으로 향했다. 오늘도 역시 날씨는 좋았다. 그리고 디르가 도착했을 때 그 농부는 포도를 따고 있었다.

"지금 어제 주문한 것 가져갈 수 있을까요?"

"아무래도 오늘 안에는 안 될 것 같은데요. 따놓은 게 하나도 없어서……."

농부는 작업복을 입고 포도를 따며 대답했다.

"음, 그러면 제가 도와도 될까요?"

"아, 물론이죠. 마법사가 이런 일을 할 수 있을지는 모르겠지만 방법을 가르쳐 드리겠습니다. 바로 이 가위를 가지고 줄기를 자르고 그 포도를 상자에 적당히 채워 넣은 다음 한곳에 쌓아놓으면 제가 들고 나르겠습니다. 저기 상자들 보이시죠?"

농부의 말에 디르는 주위를 둘러보았다. 그러자 포도밭 안에 여러 개의 상자가 사방에 흩어져 있었다.

"여기 있는 상자는 내가 계산해서 놓아둔 것이니까 얼마나 딸 것인지에 대해서는 생각 안 해도 됩니다. 그렇다고 상자에 너무 많이 넣으면 포도가 터져서 못 쓰게 되니까 주의하세요."

"옙!"

그의 말에 디르는 마법사용 로브 소매를 걷어붙이고 열심히 포도를 따기 시작했다. 두 상자쯤 채웠을 때 디르의 머리에 좋은 생각이 떠올랐다.

"텔레키네시스."

공간 마법과 중력 마법의 기본은 텔레키네시라는 하르만의 지론에 의하여 징그럽게 많이 연습했던 디르는 텔레키네시스의 주문이 필요없을 만큼 늘어 있었다. 물론 천환무의 기본 역시 텔레키네시스이었기에 이제 디르의 텔레키네시스는 손발을 사용하는 것과 같은 정교함을 자랑했다.

디르는 포도 송이를 텔레키네시스를 사용해서 당겨보았다. 하지만 의외로 줄기가 억세서 단순히 잡아당기는 것만으로는 포도가 따지지 않았다.

"으흠, 조금 응용을 해야겠는데?"

디르는 우선 줄기의 윗부분을 고정시킨 다음 아랫부분을 당겼다. 워낙 숙련도가 높아서 텔레키네시스는 마력이 거의 소모되지 않기에 약간 어려운 기술도 할 수 있었다.

"아자! 된다!"

텔레키네시스로 포도를 따는 데 속도가 붙은 디르는 순식간에 상자들을 채우기 시작했다. 농부가 그 모습을 보고는 환호성을 터뜨렸다.

"오오! 마법사가 훨씬 농사일을 잘하는구먼! 이거 나는 상자만 날라야겠군."

포도가 저절로 날아와서 디르의 손에 쥐어지자 디르는 그것을 상자로 담는 작업만 계속하였다. 포도로 가득 찬 상자를 농부가 계속 수레

안으로 쌓았다. 수레 안은 공간 증폭이 되어 있어서 널찍했고 4톤 분량
의 포도가 다 들어갈 수 있었다.

　우연인지, 혹은 일부러 그런 것인지 모르지만 서기와 자하딘력은 정
확하게 날짜가 같았다.
　그리고 자하딘력 2474년 10월 2일, 혹은 서기 2474년 10월 2일.
　상쾌한 아침. 디르는 4톤 분량의 포도를 싣고 있는—사실 경량화 마법
으로 인해 1톤이 약간 안 되는 무게이지만—수레를 끌고 있는 케므의 등을
두들겨 주었다. 생긴 것은 약간 험악하게 생겼지만 온순한 케므는 농
부의 집을 떠나 현재 2㎞ 이상을 수레를 끌고 가고 있었다. 하지만 워
낙 튼튼하고 덩치가 좋은 놈을 골라서 그런지 그 정도는 가뿐하다는
듯이 수레를 끌고 있었다.
　디르는 소풍 나온 기분으로 수레 위에 누워서 높은 하늘을 바라보고
있었다.
　“아, 상쾌하다.”
　마침 바람이 디르를 보고 반갑다는 듯이 디르를 한 번 휘감고 갔다.
디르의 로브 자락이 펄럭였다. 갈색의 그 로브는 하르만이 선물해 준
것으로 꽤 고급인 것이었다.
　갈색의 케므와 그 케므가 끌고 있는 검은색의 상자같이 생긴 수레,
그리고 갈색 로브를 입고 그 수레 위에 누워 있는 디르. 그렇게 두 생
명체와 한 물건은 추수철이 다가와 누렇게 잘 영글어 황금색의 밀밭이
끝없이 이어진 곳을 배경으로 조금씩 북서쪽으로 향했다.
　“하아암!”
　디르가 하품을 쩌억 했다. 처음에는 황금색의 밀밭이 끝없이 펼쳐져

있는 광경에 감상적이 되어 분위기를 즐겼으나 그것도 한두 번이지 무려 아홉 시간 이상 그러고 있으니 죽을 맛이었다.

"타앗!"

디르가 수레 위에서 사뿐히 뛰어내렸다. 그러자 케므가 그 커다란 눈을 굴리며 멀뚱히 디르를 보았다. 디르는 케므 옆으로 가서 같이 걷기 시작했다.

"어이, 케므 군. 너도 지겹지? 하긴 저 위에 누워 있는 나도 지겨운데 너는 어련하겠냐. 같이 걷자구나."

거의 열 시간 동안 1톤짜리 수레를 끌고 있는 케므는 아직도 사뿐하게 수레를 끌고 있었다. 그것을 보고 디르는 주문을 외우면서 수인을 맺더니 마법 하나를 케므에게 시전했다.

"회복."

디르의 손에서 은은한 빛이 케므의 옆구리로 흡수되었다. 케므는 다시 디르를 멀뚱히 쳐다보고는 별일없다는 듯이 계속 수레를 끌었다.

몇 시간을 그렇게 걸어가던 디르의 왼쪽으로 해가 지면서 노을이 생겼다. 그 아름다운 모습에 디르는 반해서 헤벌쭉 웃으면서 계속 걸었다. 노을을 계속 보고 있던 그는 갑자기 무슨 생각이 들어서인지 오른쪽을 한 번 보았다.

그곳에는 보름달이 해와 정면으로 대치를 하듯이 떠 있었다. 오른쪽에는 선하게 웃음 짓는 듯한 붉으면서도 강렬한 기운을 뿜는 해[日], 왼쪽에는 요사스러운 귀신에 튀어나올 것같이 하얀색으로 빛나며 모든 것을 빨아들일 듯한 달[月].

디르는 양쪽을 흘끗흘끗 살펴보았다. 그리고는 해와 달 사이에 나 있는 경계선으로 걸었다. 구불구불한 길을 따라 가는지라 어떨 때는

해 쪽으로 조금 더 기울고 어떨 때는 달 쪽으로 조금 더 기울기는 했지만 디르는 개의치 않고 앞으로 나갈 뿐이었다.

다음날. 디르는 천환무를 제대로 사용하기 위해 철 구슬을 주문 제작하고 식량도 완벽히 구비했다. 그리고 다시 확인 차 지도를 보았다.

남은 600km 중 갈레리우스에서 자할라딘까지 400km는 평야라서 지루한 것이 문제일 뿐 별다른 어려운 점은 없었지만 문제는 나머지 200km였다. 디르가 지금 있는 히스부터 갈레리우스까지 200km는 험준한 아크일 산맥이 가로막고 있으며 그 산맥은 자하딘 황국을 양분하는 아주 거대한 산맥이라 어찌 비켜 지나갈 수도 없었다.

"휴우……."

디르는 산맥을 오르기 전에 심호흡을 한 번 했다.

아크일 산맥은 자하딘에서 거의 유일하게 몬스터를 볼 수 있는 곳이며, 자하딘 황국 기사단조차 험난한 지형과 흉포한 몬스터 때문에 토벌을 포기한 곳이었다. 그래서 자하딘에서 플레이어를 가장 쉽게 만날 수 있는 곳이 바로 이 히스와 갈레리우스였다.

그런 곳이기에 친절한 여관 주인이 산맥을 넘어간다고 하자 용병 고용을 적극 추천했지만 경제적인 이유로 거절하고 나온 디르로서는 긴장되는 일이 아닐 수 없었다.

"후웁! 자, 가자!"

디르는 케므의 등을 탁 때리고는 수레 위로 올라가서 경계를 했다. 다행히도 히스와 갈레리우스를 잇는 여러 개의 길 중에서 약간 돌아가지만 길이 넓고 경사도 급하지 않아 디넬라인의 원주민(?)들이 가장 많이 쓰는 길을 알아온 디르의 노력 때문에 케므는 별 어려움 없이 수레를 끌 수 있었다.

"마나의 힘을 나의 귀로, 청각 극대화. 마나의 힘을 나의 눈으로, 시각 극대화. 환영."

디르는 2클래스에 속하는 마법 중 시각과 청각을 강화시키는 마법을 자신에게 걸었다. 그리고 별 주문이나 수인도 필요없이 수레에 환영 마법을 걸었다. 그러자 수레의 손잡이 부분이 보이지 않으며 그냥 사방이 막힌 상자가 되어버렸다. 그는 주위를 찬찬히 살피며 길을 재촉했다.

쿵쿵쿵!

청각 극대화를 걸어놓은 디르의 귀로 갑자기 무거운 동물이 걸어오는 소리가 들렸다.

'동물이라면… 절대로 이런 소리가 날 리가 없다. 이것은… 오우거 아니면 트롤이겠군.'

디르는 자신의 예상이 틀리기를 빌었지만 불행하게도 그의 예상은 맞아떨어졌다.

크르르르.

키가 디르의 두 배는 족히 넘을 오우거는 디르를 보자마자 누런 이를 보이며 크르릉거렸다. 오우거의 뾰족한 송곳니에는 방금 뭔가를 먹고 왔는지 흥건하게 피가 묻어 있었다.

크와악!

디르가 품에서 철 구슬을 꺼내는 사이에 오우거는 디르와 케므에게 커다란 몽둥이를 치켜들었다. 오우거의 눈이 번뜩였다.

디르는 그것을 보고 급하게 철 구슬 하나를 던졌다.

"폭환(爆丸)!"

디르가 던진 구슬이 붉은 꼬리를 허공에 길게 남기며 빠른 속도로 쏘아져 나가더니 오우거가 휘두르고 있는 몽둥이와 충돌했다.

콰앙!

작은 폭발과 함께 철 구슬은 오우거의 몽둥이에 박혀 버렸다. 그 덕분에 오우거의 몽둥이 방향이 어긋나서 케므의 옆에 있는 애꿎은 나무 하나를 박살 내어버렸다.

'우선 수레와 케므에 신경 쓰지 못하도록 내가 주의를 끌어야 한다.'

"플라이(Fly)!"

디르는 그 짧은 사이에 마법을 펼쳐 오우거의 뒤로 날아갔다. 오우거는 공중에 떠 있는 디르에게 다시 한 번 몽둥이를 휘둘렀다. 디르는 몽둥이를 어렵지 않게 피할 수 있었지만 몽둥이를 얼마나 세게 휘둘렀는지 풍압을 형성하며 디르를 떨쳐 내었다.

"칫."

디르는 블링크를 연속으로 사용하며 오우거의 뒤로 움직였다. 공중에서는 아무래도 안 될 것 같아서였다.

"폭환!"

퍼엉!

오우거의 등에 명중한 폭환은 가죽 북 터지는 소리를 내며 퉁겨 나왔다.

크와악!

오우거는 디르를 향해 돌아서더니 몽둥이를 휘둘렀다.

콰앙!

디르가 오우거의 몽둥이를 가뿐히 피해내자 몽둥이는 굉음을 내며 디르가 있던 자리에 작은 웅덩이를 하나 만들어내었다.

그에 디르는 열 개의 구슬을 사방으로 던지며 본격적으로 천환무(天丸武)를 펼치기 시작했다.

디르가 천환무를 펼치자 열 개의 구슬이 디르의 주위를 빙글빙글 떠다니기 시작했다. 오우거는 무식한 힘으로 계속 디르를 상대했다.

쾅! 쾅! 쾅! 쾅!

디르는 블링크와 마법사치고는 빠른 움직임으로 열심히 오우거의 몽둥이를 피하며 기회를 노렸다.

크르르!

다람쥐처럼 요리조리 피하는 디르가 짜증이 났는지 이번에는 수평으로 공격하기 위해 몽둥이를 든 팔을 옆으로 한껏 제쳤다. 오른손이 바깥으로 나가는 바람에 오우거의 가슴은 비어 있었다.

'빈틈!'

디르는 오우거의 비어 있는 가슴에 짧은 시간 안에 최대한의 마력을 주입해서 폭환을 하나 더 쏘았다.

콰앙!

이번에는 철환이 그 두꺼운 가죽을 뚫고 들어가서 박혔다. 오우거가 살짝 뒤로 밀려날 정도로 강한 일격이었다.

크와와와!

이번에는 꽤 아팠는지 오우거가 광분했다. 오우거가 마구잡이로 공격하자 훨씬 틈이 많이 생겼다. 디르는 기회를 놓치지 않고 차근차근 공격해서 크고 작은 상처를 오우거의 몸에다가 새겼다.

오우거의 눈이 붉게 변했다. 아마도 안에서 실핏줄이 터진 모양이었다. 사실 별다른 점은 없었으나 붉은 눈이 된 오우거는 디르를 쉴 틈

없이 공격했다.

'젠장, 빌어먹을 오우거 녀석. 이 녀석은 체력이 무한한가 보군. 때려도 때려도 안 죽고 계속 몽둥이를 휘둘러도 공격 속도가 느려지지 않는 것을 봐서.'

속으로 자신 욕을 하는 것을 알았는지 오우거가 강렬하게 디르를 내려쳤다.

빠직!

디르가 있는 곳을 강하게 친 오우거의 몽둥이가 너무 무리를 했는지 제일 처음에 디르의 폭환에 맞은 부위를 기점으로 부러지고 말았다.

'기회다!'

"회환(回丸)!"

디르가 회환을 쓰자 공중에 떠서 디르를 따라다니던 철환 중 하나가 빠른 속도로 자전(自轉)하기 시작했다.

"블링크."

디르가 블링크를 써서 오우거의 머리 위로 이동했다.

크아?

오우거가 순간 어리둥절해서 대응을 하지 못하고 있을 때 디르는 머리카락 한 올 없는 오우거의 머리를 꼭 잡고 주문을 외웠다.

"내가 원하는 것이 공간을 가로질러 나에게 오리라! 오브젝트 텔레포트(Object teleport)!"

디르가 시동어를 외치자 강렬하게 자전하고 있던 철환이 오우거의 뇌 사이로 텔레포트되었다. 그리고 그것은 오우거의 뇌를 갈기갈기 찢어버렸다.

그르르륵.

오우거의 뇌가 회전하는 철환에 산산이 부서지며 눈, 귀, 코, 입에서 피가 흘러나왔다.

풀썩.

결국 오우거가 땅바닥으로 쓰러졌다.

아크일 산맥의 오우거는 정규 기사 다섯 명이서 합공을 해도 상대하기가 어렵다는 괴물로 유명했다. 워낙 많은 몬스터들이 바글거리는 아크일 산맥에서 살아남은 강한 오우거들의 씨를 받아 또다시 살아남은 아주 강한 녀석이니 다른 보통의 오우거들과 비교하는 것조차 우스울 정도였다.

디르는 승리자의 미소를 지었다. 그는 승리자의 미소를 지을 자격이 있었다.

그리고는 자신의 주머니에서 능력표를 꺼내었다. 그 종이야말로 디넬라인에서 가장 비현실적인 것으로 갖다 버려도 그 주머니 안에 다시 생기는 신기한 것이었다. 그리고 종이에는 자신의 레벨과 능력치들이 세세히 기록되어 있었다.

"레벨이 좀 올랐구나."

디르는 그 두루마리 화장지처럼 생긴 그 종이의 제일 윗부분만 살짝 보았다. 그루가스에서 시간이 날 때마다 마법 수련을 하고 오우거를 잡은 것이 인정되었는지 레벨이 4나 올라 있었다. 능력표 최고 상단에는 '디르' 라는 이름이 적혀 있고 그 밑에는 379라는 레벨 수치가 적혀 있었다.

레벨 옆에는 '마법사' 라는 그의 칭호가 있었으며 그 아래로는 보기도 싫은 숫자들이 끝없이 배열되어 있었다.

어쨌거나 대충 스텟 포인트를 찍은 디르는 오우거의 사체를 안타깝다는 듯이 보았다.

'오우거의 가죽이 비싸다는데…….'

하지만 어떻게 들고 갈 방법도 자를 방법도 없는 디르로서는 아쉽지만 그냥 가던 길을 갈 수밖에 없었다.

"어? 뭐가 허전하네?"

가던 길을 가려고 하는데 갑자기 무언가 허전함을 느낀 디르는 주위를 휘휘 둘러보았다.

"아, 맞다! 내 수레, 내 포도! 어디 간 거야!"

오우거와 싸우고 있는 동안 자신의 전 재산과 미래가 행방불명되어 버린 이 상황. 디르는 눈에 불을 켜고 그것들이 어디로 갔는지 흔적을 찾기 위해 주위를 찬찬히 둘러보았다.

다행히도 디르는 그다지 어렵지 않게 케므와 수레가 지나간 흔적을 찾을 수 있었다. 그저 케므가 오우거와 디르의 싸움에 겁에 질려서 어디론가 혼자 도망친 듯 수레의 바퀴 자국이 선명이 나 있었다. 최소한 누군가가 훔쳐 간 것은 아니라는 것을 확인한 디르는 수레바퀴를 따라서 뛰어갔다.

계속 바퀴 자국을 따라가던 디르는 그 바퀴 자국이 한 공터에서 끝나는 것을 알았다. 그 공터에는 수많은 발자국과 수레의 바퀴 자국이 어지럽게 나 있었다. 디르는 나름대로 발자국들을 보면서 찬찬히 생각해 보았다.

"우선 이 깊은 발자국은 내 케므인 것 같고… 수레도 그 발자국을 따라 나 있으니 그렇다 치지만 이 작은 발자국들을 가질 만한 몬스터라면……. 고블린! 젠장! 그놈들은 독을 가지고 있는데!"

하지만 다시 차근차근 생각을 해보자 고블린이 케므를 죽일 이유가 없었다. 그래도 몬스터라고 불리는 것들 중에서는 지능이 높은 축에 드는 고블린들은 별 반항도 하지 않을 케므를 죽이고 수레를 자신들이 끌고 갈 멍청한 짓은 하지 않을 터였다.

디르의 눈에 스무 마리 정도 되는 듯한 고블린과 자신의 케므, 그리고 수레가 지나간 자국이 오른쪽에 나 있는 게 보였다. 디르는 긴장을 하고 다시 시력 강화와 청력 강화의 마법을 사용했다. 그리고 그 흔적이 이어진 곳으로 뛰어가기 시작했다.

"헉헉헉!"

의외로 꽤 길게 이어진 그 흔적은 한 동굴로 이어져 있었다.

아마도 고블린들의 동굴이리라. 그 동굴로 들어간 디르는 소리를 내지 않고 조심조심 걸어 들어갔다.

캉!

디르의 귀로 동굴 안에서 금속 부딪치는 소리가 들렸다. 그 소리는 동굴 안에서 쩌렁쩌렁 울렸다. 디르는 고블린이 무엇을 하나 고개를 내밀어 살짝 훔쳐보았다.

캉! 카앙! 깡!

고블린은 창으로 디르의 수레를 열심히 때리고 있었다. 다행히 디르가 걸어놓았던 환영 마법을 눈치채지 못한 듯 계속 수레의 모서리를 칠 뿐이었다. 하지만 수레에 걸려 있는 실드 마법으로 인해 그것도 신통치 못했다.

하지만 디르의 눈에는 그것보다 다른 것이 들어왔다.

고블린이 열심히 치고 있는 수레에는 벌써 죽은 것인지 목에서 피를 철철 흘리고 있는 케므가 있었다. 어두워서 잘 보이지는 않지만 동굴 바닥에 흥건히 고여 있는 물 같은 것은 물이 아니라 케므의 피였다.

저벅저벅저벅.

케므의 죽음으로 눈이 뒤집혀 버린 디르는 무작정 저벅저벅 고블린을 향해 걸었다. 20마리 정도의 고블린은 갑자기 자신들의 동굴로 난입한 디르에게 독이 묻은 바람총을 쏘았다.

쉭쉭. 쉬쉬쉭.

한 번에 여러 개의 독침이 디르를 향해서 날아왔다. 하지만 디르에게 가서 박히기 전에 갑자기 그 독침들의 방향이 허공에서 변하더니 동굴 벽을 맞고 떨어졌다. 아마도 디르가 마법을 시전한 듯하였다.

디르의 소매에서 철환 네 개가 튀어나왔다. 그 철환들은 나오자마자 맹렬하게 회전하면서 고블린들에게로 쏘아져 나갔다.

파악!

철환 중 한 개가 가장 앞에 있던 고블린의 옆구리를 찢어발겼다. 그 모습에 다른 고블린들은 겁을 먹어 뒤로 슬금슬금 뒷걸음질쳤다. 하지만 자비를 모르는 철환들은 고블린에게 빠른 속도로 쏘아졌다.

끼에엑!

순식간에 고블린 세 마리가 찢겼다. 그 모습에 나머지 고블린은 저항 의지마저 잃었다. 고블린 특유의 괴성을 지르며 도망가는 고블린에게 철환들은 사정을 두지 않았다.

끼에에엑!

마지막 고블린 하나가 죽기 전에 고음의 괴성을 질렀다. 단말마의 비명이라는 것인가. 이미 동굴은 찢겨진 고블린의 시체와 고블린의 살점들이 튀어서 피로 동굴 천장까지 칠해져 있었다. 그리고 그 사이에 덩치 큰 케므의 시체 하나.

디르는 케므의 시체를 말없이 동굴에서 끌고 나왔다. 디르는 동굴 근처의 양지바른 곳을 골라 마법으로 땅을 팠다. 얼마 걸리지 않아 땅을 다 판 디르는 케므의 시체를 구덩이 안에 집어넣었다.

"미안하다. 이름도 없이 죽었구나. 다음에 만나면… 이름 정도는 지어줄게."

디르가 눈물이 살짝 나는 것을 손등으로 닦아내었다. 비록 일만 우라지게 시켜먹었지만 나름대로 정이 들었었나 보다. 눈물을 대충 닦아낸 디르는 수레를 가지러 다시 그 동굴로 들어갔다.

"젠장, 이걸 어떻게 다시 가져가지?"

무려 1톤이나 되는 수레가 고블린의 살점들 사이에 살포시 자리잡고 있었다.

디르는 겨우겨우 안전지대로 들어섰다. 히스까지 갈려면 아직 조금 남았지만 몬스터가 거의 출몰하지 않는 지역이고 히스까지 갈 힘도 남아 있지 않았다.

1톤, 아니, 사실 4톤짜리 포도 수레를 가지고 온 것은 인간 승리라고 할 수 있었다. 경량화 마법과 실드 마법이 없었다면 그 수레는 이미 나뭇조각이 되었을 것이다.

"아이고, 힘들다. 어디 앉을 곳 없나?"

두리번거리던 디르는 그냥 근처 나무 밑에 털썩 주저앉아 버렸다. 무거운 티를 내는지 수레는 그 깊은 수레바퀴 자국으로 지나는 길마다 팍팍 표시해 주었다. 수레를 끌어서 온통 땀 범벅이 된 디르는 나무 아래에 불어오는 바람에 살짝 기분이 좋아졌다.

"젠장, 오늘 힘 스텟 드럽게 많이 올랐겠구먼."

디르는 멍한 표정으로 나무 아래에 앉아서 잠깐 죽은 케므에 대한 생각을 했다.

"그 녀석은 꼭 보는 것도 띠껍게 보더니 죽는 것도 띠껍게 죽네. 젠장할!"

갑자기 감정이 격해진 디르는 조용히 말하다가 갑자기 소리쳤다. 디르는 뻔뻔하게 고개를 돌려 하늘을 보았다.

그리고는 아예 누워버린 디르의 눈에 높은 가을 하늘이 보였다. 높고 푸른 가을 하늘 사이로 구름 몇 조각이 유유히 흐르고 있었다. 평화로운 하늘을 보자 디르의 기분도 조금은 나아졌다.

구름, 파아란 하늘. 구르음, 파아아란 하늘. 구우르음, 파아아라안 하아느을.

디르의 두뇌는 점점 활동을 늦춰갔다. 그에 맞춰 디르의 눈꺼풀도 무거워 갔다. 그때, 디르의 황금 같은 낮잠을 깨우는 소리가 있었다.

퍽! 퍽! 퍽!

어디선가 규칙적으로 나무를 찍는 소리가 났다. 디르는 그 소리에 신경질이 나서 몸을 일으켰다. 그리고 그 장면을 보고 말았다.

나무꾼 하나가 꼿꼿하게 자라 보기 좋은 나무 하나를 열심히 찍어대고 있었다. 그 나무 주위로는 거의 다 구불구불한 나무밖에 없었다. 아무래도 아크일 산맥 외곽이다 보니 꼿꼿한 나무들은 다 나무꾼들이 베어가고 밑동만 남아 있었던 것이다.

디르는 순간 엄청난 충격을 받았다. 그리고 사과나무에서 떨어진 사과를 본 뉴턴의 심정으로 조용히 생각에 잠기었다. 그리고 느끼었다. 비록 뒤틀려서 못생긴 나무의 외모라도 그것을 잘 사용하면 장점이 될 수 있다는 것을.

한동안 생각에 잠긴 디르는 자신이 아주 멍청한 짓을 했다는 것을 깨달았다. 디르 자신에게 믿을 것이라고는 자신의 잔머리밖에 없었다.

머리는 쓰라고 있는 것. 머리를 안 쓰니 손발이 고생할 수밖에. 무력이 달리면 생각을 하고 계획을 짜서 아크일 산맥으로 들어서야 했던 것인데 그냥 무작정 들어섰던 것이다. 그제야 디르는 머리를 사용하기 시작했다.

디르는 현재의 상황을 정리해 보았다.

―멀리 볼 것도 없이 우선 갈레리우스까지의 산길을 지나려면 강한 무력이 필요하다.

천환무는 방어력이 낮은 소형 몬스터에게는 아주 강력하다. 하지만 철환이 제대로 들어가지도 않는 오우거 같은 방어력이 좋은 몬스터들에게는 거의 통하지 않는다. 고로 방어력이 좋은 몬스터를 막아낼 방법이 필요하다.

그에 대한 디르의 방안.

1. 용병을 고용한다(경제적인 문제로 누락).

2. 남 가는 데 얹혀서 간다(가장 좋은 방법이지만 언제 그런 일행이 있을지도 모르고 명분도 없기에 누락).

3. 열심히 수련하여 자력으로 산맥을 넘는다(얼마나 걸릴지 모르기 때문에 누락).

막아낼 수 없다면 피해가는 것도 방법. 산맥에 출몰할 각종 몬스터들을 피해낼 수 있는 디르의 방안.

1. 텔레포트를 사용한다(역시 경제적인 문제로 누락).

2. 살금살금 피해서 산맥을 통과한다(가능성이 상당히 희박).

3. 2번을 보완한 것으로 산에 불을 지르고 혼란을 기다렸다가 많은

동물들과 몬스터들이 혼란스러워할 때 살금살금 산맥을 통과한다(거대한 산맥을 다 태울 만한 불이 될 가능성도 적고 만약 그런 산불이 된다 해도 200㎞를 불길을 뚫고 가는 것은 가능성이 상당히 희박하기에 누락).

4. 비행 동물을 타고 넘는다(많은 비행 몬스터들이 아크일 산맥에 거주하고 있으며 1톤가량 되는 수레를 그 비행 동물이 운반할 가능성도 없으며 가장 결정적으로 비행 동물을 구할 돈이 없기에 누락).

"젠장! 그러면 어떻게 넘어야 되는 거야!"

디르는 답답했는지 소리를 버럭 질렀다. 그때, 무언가 좋은 생각이 디르의 머리 속을 스쳐 지나갔다.

"그래! 차도살인지계!(借刀殺人之計)!"

결과적으로 어떻게든 통과만 하면 되는 것이 아닌가? 그것이 디르의 돈으로 용병을 사든 다른 무력을 이용하든.

디르는 재빨리 도시로 돌아가 전에 머물렀던 여관 문을 박차고 뛰어 들어 갔다. 카운터에 있던 여관 주인이 뭐라고 소리쳤지만 디르는 무시하고 여관 안으로 들어갔다. 그리고 주위를 재빨리 돌아보고는 여관 주인을 보고 외쳤다.

"아저씨! 여기 정보 길드 같은 거 없나요?"

화를 내다가 갑자기 멈추는 것도 쉽지 않건만 그 여관 주인은 디르의 말이 끝나자마자 입가에 상업용 미소를 띠며 어디론가 손짓했다. 그러자 한 청년이 급히 달려왔다.

"어이, 잭. 이분을 안내해 드리고 내가 모셨다는 거 확실히 말해."

"내가 한두 번 하는 것도 아니고 매일 뭘 그렇게 신경 써요?"

잭이라고 불린 사내는 여관 주인에게 톡 쏘아주었다. 그리고는 디르에게 따라오라고 하며 이리저리 꼬인 골목길로 사라졌다.

디르가 정보 길드에서 구한 것은 아크일 산맥의 오크 거주 분포도(Orc 居住 分布圖)였다. 물론 아크일 산맥이라는 것이 자하딘 황국을 횡단하는 거대한 산맥이라 모든 지도를 구하는 것은 불가능했다. 디르가 구한 지도는 히스와 갈레리우스로 가는 길 사이의 부분을 표시해 놓은 부분적인 지도였다.

디르는 오크 거주 분포도를 살펴가면서 자신의 계획을 다시 머리 속으로 확인했다.

그의 계획은 오크들을 포섭해서 갈레리우스까지의 편안한 길을 확보하는 것이었다. 물론 자신의 능력, 즉 소형 몬스터에게 막강한 천환무의 능력을 십분 발휘해야겠지만.

오크. 그들은 순수한 전투 종족으로 지능은 다소 떨어지지만 그들의 전투 감각만은 타고난 것이었다. 천재적이라고 말할 수밖에 없는 전투 감각과 엄청난 번식력, 그리고 원한은 끝까지 기억하여 갚아주고 은혜도 절대로 잊지 않고 보답하는 종족이었다.

디르는 지금 그 오크의 특성인 '은혜는 반드시 보답한다' 라는 것만 믿고 우선 오크를 찾아가는 것이다. 확실하게 은혜를 입히기 위해, 그리고 그것을 빌미로 아크일 산맥을 별다른 재정적 손실 없이, 즉 '공짜' 로 넘기 위해.

디르는 정보 길드에서 나와 다시 여관으로 향했다. 그 복잡한 길을 알아서 찾아갈 자신이 없었던지라 정보원에게 물어서 무작정 대로로 나왔다.

오크로 차도살인지계를 꾸미는 작전의 세부 사항을 정리하느라 멍

하니 기계적으로 대로를 걷던 디르의 귀로 사람들의 웅성거림이 들려
왔다. 영혼의 제단 근처에 많은 사람들이 시끌벅적하게 모여서 무엇인
가를 보고 있었다.

영혼의 제단. 그곳은 수명이 다해서 죽은 것이 아니라 타의로 죽은
자들이 다시 부활할 때 사용되어지는 곳이었다. 윤회자의 경우에는 사
망시 영계로 혼이 이동되어 영혼력을 소비해 새로 육체를 구성해야 부
활할 수 있고, 영생자의 경우에는 혼이 영계 근처도 가지 않고 바로 영
혼의 제단에서 부활한다는 것이 다른 점이긴 했으나 어차피 영혼의 제
단에서 부활한다는 것은 같았다.

상당히 희귀하게 있는 영혼의 제단이지만 영혼이 많이 모이는—다른
말로 하면 주위에서 많이 죽어나가는—히스인지라 히스에는 영혼의 제단
이 있었다. 그것은 히스의 정중앙을 관통하며 나 있는 대로의 한복판
에 있었다.

디르는 무슨 일인가 구경하기 위해 군중들 사이로 끼어들었다. 그리
고는 발돋움을 해서 안을 보았다.

메에에—

영혼의 제단에는 덩치가 아주 큰 갈색의 정체불명의 괴수 한 마리가
서서 주위 사람들을 놀라게 만들고 있었다. 그리고 그 괴수를 차지하
기 위해서 여러 명의 사람이 몰려 있었다.

그 모습에 디르가 궁금증이 일어 옆에서 구경하고 있던 다른 사람에
게 물었다.

"저기요, 지금 저 사람들, 뭐 하는 거죠?"

"괴수 잡고 있는 거 안 보이나?"

"그러니까 저 괴수를 왜 잡고 있냐는 거죠."

디르의 물음에 중년의 사내는 씨익 웃으며 말했다.

"자네, 모르나 보군. 이 디넬라인 안에서는 모든 생명체가 저 영혼의 제단을 통해 부활이 가능하다네. 하지만 몬스터라든지 돼지 같은 동물은 보통 사망시 윤회를 한다네. 아니, 강력한 의지로 원하지 않으면 다시 부활하기가 아주 어렵지. 그리고 그렇게 부활하게 되면 동물일 경우에는 영수(靈獸)에 가깝도록 진화를 하게 되지. 그래서 저 괴수를 사람들이 저렇게 회유하려고 한다네. 이제 이해가 가는가?"

상세한 중년인의 말에 디르는 고개를 끄덕였다. 그리고 그 괴수를 바라보았다. 그 순간 그 괴수의 눈과 디르의 눈이 마주쳤다.

'어디서 본 눈인데… 저 띠꺼운 눈… 어디서 봤더라?

디르가 어디서 봤는지 생각하고 있을 때 그 괴수는 생긴 것답지 않게 디르를 보고는 씨익 웃었다.

그 괴수는 황소의 두 배가량의 덩치에 기다란 뿔이 머리에 굳건히 박혀 있었으며 갈색의 털이 온몸을 덮고 있었다. 발은 조금 특이하게도 곰이나 호랑이의 발과 같이 날카로운 발톱이 있는 고양이과의 발 같은 모양이었다. 그래서 그런지 주위를 둘러싸고 있는 사람들을 고양이같이 사뿐하게 뛰어넘었다. 그 괴수가 디르의 바로 곁으로 착지하자 땅이 살짝 흔들렸다.

쿵!

그 소리에 디르는 화들짝 놀라서 그 괴수를 보았다. 하지만 그 괴수는 육중한 소리와는 다르게 아무 이상도 없는 듯했다. 괴수는 디르의 눈을 약간 내려다보며 또다시 헤벌쭉 웃었다. 그에 디르는 갑자기 한 가지 생각이 떠올랐다.

"서, 설마 케므 네가 부활한 거냐?"

그 괴수는 놀라는 디르를 다시 내려다보며 히죽 웃었다. 온몸에 덮인 털 때문에 한눈에 알아보지는 못했지만 디르는 그 괴수의 모습이 너무나 반가웠다. 항상 뚱한 표정만 짓고 있는 녀석이었지만 그루가스부터 히스까지 무려 1,000㎞ 이상을 같이 보내서 나름대로 정이 많이 들었기 때문이다.

디르는 그 괴수의 목을 툭툭 치며 우스갯소리를 던졌다.

"잘 왔다! 안 그래도 수레 때문에 케므 한 마리가 필요했는데 돈 굳었구나!"

괴수는 디르의 말을 알아들었다는 듯이 또다시 디르를 띠꺼운 눈으로 쏘아봤다. 하지만 디르는 별 상관 하지 않고 자신의 말을 이었다.

"아! 그래, 네놈이 그 허약한 고블린 놈한테 죽은 다음 내가 널 다음에 보면 이름 하나 지어주기로 했는데……. 귀찮지만 하나 지어주지."

디르는 잠시 생각하는 듯하더니 곧 기쁜 목소리로 말했다.

"그래, 네 덕분에 내 돈이 굳었으니 금전절약우(金錢節約牛)! 어떠냐? 소는 아니지만 뭐 대충 비슷하니까 신경 안 써도 되겠다."

디르가 몇 초 만에 지은 자신의 이름이 마음에 안 드는지 금전절약우는 불만스러운 표정으로 울었다.

메에에에―!

하지만 디르는 금전절약우의 불만스러운 표정은 신경도 쓰지 않았다. 디르는 그저 금전절약우의 등을 한 번 토닥이더니 말했다.

"금전절약우라고 부르기에는 너무 기니까 그냥 금군이라고 부르겠어."

그 말에 금군은 또다시 띠꺼운 눈으로 디르를 한 번 보더니 고개를 획 돌려 버렸다. 그런 금군이 귀여운지 디르는 씨익 미소를 짓더니 금군의 등을 살짝 쓰다듬었다. 그리고는 따라오라는 손짓을 하고는 앞으로 걸어나갔다. 그러자 금군은 여전히 띠꺼운 표정으로 앞으로 걸어나가는 디르의 뒤를 쫓았다.

디르와 금군은 허탈한 표정을 하고 있는 일단의 사람들을 뒤로한 채 여관으로 향했다.

여관에서 수레를 찾아서 나온 디르와 금군은 다시 아크일 산맥으로 향했다. 사실 수레는 여관에 맡겨놓고 오크를 회유한 뒤에 다시 와서 찾아가려고 했으나 업그레이드된 금군이 온 관계로 수레까지 끌고 한 방에 갈 계획을 꾸렸다.

"앗싸! 오늘도 날씨 더럽게 좋구먼! 어이, 금군! 오늘은 죽지 말고 끝까지 가보자고! 알았지?"

헤엥―!

디르의 말에 금군은 콧방귀를 뀌었다. 그 모습에 디르는 피식 웃고는 수레에 다시 환영 마법을 걸었다. 그러자 수레가 앞뒤에 여는 곳까지 없는 상자 모양이 되어버렸다. 하지만 효율성으로 따지자면 상당히 좋은 마법이었다.

디르는 아크일 산맥 오크 분포도를 보면서 산을 걷기 시작했다. 저번과는 다르게 대로로 걷지 않고 그냥 산을 걸었다. 그는 오크 무리가 사는 동굴을 목표로 길을 찾아갔다. 금군은 진화되어서 그런지 대로가 아닌 그냥 산길을 가는데도 수레를 끌고 잘도 쫓아왔다.

디르가 지도를 보면서 대충 다 와간다고 생각할 쯤에 디르의 목표 지점으로 추정되는 곳에서 뭔가가 싸우는 소리가 들렸다. 디르는 소리가 나는 쪽으로 향했다.

끼에에!

트롤 한 마리가 단말마의 비명을 지르며 쓰러졌다. 디르의 목적지로 추정되는 그곳에는 마침 여섯 마리가량의 트롤과 30여 마리가 넘을 것으로 추정되는 오크가 있었다. 그들이 싸우고 있는 뒤편으로 커다란 동굴이 아마도 오크들의 보금자리이리라. 오크들은 그들의 귀한 암컷들을 보호하기 위해서 트롤들과 싸우고 있는 듯했다.

트롤들은 그 경이적인 속도의 재생력으로 오크들의 공격을 몸으로 막으며 싸우고 있었고, 오크들은 자잘한 상처는 금방 회복이 되어버리는 트롤의 재생력을 이미 잘 알고 있다는 듯이 트롤들의 공격을 이리저리 피하며 기회를 노리고 있었다.

마침 그때 오크들의 공격으로 트롤 하나가 넘어졌다. 그러자 오크들의 우두머리로 보이는 자가 트롤의 목에 참마도같이 생긴 글레이브를 강렬하게 휘둘렀다. 트롤은 넘어진 채 별 반항도 못해보고 무자비한 오크의 글레이브에 생을 마쳤다. 전투 종족이라는 오크답게 최소의 피해로 트롤들을 하나하나 처리해 나가고 있었다.

'흠, 저 정도는 되어야지.'

디르는 계속 숨어서 오크들의 전투 실력을 보고 잠시 감탄했다. 원래 타고난 전투 감각과 아크일 산맥에서 쌓은 많은 경험은 오크들을 더욱 강력하게 만들었던 것이다. 하지만 그는 자신의 일을 잊지 않고 있었다.

"어이, 금군. 조용히 따라와."

디르는 오크들이 눈치채지 못하게 살그머니 물러났다. 오크들은 트롤들과의 싸움 때문에 누군가가 자신들을 엿보다 갔다는 것을 눈치채지 못하였다.

“어이, 금군. 여기서 꼼짝하지 말고 가만히 있어.”

디르는 금군을 어디 조용하고 구석진 곳에 투명화 마법진을 간단하게 설치해서 숨겨놓았다. 그리고 나서 나무 위로 올라가 주위를 둘러보았다.

‘오우거들이 어디 있으려나……’

시력 강화 마법과 청력 강화 마법까지 사용하며 주위를 살펴보던 디르는 결국 오우거 한 마리를 찾아내었다.

‘빙고!’

디르는 플라이 마법을 능숙하게 사용하며 오우거 근처의 나무에 착지했다. 마법사라 하기에는 아주 능숙한 몸놀림이었다.

그때 오우거는 마침 잡은 노루 한 마리를 아주 맛있게 시식하고 있었다.

디르는 노루를 맛있게 먹고 있는 오우거를 보고 미소를 지었다. 그리고 철환 하나를 꺼내서 천환무를 사용했다.

디르가 쏘아낸 구슬이 오우거가 들고 있는 노루를 향해 날아갔다.

쫘아악!

디르가 쏘아낸 구슬이 맹렬하게 자전하며 오우거가 먹고 있던 노루를 찢어발겼다.

크르르!

한참 맛있게 식사를 하고 있던 오우거는 어리둥절했다. 그리고는 갑자기 화가 극도로 나서 주위를 둘러보았다.

디르는 오우거가 둘러보고 있는 사이에 철환을 몇 개 더 날려서 남아 있는 노루의 사체마저 갈기갈기 찢어버렸다.

크와아악!

오우거는 디르의 존재를 드디어 알아차리고는 옆에 놓아두었던 몽둥이로 디르가 올라서 있는 나무를 쳤다.

우지끈!

디르가 올라서 있던 나무가 오우거의 괴력이 담긴 몽둥이질 한 방에 부러져 버렸다. 하지만 디르는 비행 마법을 사용해서 다른 나무로 옮겨갔다. 오우거의 몽둥이에 맞은 나무가 쓰러지며 큰 소리를 내었다.

'저 몽둥이는 뭘로 만든 걸까?'

디르의 머리 속에 잠시 엉뚱한 생각이 들었지만 머리를 휘휘 흔들어 사념을 날려 버렸다. 오우거는 노루를 빼앗긴 것이 아주 억울한 듯 맹렬하게 디르를 향해 몽둥이를 휘둘렀다.

"칫!"

디르는 비행 마법으로 오우거의 몽둥이를 슬쩍슬쩍 피하며 천천히 오크와 트롤이 싸우고 있는 접전 지역으로 도망갔다. 오우거는 계속 피하기만 하면서 살금살금 도망치는 디르 때문에 머리끝까지 화가 나서 몽둥이를 휘둘렀다.

쿵! 쿵! 쿵!

화난 오우거가 한 번 발을 내디딜 때마다 큰 소리가 나며 산을 울렸다.

"투명화."

감질나게 계속 도망치며 오우거를 열받게 만들던 디르는 목적지에 거의 다 오자 투명 마법을 쓰고 옆으로 도망쳐 버렸다. 갑자기 디르가 사라지는 바람에 목표를 잃어버린 오우거는 주위를 두리번두리번 둘러보았다. 하지만 투명 마법을 사용해서 도망친 지 오래인 디르를 오우거가 찾을 수 있는 방법은 전무(全無)했다.

콰쾅!

화가 머리끝까지 난 오우거는 애꿎은 주위의 나무들에게 화를 풀었다. 한참을 그러던 오우거는 막 트롤들을 다 해치운 오크들과 눈이 마주쳤다.

한편 디르는 오우거를 오크들에게 몰아넣고는 급히 다른 방향으로 뛰고 있었다. 디르의 계획이 어긋나지 않았다면 현재 오우거와 오크들은 열심히 싸우고 있을 터이다. 비록 한 마리의 오우거이지만 한 방 한 방의 파괴력은 트롤을 훨씬 상회하기에 오크들도 꽤 큰 타격을 입을 것이다.

디르가 열심히 달려가고 있는 곳은 예전에 금군이 죽었던 고블린의 동굴이었다.

고블린은 보통 자신들의 동굴을 아주 선별해서 고른다. 그 이유는 고블린이 몬스터들 중에서는 지능이 뛰어난 편이라서 지형을 조금이나마 이용할 수 있기 때문이었다. 그래서 항상 고블린은 입구가 적당히 작으면서 깊고 약간 구불구불한 동굴을 선호했다.

하지만 그런 동굴은 흔한 것이 아니었다. 그렇기에 고블린은 같은 종족끼리도 동굴 쟁탈전을 벌일 정도였다. 그런 상황에 동굴이 하나 비었으니 다른 고블린 무리가 차지했을 가능성이 십중팔구였다.

어느새 고블린의 동굴에 도착한 디르는 그 동굴을 살펴보았다. 아니나 다를까, 디르의 예상이 적중했다. 그 동굴은 새로운 고블린 무리가 차지한 듯 고블린들이 수시로 들락날락거렸다. 그 모습에 디르는 미소를 지었다.

디르는 일부러 고블린의 눈에 띄게 앞으로 나섰다. 그러자 고블린이 뭐라고 소리치기 시작했다. 디르는 우선 파이어 볼을 한 방 쏘았다. 그러자 그 고블린이 괴성을 질렀다.

끼엑!

밖의 소란을 들었는지 동굴 안에서 고블린들이 쏟아져 나오기 시작했다.

디르는 뒤로 열심히 달렸다. 디르를 열심히 따라오고 있는 고블린들이 그들 특유의 독이 묻은 바람총을 쏘아대었다. 디르는 아랑곳하지 않고 열심히 달리고 또 달렸다. 그리고 오우거에게 했던 행동을 그대로 반복했다.

끼에에?

디르의 작전대로 오우거를 잡느라고 지칠 대로 지친 오크들과 한 떼의 고블린이 조우했다. 고블린은 오크들을 보고 순간 움찔했으나 여럿이 죽은 오크들과 오우거의 시체, 트롤의 시체 등등을 보고는 오크들이 많이 지쳤다고 판단했는지 공격하기 시작했다.

오크들은 미칠 지경이었다. 갑자기 트롤이 공격해 올 때까지는 괜찮았다. 원래 자주 있었던 일인 데다 그다지 어려운 상대도 아니었기 때문이다. 그런데 갑자기 무슨 바람이 불었는지 화가 단단히 난 오우거 한 마리가 트롤이 다 처리되자마자 등장했다. 트롤과는 달리 오우거의 공격은 한 방 맞으면 오크들로서는 죽음에 가까운 상처를 입게 되는지라 오우거와의 전투는 항상 몇몇의 사상자를 내곤 했다. 그리고 이번에도 마찬가지였지만 그 오크 무리의 우두머리는 개인의 강력한 무력과 통제력으로 단지 몇몇의 부상자만 내고는 오우거를 처치할 수 있었다. 그런데 지칠 대로 지친 이때에 갑자기 고블린의 공격이라니!

고블린은 오크들로서는 상당히 싸우기 난감한 상대 중의 하나였다. 고블린의 독은 오크의 전투 감각이고 뭐고 할 것 없이 맞기만 하면 중독되기 때문에 고블린과의 전투는 이기더라도 항상 잃는 것이 많은 전투가 되기 십상이었다. 거기에 지금 오크들은 매우 지쳐 있는 상태. 아무래도 고블린들의 독이 묻은 바람총을 피하며 돌진하기에는 체력이 모자랐다.

전투 종족 오크답게 지친 몸에도 불구하고 고블린들에게 저돌적으로 돌진했다. 고블린들은 속전속결하려는 오크의 생각을 간파하고 도망치며 독침을 쏘았다. 지구전을 펼치는 고블린들에게 벌써 세 마리의 오크가 독침을 맞고 쓰러졌다.

"치익! 퍼져서 공격해라!"

오크들의 우두머리가 소리쳤다. 그의 말에 오크들은 산개해서 고블린을 쫓기 시작했다. 하지만 고블린은 장애물을 잘 이용하며 독침을 쏴 오크들과의 거리를 허락하지 않았다. 차츰차츰 오크들이 독침에 맞아 쓰러져 갔다. 쓰러져 가는 동료를 보는 오크들의 눈은 저돌적인 광기를 잃어가기 시작했다. 그러자 고블린은 더욱 독침을 쏴대기 시작했다.

오크들의 눈에는 서서히 절망이 자리잡기 시작했다.

콰앙!

그때 고블린 한 마리가 폭발을 일으키며 터졌다. 그에 오크들과 고블린이 한창 하고 있던 숨바꼭질을 멈추고 시선을 집중했다. 흔적도 없이 사라진 고블린이 있었던 그곳에는 디르가 철환을 든 채 걸어오고 있었다. 고블린은 디르를 보고 광분하며 독침을 쏴대었다.

날아오는 독침들을 마법으로 다 쳐낸 디르는 손 안에 있던 철환 세

개를 고블린을 향해 쏘아내었다.

콰콰쾅!

또다시 고블린 세 마리가 산산이 부서졌다. 고블린은 이제야 상황을 파악하고 허겁지겁 도망치기 시작했다.

쐐애액!

무표정을 고수하고 있는 디르의 손에서 다시금 철환이 쏘아져 나왔다. 철환은 도망을 허락지 않겠다는 듯이 고블린들을 쫓아갔다.

끼에엑!

살육. 몸통이 갈가리 찢겨 육편이 되어 흩날리는 고블린의 모습은 다른 고블린을 패닉 상태로 몰아갔다. 하지만 비정한 철환은 자신의 임무를 망각하지 않았다.

그날 한 무리의 고블린은 전멸했다.

'아자! 특수 효과 만점인데? 저 오크들 표정을 보니까 성공이군!'

디르는 속마음을 감춘 채 고독을 씹는 협사(俠士)의 표정으로 고블린의 육편들을 바라보았다. 그런 디르의 모습을 오크들이 경외의 눈빛으로 쳐다보았다.

"취익! 고맙다, 인간."

덩치가 다른 오크들보다 1.5배쯤 큰 오크가 디르에게 말을 했다. 아마도 그가 이 오크 무리의 우두머리인 듯했다.

"……."

디르는 조용히 오크의 우두머리를 직시했다. 그의 계획이 적중했다. 오우거에게는 들어가지도 않는 디르의 철환이었지만 고블린의 여린 피부는 산산이 찢어버릴 수 있는 천환무 특유의 특성을 사용한 것이다.

압도적인 힘.

비록 사실이 아닐지라도 오크들의 머리 속에는 디르의 무신(武神)과도 같은 광경이 똑똑히 각인되었다.

"취익! 명예로운 푸른 오크 족의 족장 나 게리크, 너를, 취익! 인정한다. 취익!"

뭘 기준으로 푸른 오크라는 것인지는 모르겠지만 푸른 오크 족의 족장 게리크는 누런 이를 드러내며 말했다.

오크의 인정. 그것은 한 세대에 한 번 있으면 많다고 할 정도로 드문 일이었다. 원한은 반드시 복수하고 은혜를 반드시 보답하는 오크의 인정이라는 의미는 결코 가벼운 것이 아니었다.

디르는 진지한 게리크의 말을 그냥 가만히 듣고만 있었다.

"만약, 취익, 네가 푸른 오크 족의 도움이 필요하다면, 취익, 언제든지 도와주겠다. 취익!"

드디어 디르가 고대하던 말이 나왔다. 속으로는 광소를 터뜨렸지만 자신의 이미지를 위해 아무 말도 하지 않고 게리크를 직시했다. 그리고는 뭔가 멋들어진 대사를 하려고 입을 살짝 열었다.

입을 조금 벌리자마자 자꾸 옆으로 찢어지려는 입가를 가까스로 통제하고는 다시 입을 닫았다. 어쩔 수 없이 멋들어진 대사는 포기하고 겨우 무표정을 유지했다. 그런 속사정도 모르고 오크들의 머리에는 디르의 모습이 영웅으로 새겨졌다.

게리크는 누런 이빨 하나를 디르에게 내밀었다. 그러자 오크들의 눈이 커졌다.

"취익! 이것은 인정받은 자의 증표이다. 취익! 이것을 내밀면 언제든지 도와주겠다. 취익!"

게리크는 누런 이빨 사이로 바람 새는 소리를 내며 말했다.

디르는 그 이빨을 받아 들었다. 그리고 속으로는 다시 한 번 광소를 터뜨렸다. 그러나 속과는 다르게 무게를 잡으며 말했다.

"그러면… 지금 나를 도와줄 수 있겠는가?"

"취이익! 당연하다, 인간!"

게리크는 당연하다는 듯이 말했다.

"나는 이 아크일 산맥을 넘을 때까지 나와 싸워줄 용사 몇 명이 필요하다."

디르가 단도직입적으로 말했다. 디르의 말에 게리크는 곰곰이 생각하는 듯했다. 현재 푸른 오크 족의 상황은 단 몇 명이 빠져도 전력에 큰 손실이 올 만큼 세력이 작았다. 거기서 용사 몇 명을 빼라니……. 하지만 그것은 자신의 인정을 받은 인간이 부탁한 것이 아닌가.

"취익! 알겠다. 나와 이 둘이 가겠다. 취익!"

결국 게리크는 판단을 내렸다. 우선 자신이 인정한 인간이니 게리크 자신은 꼭 가야 할 듯하고, 경험이 적은 두 명을 끼워 넣음으로써 전력 약화를 최소화했다. 자신의 공백을 오크치고는 뛰어난 게리크의 전략으로 보충하려는 것이었다.

"취익! 동굴에서 한 발자국도 나오지 말고 안에서 내가 올 때까지 방어만 하고 있어라. 취익!"

게리크는 나머지 오크들에게 명령을 해놓고는 바로 디르에게 말했다.

"취익! 지금 갈 것인가?"

"그렇다. 잠시만 여기서 기다리고 있어라."

디르는 게리크의 말에 금군을 데리고 오기 위해서 잠시 기다리라고 했다. 그러자 게리크는 나머지 오크들을 다 동굴로 들어가라고 했다. 물론 게리크가 돌아오기 전까지 식량으로 사용될 오우거와 트롤, 고블린의 시체와 함께.

디르가 금군을 숨겨놓은 곳으로 갔을 때 다행스럽게도 금군은 투명 마법진이 걸려 있는 곳에서 정말 한 발자국도 움직이지 않고 있었다. 디르는 안도의 한숨을 한 번 내쉰 뒤 금군을 끌고 다시 게리크와 합류했다.

“이쪽으로 가는 것이 더 빠르다. 취익!”

의외로 길을 빠삭하게 아는 게리크 덕분에 디르는 곳곳의 지름길로 움직였다. 그래서 그런지 하루 종일 큰 문제 없이 갈 수 있었다. 물론 크고 작은 몬스터들의 공격은 계속 있었으나 게리크와 디르의 합공은 시너지 효과를 발생시키는지 오우거도 이제는 가뿐하게 잡을 수 있을 정도였다.

“이 안으로 들어가자. 취익!”

잘 가던 중에 갑자기 게리크가 덤불을 헤치자 이상한 동굴이 나왔다. 그리고 게리크는 그쪽으로 들어가자고 권유했다.

“여기, 취익, 산 반대편과 연결돼 있다. 취익!”

“흠…….”

디르는 왠지 마법적인 분위기가 풍기는 동굴의 면을 자세히 살펴보았다. 동굴의 면은 아마도 인공적으로 만들어진 듯했다. 맨질맨질하지만 자연적인 풍화가 아닌 인공적으로 다듬어진 벽. 워낙 오래되어서 마치 자연적으로 형성되어진 동굴 같았으나 이 동굴은 사람의 손이 닿은 흔적이 있었다.

"게리크, 이것을 어떻게 찾았나?"

"저녁으로 멧돼지를 잡아서, 취익, 동굴로 가져가던 중에 멧돼지를 떨어뜨렸는데, 취익, 이곳으로 들어갔다. 취익."

게리크의 말에 디르는 곰곰이 생각해 보았다. 인공적인 단면, 왠지 일부러 가려놓은 듯한 입구. 모든 것이 수상했으나 게리크의 말을 들어보니 이미 이곳을 여러 번 통과해 본 듯하니 특별한 위험은 없을 것이라고 생각하고 들어가기로 했다.

어두컴컴한 동굴 안으로 들어가자 갑자기 기온이 낮아졌다. 그래서 그런지 약간 으스스해진 디르는 조용히 게리크는 따라갔다. 비록 어두워서 앞이 보이지는 않았지만 다행히도 동굴은 수레가 지나갈 수 있을 정도로 적당히 컸다. 동굴 안에 수레 소리가 메아리쳤다.

"이 동굴이 언제 끝나지?"

디르가 앞에 걸어가고 있는 게리크에게 물었다.

"취익! 조금만 더 걸으면 된다."

그 조금이 얼마인지는 모르겠지만 디르는 그냥 게리크를 따라서 터벅터벅 걸었다.

한 손을 벽에 대고 걷던 디르는 갑자기 이상한 점을 느꼈다.

'벽!'

인공적으로 만들어져 맨질맨질하던 벽의 느낌이 한순간 달라졌다. 무엇인가가 동굴 벽에 조각되어 있는 느낌이었다.

"게리크, 잠시만."

디르는 앞에 걸어가는 게리크를 멈춰 세운 뒤에 라이트 마법을 사용했다.

"엥?"

라이트 마법까지 사용했건만 무엇인가가 새겨져 있을 것이라고 생각했던 벽에는 아무것도 없었다. 아니, 그저 평범한 동굴 벽이 있을 뿐이었다.

디르는 다시 그 벽을 만져 보았다. 벽을 만져 보니 무엇인가가 있긴 있었다.

'일루전!'

디르가 내린 결론은 일루전이었다. 디르가 만져 보고도 마법인지 알지 못할 만큼 고위 마법사가 글이 조각되어 있는 벽을 보통 벽같이 보이기 위해 마법을 건 것이었다.

"흠……."

어차피 일루전 마법은 깨지 못할 것이라고 생각한 디르는 손의 느낌만으로 글을 읽어나갔다.

"세 개의… 달이 떠 있는 곳에… 강렬한 태양의 황혼은… 길다?"

디르는 그것이 무슨 말인지는 모르지만 왠지 모를 중요한 것의 비밀의 암호 같은 것이라고 생각했다. 그리고 왠지 모를 돈 냄새가 나는 것도 느꼈다. 아마도 좋은 아이템의 행방을 알려주는 암호이리라.

그때, 음각되어 있던 글이 번뜩였다. 아마도 그 글을 읽게 되면 반응하는 모양이었다.

"흠, 하지만 일자 형의 동굴인 이곳에 그것이 있을 리는 없고… 왠지 내 예상보다 더 큰 물건을 숨겨놓은 듯한데? 단지 이런 암호만을 숨겨놓기 위해서 이런 동굴을 만들었다니……."

혹시 다른 암호가 있을까 싶어 동굴의 벽을 계속 더듬어보았지만 그것 이상의 것은 없었다.

디르가 벽을 더듬거리고 있을 때 게리크와 금군도 비슷한 생각을 하고 있었다.

'추하군.'

그 둘의 생각을 알 리가 없는 디르는 더 이상의 무언가가 없다는 것을 확인하고 그 동굴을 빠져나왔다. 들어가는 곳과 마찬가지로 출구는 수풀로 가려져 있었다.

"응차!"

수풀을 헤치며 겨우겨우 빠져나온 디르는 어떤 거대한 생물과 눈이 마주쳤다.

그것은 보통 오우거보다 두 배의 힘과 두 배의 지능을 가졌다고 알려진 트윈헤드 오우거였다.

"끕……."

디르의 얼굴이 하얗게 변했다. 한창 맛있게 식사를 하던 트윈헤드 오우거는 잔인한 이빨을 드러내며 크르릉거렸다.

쾅!

트윈헤드 오우거의 몽둥이가 디르가 있던 땅을 강타했다. 그러자 땅거죽이 찢어지며 흙이 사방으로 비산했다.

'정말 저 몽둥이는 뭘로 누가 만든 걸까?'

디르는 오우거를 볼 때마다 떠오르는 잡념을 털어버리려는 듯이 고개를 흔들었다. 그리고는 트윈헤드 오우거의 움직임을 자세히 살피며 경계했다.

마침 그때 게리크가 굉음을 듣고 재빨리 동굴에서 뛰쳐나왔다. 그는 동굴에서 뛰쳐나오기 전에 오크치고는 빠른 결단력으로 금군을 동굴에 숨긴 듯했다.

"쿼에엑!"

게리크는 경험이 적은 두 마리의 오크에게 나오지 말라고 하고 트윈헤드 오우거의 이목을 끌었다. 아직은 미숙한 오크 둘은 괜히 방해만 될뿐더러 사실 수풀 사이로 살짝살짝 보이는 트윈헤드 오우거의 모습을 보고 공포에 휩싸여 움직이지도 못했다.

게리크의 행동으로 마침 디르에게 다시 한 번 몽둥이를 휘두르려던 트윈헤드 오우거는 게리크를 바라보았다.

크르르…….

트윈헤드 오우거는 게리크를 보며 크르릉거렸다. 아마도 디르보다는 덩치가 좋은 게리크가 더 위험 분자라고 판단한 모양이었다. 트윈헤드 오우거는 게리크에게 묵직한 몽둥이를 휘둘렀다.

무지막지한 파괴력을 싣고 수직으로 떨어지는 재질 불명의 몽둥이를 게리크는 덩치에 맞지 않게 날랜 몸놀림으로 피했다.

콰쾅 하는 소리가 아크일 산맥을 울렸다. 보통 오우거도 힘과 체력이 장난이 아니었지만 트윈헤드 오우거의 경우는 더했다.

트윈헤드 오우거가 한 번 공격할 때마다 피하기는 했지만 땅에 퍽퍽 하는 소리와 함께 웅덩이가 생기질 않나, 두께가 한 아름은 훨씬 넘을 듯한 나무도 와장창 부러졌다.

무지막지한 공격에 게리크와 디르는 별 공격도 못해보고 피하는 데만 전력을 다하고 있었다. 그 몽둥이에 한 방 맞으면 골로 갈 것이 뻔했기 때문이다.

'젠장! 머리통 두 개 달렸다고 능력치가 다 두 배로 설정되어 있는 거 아냐?'

잠시 든 엉뚱한 생각에 디르의 얼굴이 하얗게 변했다. 그리고 벌써 일 분여가량 아무 공격도 못했다는 것을 떠올렸다.

쓰읍.

디르는 소매에서 철환 하나를 꺼내었다. 그리고 철환을 꼭 쥔 상태로 기회를 노렸다.

콰앙—!

또다시 트윈헤드 오우거의 눈먼 몽둥이가 땅을 내려쳤다. 체력이 무한이라도 되는 듯이 트윈헤드 오우거는 첫 번째 공격과 별 차이가 없는 속도와 힘으로 몽둥이를 휘두르고 있었다.

하지만 트윈헤드 오우거는 아직도 게리크가 더 위험하다고 생각하고 있는지라 공격은 대부분 게리크를 향해서 하고 있었다. 때문에 디르는 그를 감시하는 트윈헤드 오우거의 머리 한쪽의 시선을 피하며 게리크에게 보조 마법을 슬쩍슬쩍 걸어주며 버티고 있었다.

와지끈!

그때 트윈헤드 오우거의 뒤에 있던 커다란 나무 하나가 정확하게 트윈헤드 오우거의 위로 쓰러지기 시작했다. 트윈헤드 오우거의 무지막지한 공격 중에 반쯤 부러졌다가 이제야 넘어지는 것이었다.

트윈헤드 오우거는 의외의 상황에 살짝 당황해서 옆으로 피했다. 부러진 나무가 땅바닥과 충돌하며 자욱한 먼지를 만들어냈다.

'기회다!'

디르는 트윈헤드 오우거가 잠시 공격을 멈추는 사이를 놓치지 않고 철환이 부서지도록 마나를 주입했다.

'쐐액!

철환이 폭환의 묘리에 따라 붉은 꼬리를 길게 남기며 무시무시한 속도로 트윈헤드 오우거에게 쏘아져 갔다.

콰앙 하는 소리와 함께 트윈헤드 오우거의 왼쪽 이마에 폭발이 일었다. 명중이었다. 강렬한 일격에 트윈헤드 오우거의 몸이 움찔했다.

'우선 방어력은 보통 오우거와 비슷한 것 같군. 그러면 지능이 조금 더 높고 힘과 속도가 다른 것 빼고는 같은 것 같군.'

디르는 대충 트윈헤드 오우거의 전투력을 계산했다.

디르의 일격이 성공했을 때 게리크는 재빠르게 달려들어 글레이브를 크게 휘둘러 트윈헤드 오우거의 복부에 긴 상처를 남길 수 있었다.

트윈헤드 오우거는 광분했다. 보통 오우거보다 훨씬 냉정하고 판단력이 있는 트윈헤드 오우거 일족이지만 한쪽 이마에 철 구슬이 하나 박혀서 피가 줄줄 흐르고 배에 큰 상처를 입은 상태에서는 인간이라 해도 제정신을 차리기에는 힘든 상황이었다.

크와아악!!

트윈헤드 오우거가 광포하게 날뛰었다. 눈 안의 실핏줄이 터져서 피눈물이라도 흘릴 듯이 붉은 눈을 한 트윈헤드 오우거는 두 개의 입으로 아크일 산맥이 떠나갈 듯이 소리를 질렀다.

잔뜩 흥분한 트윈헤드 오우거를 게리크와 디르는 차분하게 상대했다. 흥분한 트윈헤드 오우거의 몽둥이를 피하면서 살짝살짝 반격도 꾀하고 있었다.

지치지 않는 체력과 한 방에 아름드리 나무도 박살 내는 괴력의 트윈헤드 오우거였지만 트윈헤드 오우거가 보통 오우거보다 전투력이 훨씬 강력한 이유인 '지성'이 없어진 이상 트윈헤드 오우거는 보통 오우거보다 약간 더 힘이 세고 빠르기만 한 상대였다.

온몸에 작은 생채기를 입어서 피를 줄줄 흘리고 있는 트윈헤드 오우거의 동작이 드디어 슬슬 느려지기 시작했다. 그만큼 격렬하게 움직이면서 피를 흘려댔으니 아무리 트윈헤드 오우거라 할지라도 체력의 한계를 보이지 않을 수가 없었다.

디르는 그 기회를 놓치지 않았다.

콰앙 하는 소리와 함께 하나의 철환이 트윈헤드 오우거의 명치에 박혔다. 이번에는 제대로 맞았는지 모든 공격을 몸으로 다 때우던 트윈헤드 오우거가 양쪽 얼굴을 한껏 찌푸렸다.

푸욱!

게리크도 그 기회를 놓치지 않고 트윈헤드 오우거의 등에 전력을 다해 글레이브를 꽂아 넣었다.

크르르르!

트윈헤드 오우거가 또다시 크르릉거렸다. 하지만 이번에는 방금 전과 같은 광포한 음성은 아니었다.

힘이 약해진 트윈헤드 오우거는 이빨 빠진 호랑이에 불과했다.

또다시 콰앙 하는 소리와 함께 철환 하나가 트윈헤드 오우거의 가슴에 박혔다. 트윈헤드 오우거의 눈 네 개가 피를 뚝뚝 흘릴 정도로 붉게 물들었다.

또 한 번 트윈헤드 오우거의 명치 부근에서 폭발이 일었다. 이제는 서 있기도 힘들어 보이는 트윈헤드 오우거에게는 결정타였다.

그르르륵.

트윈헤드 오우거의 목에서 피 끓는 소리가 나며 입가로 피가 흘러나왔다. 그리고 몽둥이를 쥔 손에 힘이 서서히 빠지는지 팔이 축 늘어졌다.

퍽 하는 소리와 함께 트윈헤드 오우거의 몽둥이가 땅으로 떨어졌다. 디르와 게리크는 그 모습을 약간 떨어져서 보고 있었다.

그 순간 트윈헤드 오우거의 무거운 몸체가 앞으로 서서히 기울었다. 그리고는 큰 소리를 내며 앞으로 쓰러졌다.

"휴우……."

디르는 그제야 안도의 한숨을 쉬었다. 반면 게리크의 입은 귀에 걸려 있었다.

언제 오크가 그냥 오우거도 아닌 트윈헤드 오우거를 잡을 수 있었겠는가. 비록 혼자 잡은 것이 아니라고는 하나 혼자든 여럿이든 트윈헤드 오우거를 쓰러뜨린 것은 사실이었다.

"취이익, 인간, 내가 트윈헤드 오우거의 증표를 가져도 되겠는가?"

게리크가 디르에게 물었다. 사실 디르는 트윈헤드 오우거의 증표가 무엇인지는 몰랐지만 그런 증표라 해봤자 오우거의 이빨 같은 장식품 이상은 되지 않았기 때문에 고개를 끄덕였다.

게리크가 디르의 승낙에 또다시 입이 귀에 걸렸다.

트윈헤드 오우거의 증표. 그것은 트윈헤드 오우거의 척추뼈 중 하나로 머리가 두 개 달려 있는 트윈헤드 오우거는 두뇌에서부터 목뼈를 거쳐 두 개의 척추뼈가 만나서 하나로 합쳐지는 부분이 있었다. 딱 그 교차점의 척추뼈는 다른 동물들은 가질 수 없는 특이한 모양의 뼈였다. 그리고 트윈헤드 오우거를 죽였을 때 그것을 증명하기 위한 가장 좋은 물건이기도 했다.

트윈헤드 오우거를 상대하느라고 무리를 한 디르는 조용히 앉아서 명상을 하며 휴식을 취했다. 하지만 게리크는 싱글벙글하며 트윈헤드 오우거의 등에 박혀 있는 자신의 글레이브를 뽑아 들었다.

게리크는 오크도 환하게 웃을 수 있다는 시범을 보이듯이 헤벌쭉 미소를 지었다. 그리고는 트윈헤드의 시체에 글레이브로 톱질을 하기 시작했다.

약간은 징그러운 장면이었지만 디르는 명상을 하고 있었기에 상관이 없었고, 어느샌가 동굴에서 나온 금군은 평소와 같이 뚱한 표정이었으며, 금군과 함께 나온 오크 둘은 게리크를 존경 가득한 눈빛으로 쳐다보고 있었다.

게리크가 Y자 형의 뼈를 들고 헤벌쭉거리고 있을 때 디르는 마나를 거의 회복하고 일어섰다. 디르가 일어섰을 때 그는 뭔가 이상한 것을 하나 발견했다.

'동굴이… 사라졌어?'

말 그대로 그들이 지나왔던 동굴이 사라져 있었다. 원래부터 그랬다는 듯이 깔끔하게 벽으로 변해 있었다. 디르는 그 벽을 쓰다듬어 보았다. 마법의 힘으로 이런 것이 가능한 것인가. 등골을 따라 전율이 흘렀다.

게리크와의 2주일. 그 2주일은 치열한 혈투의 2주일이라고 불려도 손색이 없을 만한 기간이었다.

쉴 틈도 없이 쏟아지는 몬스터들을 내내 상대해야 했으며, 아크일 산맥 그 자체만으로도 충분히 험했다.

하지만 게리크와 디르의 조합은 상당히 좋았다. 웬만한 몬스터들은 별 어려움 없이 처리할 수 있었고, 힘들면 최소한 도망칠 수도 있었기 때문이다. 수레를 끌며 도망치는 금군이 조금 수고를 하기는 했지만.

협공하고 도망치는 것만 약 보름. 그런 그들은 결국 아크일 산맥의 끝 자락에 도달할 수 있었다. 이제는 아크일 산맥의 생리에 대해서 빠삭하게 알게 되었다.

"취익! 여기까지다, 인간."

게리크가 디르에게 말했다. 그곳은 갈레리우스에서 아크일 산맥으로 들어가는 대로의 입구쯤 되는 부근이었다.

"고맙다. 내 이 대가는 언젠가 치르도록 하지."

"취익! 대가? 필요없다. 언제든지 우리가 필요하면 그 이빨을 들고 찾아와라, 푸른 오크의 은인이여."

게리크의 말에 함께 따라온 오크 둘은 디르에게 존경의 눈빛을 보내었다. 비록 디르는 오크들을 이용하기 위해서 오크들을 구해준 것이라고 하나 어찌 되었든 오크들로서는 그들의 생명의 은인이었던 것이다. 사실 그 생명의 위험도 디르 때문에 온 것이긴 하지만 말이다.

디르는 밝은 미소를 지었다.

오크들은 그 미소를 겸양의 표시라고 생각하겠지만 디르는 오크들이 자신의 계획대로 되어가는 것에 대한 만족의 표시일 뿐이었다.

'장기적인 패를 한 번 두는 것도 좋겠지.'

오크들은 디르의 사업에 중요한 패가 될 것이다. 오크와 친해져서 뭐 좋을 게 있을까 싶지만 그 오크가 아크일 산맥 어떤 한 부분이라도 지배하거나 혹은 세력이 조금만 더 커져도 어딘가 쓸모가 있을 것이다.

"그러면 다음에 다시 만날 수 있기를 빌겠소."

"취익! 잘 가라, 인간."

게리크는 오크답지 않은 인사를 한 후에 뒤로 돌아섰다. 떨거지 오크 둘은 멋있게 돌아서는 게리크에게 존경의 눈빛을 보내더니 다시 산맥으로 사라져 가는 게리크를 졸졸 쫓아갔다.

디르는 한동안 게리크의 뒤를 보며 무엇인가를 생각했다. 그리고 게리크가 나무에 가려 더 이상 보이지 않을 때 나지막한 목소리로 말했다.

"금군, 가자!"

디르는 돌아서서 갈레리우스로 향했다. 덩치가 산만한 소 비슷하게 생긴 금군이 디르의 뒤를 수레를 끌며 따라갔다.

늦은 가을 어느 날의 아침.

갈레리우스부터 자할라딘까지의 400㎞는 완벽한 치안의 표본이라 할 만큼 위험이 없고 도로도 잘 되어 있는 곳이어서 단 이틀 만에 디르의 마법과 업그레이드 금군의 저력으로 주파할 수 있었다.

웅성웅성.

자할라딘 외성의 성문을 통과하자마자 많은 사람들이 돌아다니며 각종 소음을 만들어내는 광경이 디르의 눈앞에 펼쳐졌다. 확실히 역사상 가장 번영한 도시라는 명칭이 결코 허명이 아니었다.

무려 한 달여의 우여곡절 끝에 자할라딘으로 돌아온 디르는 잠시의 감상적인 시간을 가질 사이도 없이 바로 어딘가로 향했다. 금군의 특이한 모습에 사람들의 이목이 잠시 집중되었으나 언제나 그렇듯이 관심은 금방 흩어져 버렸다.

디르는 별 표정 없이 바로 목적지로 향했다. 디르의 목적지는 역시 포도주 공장이 될 창고였다. 하지만 창고답지 않게 깔끔한 게 신경을 쓴 흔적이 보였다. 그리고 안에는 미리 구입해 놓은 오크 나무로 만든 큰 통 세 개를 비롯해서 포도주를 만들기 위한 여러 가지 장비가 놓여 있었다.

디르는 심호흡을 하더니 금군을 수레에서 나오게 한 다음 수레를 열고 포도 상자를 하나하나 꺼내기 시작했다.

"자, 시작이다!"

디르는 아무도 없는 허공에 대고 소리를 질렀다. 어느 한 백수가 역사적인 사업가로 변하는 순간이었다.

디르는 하루 종일 일을 했다. 4톤이나 되는 무시무시한 분량이었기에 보통의 방법으로는 혼자서는 불가능한 작업이었지만 디르에게는 마법이 있었다.

우선 텔레키네시스로 포도를 줄기와 분리하고 그 포도를 통에 넣고 꾹꾹 밟은 뒤에 발효 통에 넣는 작업이었다.

"읏차."

디르는 발효 통들에 경량화 마법을 걸었다. 마법사인 디르로서는 무지하게 무거운 발효 통들을 끌고 갈 수 없었기 때문이다.

디르는 미리 선정해 둔 창고방에 발효 통을 집어넣었다. 아직 시간 증폭 마법진 설치가 안 되어 있어서 발효는 자연스럽게 해야 되었다.

발효가 될 약 한 달 동안 디르는 하르만에게 다시 가서 마법을 배울 생각이었다.

하지만 벌써 밖은 슬슬 어두워지기 시작했다.

"배고프다. 뭐라도 먹어야겠네?"

디르는 포도주 만드는 것에만 정신이 팔려서 끼니를 거르는지도 몰랐던 것이다.

디르는 오크 통을 단단히 밀봉한 후 대충 '디르 포도주 공장'에 놔두고는 어기적어기적 먹을 것을 향해 어디론가 가기 시작했다.

디르는 다시 마법사탑으로 등교하기 시작했다. 미처 못 배운 시간 확장 마법진도 배우고, 또 시간 확장을 해서 포도주가 숙성되는 동안 천환무도 더 배우려는 목적이었다.

사실 그의 본래 목적은 3개월 정도 걸리는 간단한 계획이었지만 많은 변수로 인해서 바뀔 수밖에 없었다.

우선 기획서의 크고 작은 오류들이 변수로 존재했고, 긍정적인 변수라면 하르만과의 만남이라고 할 수 있었다. 그리고 결론적으로 그 변수들은 디르의 계획을 매우 어그러뜨려 버렸다.

하지만 디르는 그 변화를 아주 긍정적으로 생각했다. 원래 계획이었던 3개월이 아니라 1년 3개월이 걸리겠지만 80만 원 정도와는 스케일이 다른 돈을 챙길 수 있는 계획이 현재 그의 머리 속에 있기 때문이었다.

마법진을 배우는 것은 그다지 어려운 일이 아니었다. 높아진 레벨과 마력 수치로 인해서 마법진을 그리고 마력만 주입하면 되는 일이었기 때문이다.

물론 아직까지는 그다지 넓은 공간에는 하지 못하지만 어차피 가지고 있는 포도주가 많지 않기에 문제는 되지 않았다.

딱.

"무슨 생각을 그렇게 하냐? 다시 해라!"

하르만에게 한 대 맞은 디르는 다시 마법 연습을 하기 시작했다. 다시 마법을 배운 지 한 달쯤 되자 이제 예전의 정신 상태로 돌아왔다.

까라면 까야지 어떻게 하겠는가.

비록 하르만의 수업 효과는 만점이었지만 제대로 수업을 받을 수 있는 사람이 있을지 상당히 의심스러운 수업들이었다.

텔레포트 직후에 폭환 하나 날리기, 100kg 철 덩어리 공중에서 오래 유지하기 등을 인간으로서는 견디기 힘들 만큼의 횟수를 반복하는 것이 그 수업의 요지였다. 그리고 그것을 디르는 무려 한 달 동안이나 견뎌내었다.

이제 5서클의 공간과 시간 마법 쪽은 마스터해 가는 디르는 6서클에 있는 시간 증폭 마법진도 배웠다. 마법진이라서 실제로 마법을 실현하는 것보다는 쉬웠지만 그래도 쉽지만은 않은 일이었다.

시간의 방 1호.

그것이 디르가 만든 시간 증폭 마법이 걸린 창고의 이름이었다. 자그마한 방이었지만 그래도 꽤 용량이 컸다.

디르는 미리 발효시켜 놓은 발효 통들을 창고에서 꺼내었다. 경량화 마법을 사용하지 않으면 들지도 못할 만큼 무거웠다.

발효 통들을 다 끄집어낸 디르는 경량화 마법을 풀고 발효 통에 중력 강화 마법을 걸었다. 디르가 중력 강화 마법을 건 이유는 발효 통 안에서 찌꺼기와 액체를 보다 확실하게 분리하기 위해서였다.

"흐음……."

강력한 중력 강화 마법으로 인해 발효 통 안의 모든 찌꺼기가 가라앉아서 딱딱하게 굳어지고, 그 찌꺼기에서 나온 뱅 드 프레스라고 불리는 하품(下品)의 포도주는 그 위에 있는 상품(上品)의 포도주와 확연한 층을 이루었다.

마법사답게 텔레키네시스로 가장 위층에 있는 상등주(上等酒)를 미리 준비되어 있던 오크 통으로 옮겼다. 붉은 보랏빛을 띠는 포도주가 허공을 날으는 모습은 장관이라 해도 손색이 없을 정도였다.

"후우……."

상등주는 상등주대로 하등주는 하등주대로 구분하여 오크 통에 담은 디르는 대충 작업이 끝나자 한숨을 쉬었다.

디르는 포도주가 가득 담긴 오크 통을 보며 다시 한숨을 지었다. 그 오크 통에 담긴 포도주도 중력 강화 마법을 사용해서 침전물을 걸러내야 하는 것이다.

결국 거의 하루 종일 걸러서 디르는 그것까지 다 끝마칠 수 있었다. 그리고 디르는 그것들을 새로 만든 시간의 방 1호에 집어넣은 다음 상쾌한 마음으로 건물을 나왔다.

시간이 50배가량 빠르게 흐르는 그곳에서는 하루가 50일로 흐를 것이다. 그 생각을 하자 디르의 입가로 씨익 미소가 머금어졌다.

하르만은 다시 배우겠다는 디르를 보고는 마법 세 가지를 가르쳐 주었다.

"여기 세 개의 마법이 있다."

하르만이 던져 준 마법들은 다 공간과 관련된 마법들이었다. 공간 왜곡, 공간 탐지, 공간 절단.

"오늘은 공간 왜곡을 연습하도록 해라. 6클래스의 마법이지만 텔레포트를 열심히 연습한 너에게는 별로 어렵지 않을 게다. 내일 실습이 있으니까 많이 익혀놓는 것이 좋을 것이야."

실습. 그 얼마나 살 떨리는 단어인가. 디르는 실습이라는 말에 허겁지겁 공간 왜곡을 연습하기 시작했다.

1개월 후. 공간 왜곡이 능숙해지자 하르만은 다음 과정으로 넘어갔다. 그 다음은 공간 탐지였다.

"공간 탐지는 6클래스의 마법이지만 의외로 정신력이 많이 소모되는 마법이다. 물론 탐지 범위가 늘어날수록 힘든 마법이지. 목표는 탐지 범위 반경 50m, 유지 두 시간이다."

디르는 방심하지 않았다. 그리고 역시 마법 자체를 익히기 위한 시간은 하루였다.

하루 동안 디르는 열심히 마법을 익혔다. 그리고 '실습' 을 시작했다.

"이 약은 잠시 동안 시각, 청각, 후각을 마비시키는 약이다. 그리고 이번 실습은 이 약을 먹고 할 것이다. 이 약을 먹은 다음에 공간 탐지를 사용해서 내 공격을 피하면 되는 것이다."

하르만은 하얀 알약을 디르에게 내밀었다. 디르는 하르만의 말에 조용히 알약을 삼켰다. 어차피 이 정도는 예상하고 있었다.

알약을 먹자 눈이 안 보이기 시작했다. 소리도 안 들렸으며 냄새까지 못 맡게 되었다. 디르는 당황하지 않고 공간 탐지를 사용했다.

공간 탐지를 사용하자마자 조그마한 물체 하나가 몸에 접근했다는 것을 느꼈다. 디르는 블링크를 써서 그것을 피해냈다.

픽.

블링크를 쓴 자리에서 바로 돌멩이를 하나 맞은 디르의 몸이 살짝 굳었다.

퍼벅!

디르는 돌멩이 두 개를 침착하지 않았다는 죄로 더 맞았다. 그제야 어떻게 피해야 할지 감이 잡힌 디르는 블링크를 사용해서 움직였다.

핏!

돌멩이 하나가 디르의 살갗을 스치고 지나갔다. 디르는 이대로는 안 되겠다고 생각했다. 현재 공간을 탐지할 수 있는 범위는 1m. 이 거리 는 너무 좁았다. 그래서 디르는 모험을 할 수밖에 없었다.

결정은 내린 디르는 탐지 범위를 늘리기 시작했다. 2m까지 거의 두 배를 늘린 디르는 여러 개의 물체가 공간을 타고 오는 것을 발견하고 는 피해냈다.

돌멩이를 훨씬 쉽게 피해내는 것을 보고 하르만이 살짝 놀라는 눈치 였다. 하지만 돌멩이를 피하는 것은 훨씬 쉬워졌지만 디르는 머리가 깨질 듯이 아파왔다. 마법을 과다 사용한 것이다.

디르는 땅바닥에 주저앉았다. 더 이상 마법을 사용했다가는 쓰러지 고 말리라. 하지만 디르는 곧 다시 일어섰다.

그렇게 미친 듯이 수련을 한 한 달. 디르는 50m의 범위를 탐지하며 수월하게 움직일 수 있는 능력을 얻을 수 있었다.

자할라딘 근처에 있는 야산. 하르만은 디르와 자그마한 연못이 있는 곳으로 갔다. 이제 한 가지 남은 마법, 공간 절단. 그것을 수련하러 가는 것이었다.

“천환무는 이제부터다. 잘 들어라.”

디르는 조용히 하르만의 말에 집중했다.

“내가 이 천환무를 처음 창안할 때는 이기어검―검을 허공에서 조종하며 적을 공격하는 무공―을 목표로 만들었다. 이 이야기는 내가 해준 것으로 기억하니 생략하도록 하겠다. 하지만 마법으로 강기와 같은 파괴력을 계속 유지하기는 거의 불가능에 가까웠지. 그러나 이기어검보다 훨씬 유리한 점이 마법에는 있었다.”

하르만의 눈이 번뜩였다.

“이기어검은 아무리 빨라도 공간 안에서 움직이지만 천환무는 아니다. 공간을 가로질러서 공격할 수가 있지.”

디르의 눈이 번뜩였다.

“이쯤 되면 알아들었을 것이라고 본다. 그리고 눈치챘겠지만 다음 수련은 공간을 가르는 것이다.”

공간을 가른다. 현재 디넬라인 안에서 공간을 자유자재로 가를 수 있는 사람은 오로지 하르만 한 명뿐이었다. 물론 마력을 모으면서 주문을 외운다면 웬만한 마법사라면 할 수 있겠지만 단순히 손짓 하나로만 가르는 것은 역사상 가장 뛰어났다는 마법사 게슈타르조차 할 수 있을까 의심되는 능력이었다.

“이것은 특별한 방법이 없다. 설명도 못한다. 덤벼라. 진정한 천환무가 무엇인지 보여주마.”

하르만의 말이 끝나기가 무섭게 연못에서 물이 하르만의 손짓에 따라 솟구쳤다.

따사로운 햇볕에 물방울이 반짝였다. 그리고 자세히 보지 않으면 알아챌 수 없을 만큼의 물이 공중에서 사라졌다.

퍼버버벅!

순식간에 물 몇 방울이 디르의 몸을 강타했다.

'젠장! 이걸 어떻게 막아!'

뒤틀려 있는 공간을 뚫고 날아오는 물방울들. 하르만은 간단한 손짓만으로 디르를 먼지 나게 패고 있었다.

'물방울에 맞아서 먼지가 날까?'

또 이상한 생각이 든 디르였지만 다시 집중해서 하르만의 공격을 피해낼 궁리를 했다.

픽!

디르가 집중을 하든지 말든지 상관없이 물방울은 디르의 몸을 때려 댔다.

디르는 집중하기 시작했다. 그리고 공간 탐지 마법을 가동시켰다. 하지만 공간을 가로질러 오는 물방울은 도저히 탐지해 낼 수가 없었다.

"공간 너머를 탐지해라!"

하르만이 소리쳤다. 디르는 물방울 하나를 맞으며 생각했다.

'공간 너머를 어떻게 탐지하란 말이야!'

물방울은 공간을 넘어서 끊임없이 디르의 몸을 때리고 있었다.

하르만의 눈이 번뜩였다. 왠지 자신이 너무 디르를 몰아붙이고 있다는 생각을 털어낼 수가 없었다.

'조금 험한 방법이지만… 어쩔 수 없군. 시간이 별로 없으니……'

하르만의 마음은 자꾸만 조급해져 가고 있었다. 공간을 뚫는 천환무는 중반부에 속했다. 이 정도만 되어도 꽤 강력한 위력을 발휘하지만 천환무는 시간을 자유자재로 늘이고 줄일 수 있는 경지에 이르렀을 때

진정한 위력을 발휘하게 되는 것이다.

어찌 되었든 디르가 하르만의 물방울 하나를 피해낸 것은 그로부터 1개월 반 뒤. 하루 열 시간씩 한 달 반 동안 꼬박꼬박 물방울에 두들겨 터진 후였다.

"이제 공간을 가른다는 것이 어떤 개념인지는 알았을 테니 직접 갈라봐라."

그리고 이어진 것은 두 달 반 동안의 노가다였다.

고된 하루가 끝나고 디르는 두꺼운 자하딘 황국 법전을 들고 공부했다. 법. 그것은 사업을 위해서 아주 중요한 것이었다. 그 법 하나하나에 세금의 양이 달라지는가 하면 심할 때는 사업체의 흥망성쇠가 법의 변화에 따라 움직이기도 했다.

디르는 법전의 공부보다는 단순히 읽는 것으로 법을 살펴보았다. 디르는 법의 허점을 찾아낼 수 있을 정도로 똑똑하지가 않았다. 하지만 현실 세계의 법전과 비교해서 다른 점을 찾는 것 정도는 할 수 있었다.

"흠, 우선 헌법에서 가장 다른 점은 정치 시스템밖에 없군."

디르는 헌법 법전을 덮으며 혼잣말을 했다.

대체적으로 공화국인 현실 세계와는 달리 자하딘은 군주제와 공화국이 반쯤 섞인 상태였다.

공화국의 특징은 권력 분립에 있었다. 각각 권력을 따로 맡아서 그 권력을 각자가 행사하는 것이다. 권력이 모두 군주에게 쏠려 있는 군주제와는 다른 형식이기도 했다.

하지만 자하딘 정도 크기의 제국이 공화정을 선택한다면 한 번 투표할 때마다 엄청난 시간과 비용이 들 것임이 분명했다. 그리고 그 투표

대상자의 정보도 제대로 알고 투표할 것인지도 불분명하고. 아무리 마법이 있다지만 현대의 과학이 주는 정보 교환 속도에는 아무래도 못 미쳤다. 그래서 자하딘 황국은 특이한 정치 시스템을 가지고 있었다. 우선 황제와 각 황자, 공주들이 각각의 정치적 발언권을 가지고 있었으며, 귀족들이 귀족의회를 구성해서 정치를 이끌어가는 형태였다. 발언권과 권력은 계급 순위대로였다. 즉, 황제가 가장 발언권이 강하였고 황자, 공주, 공작이 그 다음, 후작, 백작, 자작, 남작 등으로 내려갔다. 그리고 귀족의 작위는 세습되었다.

일견 이 시스템은 완벽한 귀족과 군주 정치인 것처럼 보이지만 아니었다. 여기에는 현실 세계와 다른 아주 특이한 시스템 덕분에 이 정치 시스템은 완벽에 가까워질 수 있었다.

그것이 바로 윤회 시스템이었다. 한 사람이 수명이 다하게 되면 그 인생을 통합적으로 계산해서 평민으로 다시 태어나게 하던가, 아니면 귀족으로, 아니면 황족으로 태어나게 하는 것이다. 그래서 황족들은 대부분 전생에 많은 경험을 해본 사람들이었고, 그 전생의 기억을 가지고 있기에 폭군이라든지 철없는 황족이라는 것은 생길 수가 없었던 것이다.

디르는 헌법을 덮고는 이제 다른 법전을 펴 들었다. 그리고 그 옆에는 현실 세계에서 가져온 법전이 들려 있었다. 인쇄물 같은 경우에는 쉽게 게임 안으로 들고 올 수 있었다.

디르가 그렇게 6개월 동안 법전을 뒤져서 찾은 차이점은 총 네 가지였다.

첫 번째는 정치의 방식, 그리고 그곳에서 디르가 사용할 수 있는 것은 단 하나밖에 없었다.

귀족과 황족은 힘이 세다. 고로 그쪽과 친하게 지내면 좋다.

그렇다. 자하딘 황국은 현실 세계보다 인맥이 훨씬 강한 작용을 하는 곳이었다. 그렇기에 갈라스 가보다 크리피오 가를 먼저 없애기로 마음먹은 것이고.

나머지 두 가지의 차이점은 독과점 규제법과 특허법이었다. 그 두 가지의 법은 자하딘 법전에 아예 존재하지가 않았다. 사실 그 이유는 마법과 과학의 차이로 인한 문제이지만 디르는 그런 것까지 알 필요는 없었다.

그리고 마지막 카드는 공격용이 아닌 방어용. 이것도 어떻게 아직 법률화되지 않은 것인지 모르겠으나 참으로 유용한 카드였다. 디르는 왜 그렇게 된 것인지에는 관심을 가지지 않았다.

그저 어떻게 사용하는 줄만 알면 되는 문제였다. 그는 법학자가 아니라 사업가였다.

6개월의 지옥 훈련이 끝난 어느 날 하르만이 디르를 마법사탑으로 불러들였다.

"디르야."

하르만이 나직하게 디르를 불렀다. 디르는 말없이 하르만의 말을 듣고만 있었다.

"내 수명이 다한 듯싶구나."

"예, 예?"

청천벽력(靑天霹靂) 같은 하르만의 말에 디르는 깜짝 놀랐다. 수명이 다하다니?

"사실 나는 내 수명을 넘게 살고 있었다. 마법 덕분이지."

하르만의 말에 디르는 조용히 하르만의 얼굴을 바라보았다. 디르의 눈에 물기가 어리기 시작했다.

"원, 녀석은. 사람이 죽는 것은 당연한 일이다. 그런 것을 가지고 슬퍼하는 것은 좋지 못한 일이야. 다음 생을 축복하는 것이 더 중요한 게다. 쯧쯧쯧."

하르만이 혀를 찼다. 하지만 속내는 그도 디르와 다르지 않았다.

"너를 만나서 노후에 즐거웠다."

하르만의 말에 디르는 그 지옥 훈련이 떠올랐다. 그 지옥 훈련은 다 이유가 있는 것이었다. 자신의 수명이 얼마 남지 않은 것을 알고 최대한 많은 것을 가르치려 했던 것이다.

"천환무 상급 기술까지 입문시켜 놓으려고 했는데 안 되겠구나. 어쩔 수 없이 혼자 공부해야 되겠다."

하르만의 목에서 탁한 소리가 흘러나왔다. 그리고 하르만은 품 속에서 한 권의 책자를 내밀었다.

디르의 눈물 한줄기가 뺨을 흘러 지나갔다. 그리고 그 눈물이 책자로 떨어졌다.

"윤회의 고리는 두텁고 두터우니… 인연이 있다면 후생이 또 볼 수 있을 게다."

하르만의 몸이 점점 옅어지고 있었다. 디르는 놀라서 하르만의 손을 낚아챘다. 아직까지는 그의 실체가 남아 있었다.

하르만이 훈훈한 미소를 지었다. 일견 정이 없어 보이는 녀석이기는 하나 사실 알고 보면 정이 많은 녀석이었다. 그렇게 괴롭힘을 당하고도 자신을 위해 눈물을 흘려주는 것을 보면 말이다.

하르만의 몸이 가루처럼 부서지기 시작했다.

"그러면… 잘 지내거라."

하르만의 몸이 완전히 가루가 되어 공기 중에 흩어졌다. 디르는 하르만이 있던 자리를 껴안고 조용히 눈물을 흘렸다.

그리고 다짐했다. 이제 눈물을 흘릴 일은 없을 것이라고.

하르만과 디르가 만난 지 약 구 개월 되는 달이었다.

자하딘력, 혹은 서기 2474년 겨울, 그리고 봄.

그 시간 내내 디르의 포도주는 창고에서 열심히 숙성되고 있었고, 디르는 끊임없는 노가다를 하고 있었다.

그렇게 시간이 지나서 2475년 5월 1일. 디르가 디르 포도주 상회를 연 역사적인 날이었다. 비록 성대한 개회식 같은 것은 없었지만 디르는 알고 있었다. 디르라는 이름을 디넬라인 안의 모든 사람들이 곧 알게 될 것이라는 것을.

디르 포도주 상회 법인을 등록한 디르는 곧바로 자신의 포도주 공장으로 향했다.

따스한 봄 햇살은 가고 이제는 뜨겁다는 표현이 더 적당할 듯한 햇살이 비치는 여름이 오는 시절. 내륙 지방답게 건조한 기후로 햇볕은 강하더라도 바람은 상쾌하게 디르의 살결을 쓸어주었다. 하지만 이 아름다운 환경을 바라볼 여유를 갖지 못한 디르는 자신의 포도주가 잠들어 있는 건물 안으로 들어갔다.

끼이익!

'시간의 방 1호'의 문이 6개월 만에 열렸다. 아니, 사실 50배의 속도로 시간이 가기 때문에 25년이 흘렀다고 해도 맞을 것이다. 시간의 방 1호 안에는 4,000병가량의 포도주 병이 디르를 기다리고 있었다. 오크 통에 넣어둔 포도주를 포도주 병에 옮겨 담은 것이다.

디르는 흐뭇한 표정으로 포도주 병 하나를 집어 들었다. 병에 쓰여 있는 'Base de negocios' 라는 글과 그 밑에 붙어 있는 디르 상회의 마크. 드디어 자신이 진짜 사업을 완성했다는 생각에 디르는 살짝 흥분되었다. 포도주를 들고 나갈 것 같았던 디르는 그와는 반대로 집어 들었던 포도주 병을 다시 놓고 밖으로 시간의 방을 나왔다.

끼이익!

시간의 방 철문이 날카로운 소리를 내며 닫혔다. 디르가 이 어둠침침한 곳으로 온 것은 자신의 포도주 때문이 아니라 다른 이유 때문이었다.

"바퀴벌레가… 어디 있으려나?"

바퀴벌레. 잡아도 잡아도 끊임없이 생존하는 끈질긴 생명력의 대명사로 잘 알려진 곤충. 그와 동시에 역겨움과 더러움을 대표하는 곤충이기도 한 바퀴벌레는 디르의 포도주 창고에서도 끈질긴 생명력을 과시하며 살아가고 있었다.

"개똥도 약에 쓰려면 없다더니……."

투덜투덜대며 바퀴벌레를 찾아 눈을 굴리던 디르는 드디어 빠른 속도로 움직이는 바퀴벌레 한 마리를 포착했다.

디르의 눈이 번뜩였다. 디르의 손짓과 함께 바퀴벌레 한 마리가 공중으로 떠올랐다. 그리고 디르의 왼손에 있는 주머니 속으로 들어갔다.

그런 식으로 다섯 마리의 바퀴벌레를 확보한 디르는 음침한 미소를 지으며 건물 밖으로 나갔다.

자하딘 황국 수도권의 포도주는 대부분 두 개의 유명한 포도주 가문에서 공급되었다. 갈라스 가(家)와 크리피오 가(家). 이 두 가문은 비록 귀족 가문은 아니었지만 깊은 전통과 역사를 지닌 포도주 제조 가문이었다. 현 갈라스 가의 가주는 전 가주의 양자로 뛰어난 사업 수완으로 크리피오 가에게서 항상 조금씩 밀리고 있던 갈라스 가를 크리피오 가와 동등한 위치에 놓은 뛰어난 사업가였다. 그리고 크리피오 가의 가주는 많은 귀족들과의 인맥을 위주로 크리피오 가의 명예를 지키며 꿋꿋이 가문을 지켜내고 있는 뛰어난 가주였다.

디르는 자신의 카드는 아토리드와의 인맥과 마법의 효용으로 만들어진 고급의 포도주라고 생각했다. 그렇기에 비록 사업가로서는 갈라스 가주보다 떨어지는 크리피오 가주가 더 위험하다고 판단했다. 자신의 카드 중의 하나인 '인맥' 을 가지고 있는 자이기에 그를 상대로는 자신의 카드를 충분히 활용하지 못할 것이라는 것이 이유였다. 역시 다른 하나의 이유로는 크리피오 가는 고급 포도주 생산에 주력하고 있는 반면 갈라스 가는 대중적인 포도주의 생산에 주력하고 있는 가문이었기 때문이다.

디르가 지금 향하고 있는 곳은 크리피오 가의 포도주 창고였다. 물론 이 어두운 밤에 작업을 하는 것을 보아 예측 가능하듯이 별로 좋은 일은 아니었고, 역시 정확한 이유는 경쟁자의 제거였다.

스슥.

몇 명의 경비원이 지키고 있지만 어두운 곳에서 디르의 투명화 마법을 꿰뚫어 볼 수 있는 자는 없었다.

“라이트.”

디르가 자그마한 목소리로 시동어를 외웠다. 그러자 자그마한 마법의 빛이 디르의 앞에 떠올랐다. 밖에서 경비를 서고 있는 경비원들의 눈을 피해야 하기 때문에 아주 미약한 빛이었지만 적어도 어디에 포도주 병이 보관되어 있는지 정도는 알 수 있었다.

디르는 엄청난 양의 포도주가 쌓여 있는 곳 앞에서 미소를 지었다. 디르의 사전 조사에 의하면 이 포도주는 바로 다음날 자할라딘의 소매상들에게 팔릴 것들이었다.

“후훗.”

디르는 어느샌가 주머니에서 꺼낸 다섯 마리의 바퀴벌레를 보며 실소를 흘렸다. 디르의 텔레키네시스에 잡혀 허공에서 팔딱거리고 있는 바퀴벌레가 애처로워 보였다.

파지직.

허공에 있던 바퀴벌레 다섯 마리가 디르의 텔레키네시스에 의해 사방으로 찢어졌다. 바퀴벌레들이 허공에서 찢어지자 바퀴벌레의 체액이 사방으로 튀었다. 하지만 미리 걸어둔 실드 마법 덕분에 디르는 그 체액을 막아낼 수 있었다.

찌푸리고 있던 디르는 다시 한 번 미소를 지었다. 수십 조각의 거무튀튀한 바퀴벌레의 사체들이 하나씩 포도주 병 안으로 텔레포트되기 시작했다.

디르는 다시 주위를 둘러보았다. 아직 경비원들은 눈치채지 못하고 있었다. 디르는 순찰을 돌고 있는 경비원 하나를 힐끔 훔쳐 보고는 다시 포도주 병들을 흐뭇한 눈빛으로 바라보았다. 그는 바퀴벌레의 조각이 포도주 병 안에 둥둥 떠 있는 것을 확인하고는 조용히 크리피오 가의 창고를 빠져나왔다.

하늘은 높고 말은 살찌는 가을. 이제 여름의 열기는 가시고 다시 가을의 신선함이 대기를 가득 채우고 있었다. 디르가 디넬라인의 세계로 뛰어든 지 1년이 약간 넘는 시간이 흘렀다. 그리고 오늘도 내일의 성공을 위해서 열심히 뛰고 있는 디르가 있었다.

오늘은 디르에게 아주 중요한 날이었다. 며칠 전의 음침한 음모가 윤곽을 드러내는 날이기 때문이었다. 그날은 바로 제20회 자하딘 황국 포도주 콘테스트가 열리는 날이었다.

디르는 일찍 집에서 나와 와인 콘테스트 장으로 향했다. 몇 시간이나 일찍 나온 이유는 디르의 포도주 ‘Base de negocios’ 도 와인 콘테스트에 출품되었기 때문이다.

디르가 콘테스트 장으로 들어가려고 하자 경비원이 그의 앞을 막아섰다.

“죄송합니다만 콘테스트는 아직 시작하지 않았습니다. 앞으로 몇 시간 후에 오셔야…….”

“제 포도주의 상태를 점검하기 위해서 일찍 왔습니다.”

디르는 경비원의 말을 자르며 말했다. 그러자 뻘쭘해진 경비는 잠시 확인 절차를 거치더니 디르에게 말했다.

“죄송합니다. 들어가시지요.”

디르는 경비원의 말에 건물 안으로 들어갔다.

콘테스트 장의 준비실. 디르가 그곳으로 들어가자 선선한 가을임에도 불구하고 열기가 화끈 느껴졌다. 많은 사람들이 오늘 있을 콘테스트에 쓰일 와인의 수량과 상태를 점검하고 있었고, 한편으로는 안주로 사용될 많은 음식 재료들이 쌓여 있었다. 그 많은 사람 중에 아는 얼굴을 하나 본 디르는 기쁜 얼굴로 다가갔다.

"가주님, 안녕하십니까?"

한창 바쁘게 와인 점검을 하던 크리피오 가의 가주 카멘 크리피오는 자신을 부르는 목소리를 듣고 뒤를 돌아보았다. 뒤를 돌아본 그의 눈에 반가운 표정으로 다가오고 있는 디르가 보였다.

"아, 디르님이시군요. 오랜만입니다."

카멘이 굵은 목소리로 대답했다. 그들 둘은 이미 사교 모임에서 몇 번 만나서 안면이 있었다. 처세술이 뛰어난 크리피오 가의 가주답게 별로 반가운 상대가 아닐지라도 예의를 갖추어 인사하는 카멘을 보고 디르는 속으로 음침한 미소를 지었다. 하지만 겉으로는 아주 반가운 표정을 지으며 악수를 하였다.

"이번에는 백포도주군요. 포도의 그윽한 향기를 가장 깔끔하게 보여 주는 것으로 유명한 크리피오 가의 와인, 기대됩니다."

디르의 칭찬에 카멘은 겸연쩍게 웃었다.

"바도르 14년입니다. 숙녀들을 위한 부드러운 포도주이죠."

카멘은 부드러운 미소를 지으며 말했다. 은근히 이번 콘테스트의 우승은 자신의 것이라고 말하는 듯했다.

"기대되는군요. 그럼 콘테스트 장에서 뵙겠습니다."

"하하하! 콘테스트 장에서 봅시다."

디르가 카멘에게 공손히 예를 차렸다. 그리고 자신의 포도주가 있는 곳으로 발걸음을 옮겼다. 카멘의 당당함을 봐서 아직 바퀴벌레 건이 제대로 터지지 않은 듯했다. 하지만 디르는 신경 쓰지 않았다. 어차피 터질 것, 늦게 터지나 일찍 터지나 별 상관이 없었던 것이다. 제대로 터져 주기만 한다면.

디르는 자신의 포도주 물량을 확인하고는 혹시라도 파손된 병이 있는지 다시 한 번 확인하였다. 콘테스트 시간이 임박해 오자 사람들이 점점 바쁘게 움직이기 시작했다. 디르도 그 바쁜 사람들 속에 슬쩍 섞여서 크리피오 가의 포도주 병들이 있는 곳으로 살그머니 다가갔다.

다행히 아무도 신경 쓰는 이는 없었다. 고용된 마법사들이 이리저리 돌아다니며 마법으로 경계를 하고 있긴 하지만 이런 경계 업무에 차출되어 나올 정도의 마법사에게 들키는 공간 이동 마법을 쓴다는 것은 하르만의 제자로서 수치였다.

디르는 슬쩍 주머니 하나를 꺼내었다. 그 안에는 벌써 준비해 놓은 바퀴벌레의 사체가 있었다. 가장 튼튼한 부위인 등 껍질과 머리 부분만 떼어서 넣어둔 것으로 바퀴벌레가 최근에 넣어진 것이라는 것을 알아차리지 못하게 하려는 생각이었다.

디르는 바퀴벌레의 등 껍질을 주머니에서 꺼내지도 않은 채로 공간 이동을 시켰다. 투명한 화이트 와인의 표면에 시커멓고 자그마한 바퀴벌레의 등 껍질이 둥둥 떴다. 디르는 아무 일 없다는 듯이 콘테스트 장으로 빠져나갔다.

"지금부터 제20회 자하딘 황국 와인 콘테스트를 시작하겠습니다!"
아토리드의 목소리가 소리 확성 마법을 타고 홀을 쩌렁쩌렁 울렸다. 넓은 홀은 많은 사람들의 화기애애한 분위기로 시끌벅적했다.
자하딘 황국 와인 콘테스트는 콘테스트라기보다는 여러 가지 와인의 시음회라고 해야 알맞을 분위기였다. 사회자가 개최를 선언하면 홀 사이사이에 놓여 있는 테이블 위에 각종 음식과 콘테스트에 출품된 와인들이 배열된다. 그냥 와인을 마시면서 파티 분위기를 즐기다가 마지막에 전체 투표를 해서 가장 많은 표를 얻은 와인을 시상하는 식이었다. 그래서 보통 콘테스트 장은 사교장이 되기 마련이었다.

디르는 크리피오 가의 바도르 14년을 제외하고는 다른 모든 와인들을 음미하며 귀족들과 담소를 나누고 있었다.

“하하, 그래서 그루가스까지 갔다 오셨단 말씀이십니까?”

“말도 마십시오. 아크일 산맥을 넘던 생각을 하면…….”

디르는 주위의 귀족들에게 자신의 모험담을 들려주기 시작했다. 모험을 원하지만 두려워하기도 하는 귀족들에게 디르의 포도 구입 여행기는 흥미로운 이야깃거리였다.

“그럼 이 와인이 그 포도로 만든 것이군요? 어쩐지 숙성이 잘된 것이 향이 참 좋습니다.”

자하딘 황국의 법률을 제정하는 기관인 의회의 부의장인 카스토 백작은 바세 데 네고시오스를 한 모금 마시고는 극찬을 하였다.

“하하, 마법의 힘으로 순식간에 25년 숙성이 되었습니다만 실제 25년 숙성시킨 것과 전혀 차이가 없을 겁니다. 아니 오히려 낫겠지요. 아무래도 기온의 변화가 적을 테니 말입니다.”

디르의 자화자찬에 주위의 귀족들이 고개를 끄덕였다. 그 험난한 모험―물론 과장이 된―이 이 포도주에 녹아 있다지 않는가. 사실 포도주 자체의 맛도 아주 뛰어났지만 디르의 부연 설명을 들은 다음에 마시는 그의 포도주 맛은 한층 더 뛰어났다.

“꺄악―!”

그때 갑자기 홀 한편에서 한 여성의 찢어지는 비명 소리가 터져 나왔다. 모든 사람의 시선이 그쪽으로 집중되었다.

'시작되었군.'

다른 사람은 다 모르지만 디르는 그것이 무엇의 시작인지 알고 있었다. 사실 주동자가 모르면 누가 알겠는가.

"레이디, 무슨 일이십니까?"

뒤에서 대기하고 있던 웨이터 하나가 정중하게 그 귀족 여성에서 물었다. 그러자 그 여성은 하얗게 질린 얼굴로 자신의 컵에 따라져 있는 와인을 가리켰다.

모든 사람의 시선이 그 와인으로 집중되었다. 그리고 사람들은 와인 표면에 둥둥 떠 있는 자그마한 검은 물체를 볼 수 있었다.

"웨이터! 저것이 무엇이오?"

자세히 보지 않으면 알 수 없을 정도로 작은 물체였기에 한 귀족이 웨이터에게 확인해 보라고 소리쳤다. 웨이터가 다가가서 옆에 있던 수저로 그 검은 물체를 살며시 떠서 살펴보았다.

그 물체의 정체를 알아챈 웨이터가 연신 식은땀을 흘리며 뭐라 말을 못하고 우물쭈물하자 성급한 귀족 하나가 다시 소리쳤다.

"그것이 뭐냐고 묻질 않소!"

한 귀족의 외침에 웨이터는 당황해서 말을 하기 시작했다.

"…아마도… 바퀴벌레의… 머리 부분인 것 같습니다."

웨이터의 말이 끝나자 홀이 순식간에 혼란스러워졌다. 20년의 전통을 가진 자하딘 황국 최고의 와인 콘테스트 장에 바퀴벌레가 들어 있는 와인이 나오다니. 도저히 있을 수 없는 일이었다.

"크리피오 가주, 이게 어찌 된 일이오?"

몇몇 귀족들은 화장실로 달려가서 구토를 하기 시작했고, 다른 몇몇은 그 포도주의 제조자인 카멘 크리피오에게 소리를 질렀다.

"이것은 저희 크리피오 가와는 상관이 없는 일입니다! 아마도 보관에 문제가……!"

크리피오 가주는 당황하여 횡설수설하였다. 항상 그의 입가에 걸려 있던 미소는 사라진 지 오래고 그의 등은 식은땀으로 흥건했다.

"그것을 말이라고 하시오! 코르크 마개를 따기 전까지는 공기도 못 들어간다는 것은 어린아이도 아는 기본 상식이건만 크리피오 가의 가주가 그것을 모른다는 것이 말이 된다고 생각하시오?"

한 귀족이 흥분해서 소리쳤다. 정곡을 짚는 말에 카멘은 대꾸도 하지 못하고 연신 식은땀만 흘려대었다.

반면 그 모습을 지켜보고 있는 갈라스 가의 가주 루카프 갈라스는 이게 웬 횡재냐는 표정으로 크리피오 가의 가주를 보고 있었다. 음식을 제조하는 회사에게 이런 스캔들은 아주 치명적이라는 것을 그는 잘 알고 있었다. 그렇기에 루카프의 입꼬리는 슬금슬금 올라가고 있었다. 그리고 그런 갈라스 가의 가주를 보고 있는 사람이 하나 있었다.

'완벽하게 진행되고 있군.'

이런 상황을 보았을 때 혹시 바퀴벌레 사건이 누군가의 음모라는 것으로 판명이 나더라도 디르가 용의자가 될 확률은 상당히 적었다. 크리피오 가의 세력이 줄어들면 갈라스 가의 세력이 늘어난다는 것은 삼척동자도 알 수 있는 사실. 모든 사람이 갈라스 가를 의심하게 될 것이다. 이렇게 되든 저렇게 되든 디르에게는 상관이 없었다. 크리피오 가는 갈라스 가의 음모라고 우길 테고 갈라스 가는 당연히 부인을 할 테고. 그러면서 둘 다 세력이 약해질 것이다.

이이제이(以夷制夷).

‘오랑캐로 오랑캐를 물리친다’ 라는 뜻의 계책으로 적군을 이용해서 적군을 상대하는 계책이었다. 디르가 지금 펼친 계책은 이것과 약간 일맥상통하는 부분이 있지만 약간 달랐다. 이이제이의 계책은 적군 양쪽을 다 소진시키는 계책이었지만 지금 디르의 계책은 적 하나를 없애면서 다른 쪽 하나를 키워주는 식이었다. 물론 이것이 디르의 계책 전부는 아니었다. 단지 전체 전략의 첫 부분일 뿐이었다.

디르는 토악질을 하는 귀족들 중 몇몇을 보며 아주 기분이 좋았다. 권력에 빌붙어서 권력자들이나 졸졸 따라다니는 다과파 녀석들이 보였기 때문이다. 디르는 복수는 절대로 잊지 않는 쪼잔한 녀석이기도 했다.

한편 사회를 맡고 있는 아토리드는 재빨리 사태를 수습하였다. 그는 우선 크리피오 가의 가주를 나가 있으라고 한 뒤에 재빨리 투표를 시작했다. 비록 예정보다 훨씬 일찍 투표를 하는 셈이지만 아무도 그런 것에는 신경 쓰지 않았다.

그 결과 제20회 자하딘 황국 와인 콘테스트의 우승은 디르 상가의 ‘바세 데 네고시오스 25년’ 이 되었다.

디르의 포도주 ‘바세 데 네고시오스’ 는 포도주를 즐기는 귀족들의 혀를 점령했다. 그 환상적인 포도주의 맛에 디르의 포도주는 불타나게 팔렸다. 750ml짜리 바세 데 네고시오스 한 병의 정가는 17골드. 콘테스트에 70병을 냈기에 남은 3,930병 중에서 딱 130병만 판매하기로 결정했다. 역시 고급이란 희소성이 있어야 하는 법이다. 안 그래도 크리피오 가의 파렴치한 행각에 믿고 마실 포도주가 드물었는데 양질의 포도를 구하기 위한 디르의 모험담이 귀족들 사이에 퍼진 것도 포도주의 판매에 일조를 했다.

디르는 자신의 앞에 놓여 있는 금화를 보며 행복한 감정에 빠져들었다. 백수 생활 수년 만에 드디어 자신의 손으로 돈을 벌었다. 중학생 때 시급 1,300원짜리 아르바이트를 해서 번 돈을 제외하자면 인생 최초의 수익이라 해도 될 것이다. 17골드짜리 포도주 130병. 총 2,210골드의 수익에 대충 나가는 돈을 계산에도 2,000골드는 굳는 셈이었다. 순수익 2,000골드, 즉 2,000만 원이라는 돈이 강호의 주머니로 들어왔다. 열 배 뻥튀기. 단 1년 만에 열 배 뻥튀기에 성공한 것이다. 하지만 그것이 다가 아니었다. 그의 창고에는 3,800병의 포도주가 고이 잠들어 있다.

금화를 갈무리한 디르는 탁자 위에 있는 편지 몇 개를 조심스럽게 뜯어보았다. 모두 다 무도회 또는 파티의 초대장이었다.

따사로운 햇볕이 창문을 가득 채우는 어느 날 디르는 아토리드에게서 온 파티 초대장을 읽으며 흐뭇한 웃음을 얼굴 한 가득 머금었다. 틈새 시장을 노리는 것은 진정한 사업가가 할 짓이 아니었다. 틈새 시장을 만드는 것이 진정한 사업가의 길이었다.

아름다운 자할라딘의 밤. 널찍한 도로가로 꼭 가로등같이 생긴 빛의 구슬들이 화려하게 자할라딘을 비추고 있었다. 실제 세상에서의 과학을 마법이 대신하는 세상. 효율은 떨어질지 모르겠지만 훨씬 낭만적이었다. 디르는 게임을 시작한 지 1년이 넘었지만 자할라딘의 밤이 아름답다는 것을 처음 발견했다. 그만큼 치열하게 1년을 보냈다는 뜻이리라.

조용하고 낭만적인 밤 거리를 걷는 디르의 앞으로 아토리드의 큰 저택이 다가왔다. 디르는 공손히 인사하는 경비 기사의 인사를 마주 받은 후 안으로 들어갔다.

웅성웅성.

디르가 아토리드의 저택 안으로 들어가자 많은 귀족들이 삼삼오오 모여서 연회의 흥겨운 분위기를 즐기고 있었다.

디르는 고개를 재빨리 돌리며 주위를 살펴보았다. 역시 크리피오 가의 가주와 갈라스 가의 가주는 이 자리에 없었다. 하나는 열심히 사태를 수습하느라 바쁠 것이고 하나는 열심히 사태를 불리느라 바쁠 것이다.

두리번거리고 있는 디르를 아토리드가 발견하고 반가운 표정으로 걸어나왔다.

"왔는가? 한창 인기 가도를 달리고 있는 디르님께서 워낙 바쁘셔야 말이지!"

아토리드가 옆의 귀족에게 농담을 던졌다. 그러자 그 옆에 서 있던 중년의 귀족이 웃음을 터뜨렸다.

"하하하, 아토리드님도 참. 구면인 듯하지만 나는 카스토 백작이라 하네. 말 놔도 되겠는가?"

와인 콘테스트 장에서 보았던 중후한 인상을 가진 카스토 백작이 디르에게 말을 걸어왔다. 처음 보면서 말을 놓는 데도 전혀 거부감이 없었다. 디르는 우선 부드럽게 미소를 지으며 인사를 받았다.

"하하, 놓으십시오. 저는 디르라고 합니다.."

잠깐의 두뇌 회전 끝에 디르는 카스토 백작이 누군지 기억해 냈다.

'카스토 백작……. 자하딘 황국 귀족의회 부의장. 실세를 만났군.'

역시 끼리끼리 논다고 실세는 실세끼리 놀고 있었다. 디르는 아토리드와 카스토 백작 사이에 끼어서 담소를 나누기 시작했다.

"하하, 이번에 자할라딘 안에 디르 가주의 모험담이 파다하게 퍼졌더군요. 이거 본인에게서 직접 듣는 영광을 누려도 될까요?"

아토리드가 다시 농담조로 디르에게 말을 걸어왔다. 기분이 아주 좋은 듯했다. 물론 디르는 아토리드의 속내를 살짝 엿볼 수 있었다.

'카스토 백작과 친해지라는 것이군. 감사합니다.'

디르는 질리지도 않는지 또다시 모험담을 꺼내기 시작했다. 포도 수레를 끌고 아크일 산맥을 넘은 이야기는 벌써 파다하게 퍼진 유명한 이야기였다.

"자할라딘 근처의 포도는… 그래서……."

디르의 이야기가 시작되자 카스토 백작이 조용히 디르의 말에 집중하기 시작했다. 아토리드도 재미있다는 듯이 디르의 이야기에 귀를 기울였다.

디르가 이야기를 시작하자 근처의 귀족들도 귀가 솔깃해서 이야기를 같이 듣기 시작했다.

"웬만한 기사들도 혼자서도 넘기가 불가능하다는 아크일 산맥을 혼자 넘다니, 정말 대단하네!"

자할라딘에 도착한 부분에서 디르의 모험담에 몰입이 된 카스토 백작은 한 번 들었던 이야기임에도 불구하고 자기도 모르게 탄성을 질렀다.

어느새 디르의 주위를 귀족들이 둘러싸고 있었다. 디르의 이야기는 당연히 과장이 되었지만 귀족들 사이에 퍼진 과장된 정도에 비하면 새 발의 피라고 할 수 있었다. 언제나 특별한 이야기가 없는 자할라딘인지라 디르의 모험담은 아주 흥미로운 이야깃거리였다.

디르는 카스토 백작 등 많은 귀족들과 함께 담소를 나누며 친분을 쌓았다. 빽이 약할 때는 거들떠도 안 보던 귀족들이 디르가 좀 성공을 하자 언제 그랬냐는 듯이 주위로 몰려들었던 것이다. 그 아이러니한 상황에 디르는 속으로 살짝 실소를 흘렸다.

디르에게로 몰렸던 귀족들이 다시 돌아가자 디르의 주위가 좀 한산해졌다. 아토리드는 다른 귀족들을 맞으러 가고 디르는 창가의 테이블에 앉아 와인 애호가라는 카스토 백작과 와인에 대해서 심도있는 토론을 나누고 있었다.

"아, 그나저나 이번에 크리피오 가의 일은 정말 유감이지?"

카스토 백작이 크리피오 가의 이야기를 꺼내었다. 그 토픽을 계속 기다리고 있던 디르는 부드럽게 말을 이어가기 시작했다.

"아아, 정말 유감이지요. 물론 크리피오 가가 일부러 그랬을 리는 없지만 크리피오 가에 대해 아주 실망했습니다. 어떻게 사람이 마시는 것에 그런……"

디르가 더 이상은 말을 하지 못하겠다는 듯 말을 끊자 카스토 백작은 이해한다는 눈으로 디르를 쳐다보았다. 같은 업종에서 일하는 사람으로서 얼마나 가슴이 아플 것인가.

카스토 백작은 '바세 데 네고시오스' 가 따라져 있는 잔을 들어 한 모금 마셨다. 향긋한 포도주의 향이 그의 입 안을 채웠다.

"역시 이 와인은 명품일세. 정말 대단하이."

카스토 백작의 칭찬에 디르는 살짝 미소를 지으며 대답했다.

"과찬이십니다. 마법과 좋은 재료 덕분이죠."

"과찬이 아닐세. 아무리 좋은 포도를 사용한다 해도 와인은 와인을 담그는 기술이 중요하지. 아주 대단하이."

카스토 백작은 아주 만족스러운 표정으로 '바세 데 네고시오스'를 한 모금 더 마셨다. 디르는 그런 카스토 백작을 흐뭇한 눈빛으로 보고 있었다.

카스토 백작과 이야기를 나누고 있는 동안 디르의 눈에 스파다 자작이 화장실을 가는 것이 감지되었다. 스파다 자작은 은행업으로 거부가 된 사업가로 크리피오 가에 특히 많은 돈을 빌려준 사람이었다.

"저… 잠시 화장실 좀 다녀오겠습니다."

디르는 카스토 백작에게 양해를 구한 다음 스파다 자작이 들어가 있을 화장실로 향했다.

화장실로 들어온 디르는 우선 주위를 둘러보았다. 그리고는 스파다 자작과 자신 이외에는 화장실 안에 아무도 없다는 것을 확인했다. 그리고 운이 디르를 따르는지 스파다 자작은 큰 것을 해결하는 중이었다.

디르는 미리 짜놓은 계획을 실천에 옮기기 시작했다.

"이번에 크리피오 가의 소식 들었는가?"

"아, 그 바퀴벌레 사건 말인가?"

디르가 입을 열자 굵직한 목소리가 흘러나왔다. 바로 음성 변조 마법이었다. 디르가 말을 끝내자 이번에는 허공에서 젊은 사람의 목소리가 흘러나왔다. 바로 메시지 마법의 응용. 다른 사람의 귀 대신에 허공에다가 음성을 증폭해서 전달하는 것이었다. 일명 '원맨쇼' 작전이었다.

"아무리 그래도 크리피오 가인데… 어떻게 그런 실수를 했는지……."

"뭔가 문제가 있었겠지. 쯧쯧쯧."

디르의 원맨쇼는 많은 연습을 거쳤는지 혀를 차는 소리까지도 완벽했다.

"그나저나 그러면 크리피오 가는 어떻게 되는 건가? 그런 일이 있는데도 사람들이 가만히 있겠는가?"

"가만히 있을 리가 있겠는가. 이번에 잘못하면 크리피오 가가 망할지도 모른다는 소문이 돈다네."

화장실 안에서 열심히 힘을 주고 있던 스파다 자작은 갑자기 밖에서 들려오는 소리에 귀를 기울였다.

"에이, 설마 그렇기야 하겠는가. 아무리 그래도 크리피오 가가 그렇게 끝날 가문이 아니지."

"설마가 사람 잡는다지 않는가! 사실 이번에 크리피오 가가 갈라스 가를 누르려고 사업 확장을 많이 했다고 하더라고. 그래서 좀 무리를 한 모양이야."

"쯧쯧쯧, 그러면 좀 힘들겠구먼. 에라이, 나도 이번에 내 사업 하면서 어떻게 크리피오 가의 어음을 받은 게 하나 있는데 이제 종이 쪼가리가 되겠구먼."

종이 쪼가리! 스파다 자작의 머리 속에 '종이 쪼가리' 라는 단어가 울려 퍼졌다. 그 많은 어음들이 종이 쪼가리가 되면…….

"아닐세. 아직 늦지 않았지. 뭐, 들어보니 큰 어음도 아닌 것 같은데 지금 빨리 받아버리게나. 아깝지 않은가."

"그래야 되겠군. 에이, 이 이야기는 그만 하자고. 그 생각만 해도 역겹단 말이야."

디르는 원맨쇼를 재빨리 끝맺고 화장실을 빠져나왔다. 화장실을 나오는 디르의 입가에는 진한 미소가 걸려 있었다.

한편, 변기에 앉아 열심이 일을 보던 스파다 자작은 심각한 고민에 빠졌다. 주위에서 소문은 들었지만 크리피오 가의 상태가 그렇게 안 좋을지는 예상하지 못했기 때문이다. 아니, 사실 음식물을 제조하는 곳에서 그런 일이 일어나면 아주 치명적이라는 것은 알지만 크리피오 가라는 이때까지의 가문의 명성이 그의 올바른 판단을 막고 있었던 것이다.

스파다 자작은 멍청하지 않았다. 그러한 소문이 돌 때쯤이면 벌써 늦었다는 것을. 하지만 그는 고민하지 않을 수 없었다. 이때까지의 크리피오 가와의 연을 끊을 것인가, 아니면 연을 살려놓으며 도박을 할 것인가.

하지만 결정해야만 했다. 그리고 결정했다. 물론 '사업은 안전하게' 라는 그의 평소의 지론답게 크리피오 가와의 연을 끊기로 말이다.

한편 디르는 다시 카스토 백작과 흥겹게 담소를 나누고 있었다. 그리고 그의 눈에 화장실에서 단호한 표정을 짓고 나오는 스파다 자작이 들어왔다.

디르는 부드러운 미소를 지으며 카스토 백작에게 포도주를 따라주었다.

크리피오 가는 1차 부도를 선언했다. 갈라스 가는 기회를 놓치지 않겠다는 듯이 계속 크리피오 가의 돈줄을 차근차근 끊어놓고 있었다. 어려운 크리피오 가의 사정이 소문으로 돌자 소규모 채권자부터 거대 은행에서까지 어음을 상환해 달라고 요청이 들어왔다. 자칫하면 모든 어음들이 종이 쪼가리가 될 판이니 걱정이 안 될 수가 없었다.

어음. 사업에서 가장 무서운 것이 어음이라는 물건이었다. 물론 현금으로 대금을 주고받으면 안전하고 좋겠지만 현실상 그것이 불가능한지라 어음은 사업에 필수불가결한 요소였다.

크리피오 가는 환장할 지경이었다. 대금 대신 줬던 어음들이 갑자기 몰리니 그것을 어떻게 처리할 방안이 없었던 것이다. 단순히 바퀴벌레 사건만으로 이 정도로 난리가 날 일은 없다고 봐야 했다. 아무리 큰일이라고는 하지만 지금까지 크리피오 가의 명성이 있는데. 분명히 갈라스 가의 입김이 작용한 것이라고 크리피오 가의 가주 카멘 크리피오는 잠정적으로 결론을 지었다.

"아직 1차 부도일 뿐이다! 이 정도는 금방 막을 수 있어! 비서! 빨리 스파다 자작에게 서신 보내! 스파다 자작만 움직이지 않는다면 사태가 더 번지지는 않는다!"

얼굴이 시뻘겋게 변한 카멘은 비서에게 신경질적으로 소리쳤다. 허전하게 느껴질 정도로 넓은 사무실에 놓여 있는 고급스러운 탁자 위에 불끈 쥔 카멘의 주먹이 떨어졌다.

그런 그의 기분을 아는지 모르는지 카멘의 애완 고양이는 느긋하게 낮잠을 자고 있었다. 하얀 털이 수북하게 나서 언뜻 보면 꼭 솜 뭉치같이 보이는 고양이는 푹신한 소파에 누워서 거슴츠레 눈을 떴다.

"사, 사장님, 스파다 자작 측에서 대출 상환 독촉장이 왔습니다."

비서가 떨리는 목소리로 카멘에게 말했다.

픽!

액자 하나가 허공을 날아 벽에 부딪쳤다. 카멘은 시뻘게진 얼굴로 고래고래 소리쳤다.

"스파다 자작한테 빨리 가! 아니, 내가 직접 가겠다! 빨리 다른 쪽 어음 막고 있어!"

카멘의 말을 듣자마자 비서가 밖으로 쏜살같이 달려나갔다. 카멘 자신도 스파다 자작의 저택으로 향했다.

금세 잠이 깬 고양이는 어슬렁어슬렁 크리피오 가를 나섰다. 이제 여기는 필요없다는 듯이.

하루 종일 뛰어다녀서 겨우 건진 것이라고는 어음 상환 기간을 늘려주겠다는 약속뿐. 카멘은 자신의 사무실에서 노을을 바라보고 있었다.

"비서."

카멘의 쉰 목소리가 흘러나왔다. 뒤에 서 있던 카멘의 비서가 대답했다.

"예!"

"지하실을… 다 열어라."

카멘의 목에서 나왔다곤 믿기 어려울 만큼 어둡고 쉰 목소리가 흘러나왔다.

"예?"

"지하실에 있는 포도주를 다 꺼내라! 200년 크리피오 가의 저력을 보여주는 것이다!"

쉰 목소리로 소리치는 카멘의 말을 듣고 비서는 문을 닫을 생각도 하지 못하고 밖으로 튀어나갔다. 카멘은 붉게 충혈된 눈으로 이를 악물었다. 하지만 벌써 태양은 졌고, 고양이는 떠났다.

크리피오 가가 마지막 결단을 내렸다. 궁지에 몰린 쥐는 고양이도 문다고 하였던가. 크리피오 가의 마지막 결단은 궁지에 몰린 호랑이의 그것이었다.

200년 동안 단 한 번도 외부인에게 공개된 적이 없는 크리피오 가의 포도주 저장 창고가 하나도 빠짐없이 활짝 열렸다. 그리고 엄청난 양의 포도주 통들이 지상으로 올라왔다. 이 대범한 크리피오 가의 결단에 채권단은 물론 갈라스 가의 가주까지도 바라보고만 있을 수밖에 없었다.

"저희 크리피오 가는 오늘부터 부도 상황을 벗어날 때까지 무한 경매를 시작하도록 하겠습니다!"

유례없는 엄청난 행동에 엄청나게 몰려든 기자들을 위한 기자 회견. 크리피오 가의 가주 카멘 크리피오는 엄청난 선언을 했다. 그 많은 포도주들 중에서는 100년이 넘어가는 엄청난 물건들도 섞여 있다는 소문도 도는 상황에서 무한 경매라니? 그렇다면 부도를 못 벗어나면 그런 무지막지한 물건들도 경매에 나온다는 말이다.

특종. 기자들의 머리 속에는 그 한 단어만 떠다녔다.

한편, 디르는 조용히 사태의 추이를 관망하고만 있었다. 사실 이 사태의 주범은 그였으므로 더 이상 움직인다면 걸릴 확률이 상당히 높았다. 이럴 때는 조용히 잠적하고 있는 것이 상책이었다. 하지만 상황이 이상하게 굴러가기 시작하자 자신이 손을 써야겠다는 생각밖에는 들지 않았다.

"쳇, 갈라스 가쯤 되면 조금 더 확실하게 할 줄 알았는데 영 아니잖아?”

디르는 투덜거리면서 머리를 굴렸다. 우선 와인 콘테스트에서 바퀴벌레 사건까지는 자신의 계획대로 완벽하게 되었고 아무런 문제도 없었다. 그리고 스파다 자작도 완벽하게 움직였고, 갈라스 가도 그들이 할 수 있는 데까지 공격을 퍼부었다. 하지만 일이 틀어진 곳은 크리피오 가의 엽기적인 결단에서부터였다. 아무리 상황이 어렵다고 해도 어떻게 포도주 제조가의 자존심이라고 할 수도 있는 비밀 창고까지 활짝 열어버릴 수가 있는 것인지……. 카멘 크리피오. 그자도 보통 인물은 아니었다.

“젠장! 이러면 이 일이 어떻게 굴러가는 거야!”

마음먹은 일이 제대로 안 되자 디르는 신경질을 내었다. 뭔가 방법이 있을 텐데……. 이대로 가다간 크리피오 가가 부도를 청산하고 회생하게 될 판이었다. 그렇게 되면 죽도 밥도 안 되었다.

2475년 5월 12일 날짜의 신문이 디르의 손에 쥐어 있었다. 1면에는 카멘 크리피오의 얼굴이 커다랗게 덮여 있었다. 비록 과학이 발달하지는 못했지만 마법의 힘으로 사진까지 인쇄할 수 있는 신기한 곳에 대해 잠시 생각이 갔다.

그 순간 디르의 두뇌에 철퇴를 맞은 것 같은 충격이 왔다.

“아주… 당연한 것을 잊고 있었군.”

그렇다. 크리피오 가는 물론 디르까지 간과하고 있던 문제가 이 사건에 있었던 것이다.

디르는 종이 하나를 끄집어내었다. 그리고 왼손에 펜을 쥐고는 뭔가를 휘갈겨 썼다. 그러자 디르의 필체와는 다른 필체가 종이 안에 쓰이기 시작했다. 그 다음 종이를 한 상자 정도 꺼내더니 카피 마법으로 복사하기 시작했다. 디르의 입가는 살짝 미소를 머금고 있었다.

또 한 번의 파란이 디르의 손에 의해서 일어나고 있었다.

자할라딘의 야심한 밤. 많은 마법 전등으로 인해서 환한 거리를 몇 몇의 사람들이 걷고 있었다. 술에 취한 듯이 비틀거리는 한 남자, 서로에게 딱 붙어서 사랑을 속삭이고 있는 연인들, 야간 순찰을 도는 치안대원들, 이제 일이 끝났는지 부랴부랴 뛰어가고 있는 한 신사.

디르는 누구의 집인지 모를 집의 지붕에 조용히 앉아 있었다. 그의 옆에는 종이가 가득 들어 있는 상자 하나와 도배용 풀이 가득 들어 있는 커다란 통이 있었다.

디르는 사람들이 사라지기를 기다렸다. 거리가 비교적 밝고 다른 부분은 어두워서 그런지 순찰대원들도 디르를 못 보고 그냥 지나쳤다. 잠시 순찰대원들에 대한 불신감이 무럭무럭 솟아올랐으나 디르는 좋은 것이 좋은 것이라고 생각하고 계획을 실행에 옮겼다.

이제는 완전히 디르의 손발이 되어버린 텔레키네시스가 종이 하나를 들어 올렸다. 그리고 다음 순서로 풀이 종이 뒷면으로 가서 부드럽게 분포되었다. 어느 누가 이렇게 정교한 텔레키네시스 컨트롤을 보일 수 있을 것인가! 풀이 발린 종이는 이제 아예 사라져 버렸다. 공간을 뚫고 움직이는 종이. 그 다음 벽에 착 붙는 게 떼기가 아주 어려울 듯 보였다.

디르는 아예 작정을 했는지 종이를 한 번에 여러 개를 띄웠다. 한 번에 풀을 죽 바르더니 순식간에 벽 한 면이 도배가 되어버렸다. 진정한 도배의 달인이었다.

디르는 그렇게 천천히 사람을 피해서 자할라딘 전역에 도배를 하기 시작했다. 그 짓도 몇 번 하자 단련이 되었는지 결국에는 종이 상자와 풀통을 들고 거리를 걸으면 벽에 한 치의 오차도 없이 종이가 달라붙는 신기까지 보였다. 그렇게 상자 안에 가득 들어 있던 종이가 없어지자 디르는 도배행을 그치고 집으로 돌아왔다. 벽에 빼곡하게 붙어 있는 종이들은 다음날이 오기를 고대하고 있었다.

해가 떴다. 오늘도 어제와 같이 많은 사람들이 잠에서 깨어나 집 밖으로 나왔다. 그리고 그들은 경악했다. 어떻게 하룻밤 사이에 벽이 그렇게 도배가 될 수 있을까! 그리고 그들은 그 내용에 대해 더욱 경악했다.

"아니, 대체 순찰을 어떻게 했기에 전 도시에 그런 종이가 나붙도록 눈치도 못 챘단 말입니까!"

곰같이 생긴 치안대장이 야간 순찰조원들에게 소리치고 있었다. 벽에 붙어 있는 종이를 하나 떼오려고 했으나 얼마나 잘 붙여놨는지 도저히 떼어지지가 않아서 맨손으로 온 그는 상당히 열이 받았다. 이제까지 크리피오 가에서 도움받은 것이 얼마인데 돕지는 못할망정 자신의 손으로 크리피오 가를 박살 내게 생겼으니 얼마나 열이 받겠는가.

"대장님, 제6황자 전하께서 서신을 보내셨습니다!"

붉으락푸르락 어찌할 바를 모르던 치안대장은 서신을 낚아챘다.

경애하는 치안대장께.

오늘 아침 저는 어떤 시민의 용감한 행동으로 인하여 덮여질 뻔한

잎이 상기되어서 참으로 기쁩니다. 올바르고 정의로운 세상을 만들기 위해서는 이러한 시민 정신이 아주 필요한 것입니다. 그리고 자할라딘의 치안대에 대해 약간의 아쉬움이 생기는군요. 잎이 이렇게 된 것, 지금부터라도 수사를 빠르게 진행하여 치안대의 오점을 덮도록 하는 게 좋을 듯합니다.

그러면 신속한 조치를 기다리고 있겠습니다.

자하딘 제6황자 아토리드 자하딘 드림.

"젠장!"

치안대장은 서신을 구겨서 던져 버렸다. 이제는 선택의 여지가 없었다. 자할라딘 안의 경찰권을 쥐고 있는 자리에 있는 그이지만 자하딘의 황자와는 비교도 할 수 없는 위치였다. 벌써 이런 거물들이 손을 쓰기 시작했다면 그는 체스 판의 말처럼 시키는 대로 움직일 수밖에 없었다.

치안대장은 똑똑하지는 않았지만 멍청하지도 않았다. 치안대장이라는 자리에 오른 것이 그것을 대변했다. 그렇기에 그의 결단은 매우 빨랐다.

"빨리 언론에 연락해서 기자 회견 자리 만들어! 그리고 너희들은 수사 준비하고!"

치안대장은 명령을 내린 다음 자신의 자리에 앉아서 조용히 기자 회견 때 말할 내용을 정리하고 있었다.

웅성웅성.

"다들 아시겠지만 오늘 아침에 붙은 벽보를 제가 낭독하도록 하겠습

154

니다!"

치안대장의 기자 회견. 요즘에 기자들은 몸이 둘이라도 바쁠 정도였다. 항상 무미건조하던 자할라딘에 커다란 스캔들이 줄줄이 일어나고 있으니 바쁘지 않을 수가 없었다.

치안대장이 벽보를 읽기 시작했다.

"자할라딘의 시민들이여! 그대들은 화가 나지도 않는가! 그대들은 역겹지도 않는가! 바퀴벌레가 섞여 있는 포도주를 팔아먹겠다는 생각밖에 없는 저 크리피오 가의 만행에 화가 나지도 않는가! 내가 포도주 안에서 바퀴벌레의 날개를 발견했을 때 크리피오 가는 나에게 포도주 한 상자를 보내왔다. 하지만 나는 개돼지가 아니라 인간이다. 아니, 나는 개돼지마저도 바퀴벌레를 먹는다는 소리를 들어본 적이 없다. 그런 크리피오 가가 이제는 묵은 술을 다 꺼내서 팔겠다니! 이것은 모든 자하딘의 국민을 우롱하는 행위이다! 하루라도 빨리 크리피오 가에게 '국법'의 지엄함을 보여주어야 한다! 자할라딘의 한 포도주 애호가."

별 억양 없이 단순하게 읽은 글이었지만 그 글까지 단순한 뜻을 가지고 있는 것은 아니었다. 기자들은 조용히 치안대장의 낭독을 경청했다. 그리고 집중해서 치안대장의 다음 말을 기다렸다. 이제부터는 그의 한마디 한마디가 특종이었다.

"오늘부로 크리피오 가의 모든 재산을 가압류하고 문제의 포도주에 관련된 자들의 신병을 확보해서 사법부의 결정을 기다리도록 하겠습니다."

"치안대장님, 그러면 크리피오 가가……."

충격적인 선언에 기자들이 질문을 쏟아내기 시작했다. 하지만 치안대장은 묵묵히 아무 말 없이 기자 회견장을 빠져나갔다. 기자들이 흥분해서 치안대장에게 달려들었으나 많은 수의 치안대원들에게 제지되었다. 기자 회견장은 순식간에 아수라장이 되었다.

크리피오 가의 가주 카멘 크리피오는 체포되었다. 아니, 거의 모든 크리피오 가의 사람들이 체포되고 모든 크리피오 가의 재산은 치안대에 가압류되었다. 물론 모든 포도주 또한 가압류 처리되었다. 크리피오 가 비장의 포도주들은 경매에 나와보지도 못한 채 압류당해 버렸다.

법원에서는 판결을 내렸다. 병에 옮겨 담은 포도주로는 바퀴벌레가 들어갈 수가 없는 바 제조 과정에 문제가 있다고 판결이 났다. 그래서 결국은 가압류된 모든 포도주 중에 무작위 1%를 개봉해서 바퀴벌레가 섞여 있는지 없는지 보고 포도주 제조창의 청결 정도를 점검한 후에 정확하게 구형하기로 했다.

"건배!"

디르는 커튼이 쳐져 어두운 사무실 안에서 혼자 건배했다. 완전히 전형적인 악당의 배경이었다.

"흐음."

바세 데 네고시오스를 한 모금 마시고는 눈을 감고 그 맛을 즐겼다. 오늘 같은 날을 위한 최고의 술이었다. 크리피오 가의 쇠락. 그것은 어떤 영향을 낳을 것인가.

디르는 바세 데 네고시오스를 한 모금 더 마셨다. 향긋한 향이 그의 입 안을 맴돌았다. 그리고 1단계가 완료되어 가는 자신의 계획을 떠올렸다.

세 가지 법의 차이점. 그것이 디르의 카드였다. 크리피오 가는 누명을 씌워서 박살을 냈지만 자신이 키워놓은 갈라스 가는 그런 것 정도로는 상대하기가 어려웠다. 크리피오 가는 갈라스 가라는 사냥개가 있어서 대신 물어뜯어 주었지만 지금의 갈라스 가와는 정면으로 대결해야 되는 것이다.

토사구팽(兎死狗烹). 사냥개가 사냥을 다 했으니 된장이 발리는 것은 당연한 수순이라고도 할 수 있었다. 그 개가 많이 먹어서 잔뜩 살이 올랐다면 더 더욱.

디르는 자신의 세 가지 카드를 생각하며 미소를 지었다. 그토록 간단한 것을 아직도 써먹지 않았다니. 그것은 완벽하게 디르를 위한 카드였다. 하지만 사실 누가 게임하러 와서 법전을 파고 있겠는가.

디르는 어느새 비어버린 와인 잔에 와인을 따랐다. 쪼르륵 하는 소리와 함께 붉은색의 와인이 와인 잔에 따라졌다. 디르는 와인 잔을 한 손에 들고 테이블 위로 발을 올렸다. 그렇게 와인을 즐기던 디르는 자신의 정면에 있는 커튼을 마법을 사용해서 걷었다.

촤아악.

커튼이 걷혀짐과 동시에 햇빛이 어두운 방 안으로 쏟아졌다. 잘생기지도 않고 못생기지도 않고 그저 평범하게 생긴 디르의 얼굴이 햇빛에 의해 드러났다. 디르의 입꼬리가 살짝 올라갔다.

'한 방. 카드가 일회용인만큼 확실하게 써야겠지.'

특허법과 독과점 규제법. 강력한 카드였다.

디르는 사냥개를 처리하기 전에 크리피오 가의 마지막을 확실하게 장식해 주기 위해 몸을 일으켰다.

어두운 지하실. 크리피오 가의 창고는 한낮인데도 불구하고 빛 한 점 들어오지 않는 지하실이었다. 그리고 그곳에 훤하게 보이도록 마법 등을 들고 걸어다니는 몇 명이 있었다.

"이거 들어내라!"

날카롭게 생긴 검사의 말에 건장한 장정 몇 명이 낑낑대며 포도주가 가득 든 오크 통 하나를 들어내었다. 그 오크 통은 지상으로 올라가서 차곡차곡 쌓였다. 1%라고 들으면 얼마 안 되는 것 같지만 지상에 쌓인 포도주의 양은 상상을 초월할 정도였다. 산처럼 쌓인 포도주는 구경꾼들의 탄성을 자아내게 할 정도였다.

창고 안에 들어간 검사들은 정말 마구잡이로 1%를 골라내었다. 정확하게 100개를 세고 하나를 뽑는 식으로 진행된 선별은 며칠 동안 거듭되었다. 그 작업은 디르의 일을 아주 쉽게 만들었다. 창고에 난입해서 바퀴벌레를 넣을 필요 없이 그냥 밖에 마구 쌓여 있는 데다가 넣어버리면 되기 때문이었다.

이제는 바퀴벌레를 잡는 것도 익숙해진 디르는 순식간에 엄청난 양의 바퀴벌레를 확보하고는 또다시 으슥한 밤에 움직였다.

환하게 불이 밝혀진 크리피오 가의 지하실 앞. 엄청난 양의 포도주가 쌓여 있는 그곳은 수십 명의 치안대원들로 인해서 철통같이 지켜지고 있었다. 하지만 보통의 치안대원들로서는 어림도 없었다. 일이 일이니만큼 마법사 출신 치안대원들도 몇 있었으나 수박 겉핥기 식으로 배운 마법으로는 턱도 없었다. 사실 공간계 마법이 극에 달한 디르가 텔레포트 마법을 사용하는 것을 마나의 움직임만으로 잡아낼 사람은 디르의 스승인 하르만 이외에는 없다고 봐야 했다.

디르는 이제 많은 경험을 바탕으로 포도주 안에 바퀴벌레의 사체를 넣는 것을 별로 힘들이지 않고 끝낼 수 있었다. 순식간에 조각난 바퀴벌레들은 순간 이동을 하더니 포도주 안으로 잠수했다. 거의 100마리는 되는 듯 엄청난 수의 바퀴벌레를 포도주에 순간 이동시켰다. 하지만 쌓여 있는 포도주가 워낙 많았던지라 한 통당 반 마리도 채 들어가지 못했을 것이다.

디르의 입가에 예의 그 미소가 다시 그려졌다. 그리고 언제나 그랬듯이 그는 내일의 태양을 기다렸다.

어제도 그랬듯이 오늘도 역시 해가 떴다. 그리고 많은 사람들이 다시 움직이기 시작했다. 며칠 동안 크리피오 가 사건 때문에 혹사당하고 있는 검사들도 신경질적인 눈초리로 다시 출근했다.

드디어 모든 포도주 중에서 1%의 포도주가 선별되고, 이제는 그 엄청난 양의 포도주의 내용물을 검사하는 일이었다. 그리고 방법은 안타깝게도 한 가지밖에 없었다. 그냥 쏟아 부어서 안에 바퀴벌레가 있나 없나 보는 것. 어차피 공기를 맞으면 못 마시는 것이 포도주인지라 다시 받아서 쓸 수도 없고 상당히 아까운 현실이었다.

그 많은 포도주를 쏟아 부을 자리는 자할라딘에서 딱 한 곳밖에 없었다. 크로시아 강변. 그곳에는 엄청난 수의 기자들과 구경꾼, 그리고 포도주가 있었다.

"시작해라!"

이번 일을 맡은 검사들의 우두머리인 부장 검사가 소리쳤다. 며칠 동안 이 사건에 대해서 언론에게 엄청난 시달림을 당했던지라 그는 아주 신경질적이 되어 있었다.

부장 검사의 말에 장정 여러 명이 오크 통 하나를 낑낑대며 들고 왔다. 그리고 미리 준비된 널찍한 널빤지에 포도주를 쏟아 붓기 시작했다.

"아……!"

사방에서 아까움의 신음 소리가 터져 나왔다. 평소에는 돈 주고 사 마셔야 할 포도주가 그냥 강가로 쏟아지고 있으니 어찌 안 아까울 수 있겠는가. 하지만 그 아까움도 오래가지 못했다.

"부, 부장 검사님!"

널빤지에 가까이 붙어서 쏟아지는 포도주를 자세히 보고 있던 검사 하나가 부장 검사를 급히 불렀다. 그리고 그 검사가 집게로 어떤 물체는 널빤지에서 집어내었다. 바퀴벌레의 등 껍질이었다. 나머지 부분들은 보이지 않는 것을 봐서 이미 포도주에 잘 녹아 있는 듯했다.

주위 사람들이 또다시 경악해 있을 때 부장 검사는 특유의 침착함으로 조사를 다시 시작했다.

"바퀴벌레가 검출된 포도주를 정확하게 기록해 놓아라. 다음!"

부장 검사가 손짓을 하자 다음 포도주가 쏟아지기 시작했다. 사람들은 저희들끼리 웅성웅성 토론을 나누었다.

"예전에 내가 큰 맘 먹고 크리피오 가 와인을 한 번 샀을 때 이상한 머리카락 비슷한 게 있더라고. 그게 이제 보니 더듬이였구먼. 에라이! 나는 비싼 거라서 뭔가 특이한 건 줄 알았는데. 카악!"

자신의 이야기를 하던 남자 하나가 열이 받았는지 침을 뱉었다. 원래 고급 포도주로 유명한 크리피오 가의 포도주는 서민들로서는 마시기가 거의 불가능했기에 마셔봤다는 사람들은 다 자신들의 이야기를 털어놓기 시작했다.

　디르는 자신의 계획이 제대로 굴러가는 것을 알고 속으로 광소를 터뜨렸다. 원래 사람들이란 긴가 민가 하다가도 다른 사람이 그렇다고 하면 그렇게 믿는 것이었다. 그리고 자신이 직접 건더기를 못 보았다고 해도 운이 좋았다고 하면 그뿐 아닌가! 어차피 바퀴벌레의 함유량은 건더기가 있으나 없으나 똑같은 것을.

　사람들은 저마다 크리피오 가를 욕했다. 어떻게 저 따위 술을 사람들에게 팔 수 있느냐고.

　사람들의 열기와 더불어 진동하는 술 냄새가 자할라딘에 퍼져 나갔다.

　크리피오 가의 포도주와 관련된 모든 사람들이 재판에 회부되었다. 크리피오 가의 가주인 카멘 크리피오는 자신의 혐의를 끝까지 부정하고 날뛰다가 다시 유치장으로 끌려갔다. 그렇게 재판은 무려 1주일이나 이어졌다. 매일매일 이어지는 재판. 크리피오 가가 혐의를 벗는다는 것은 이제 불가능한 이야기이고, 얼마만큼의 형을 내려야 할지 결정하는 재판이 되어버렸다. 그리고 크리피오 가의 멸망을 디르보다 더 원하는 한 가문이 있었다.

　화려한 정원. 온갖 꽃들이 나무와 조화를 이루며 아주 아름다움 광경을 자아내고 있었다. 그리고 그 사이의 탁자 하나. 갈라스 가의 가주 루카프 갈라스는 누가 와인 제조업자 아니랄까 봐 대낮부터 와인을 마시고 있었다.

　예리하고 지략가같이 생긴 그는 요즘 행복한 나날을 보내고 있었다. 갑자기 크리피오 가가 알아서 망해주니 판매량이 급증하는 것이었다.

그는 굴러들어 온 행운에 입이 찢어졌다.

"비서!"

루카프는 비서를 불렀다. 그러자 뒤에 서 있던 비서는 아무 말 없이 루카프의 다음 말을 기다렸다.

"크리피오 가의 와인 제조자 몇 명을 매수해라. 미끼는 확실하게 던져 주고 철저하게 일을 하도록."

루카프의 말을 들은 비서는 조용히 사라졌다.

루카프는 평소 그의 지론인 '기회는 오는 것이 아니라 잡는 것이다'에 따라 움직이기 시작했다.

한편 디르는 루카프와 완전히 다른 짓을 하고 있었다. 뒷조사를 해 본 결과 크리피오 가의 가보가 청룡언월도라는 신기라는 정보를 얻었기 때문이다.

또다시 어둠을 틈타서 어디론가 잠입하는 그는 암살자라고 해도 좋을 만큼 능숙한 몸놀림을 보였다. 투명 마법을 쓰고 지붕 위를 날아다니던 디르는 크리피오 가의 근처에서 주위를 살폈다. 평소 같으면 크리피오 가의 삼엄한 경계 속에 근처까지 가는 것조차 힘든 곳이었겠지만 한바탕 난리가 나자 사건 현장을 지키는 치안대원 이외에는 아무도 없었다.

디르는 능숙한 실력으로 지하실 안에 잠입했다. 투명 마법을 쓴 채로 텔레포트를 해서 들어갔는데 어떤 치안대원이 막을 수 있겠는가. 그리고 그는 지하실을 조용히 걷기 시작했다.

지하 3층으로 되어 있는 그 지하실은 와인을 들고 들어오고 나가는 일꾼들을 제외하고는 가주만이 들어갈 수 있는 곳이었다. 그리고 꼭 이런 곳에는 보물 창고가 있기 마련이었다.

대충 감을 잡은 디르는 지하실을 샅샅이 검색하며 걸어나갔다. 공간 자체를 탐지하는 디르의 눈을 입구만 감춰놓는 것으로는 막을 수 없었다. 도둑에 이어 도굴꾼의 자질까지 가지고 있는 디르였다.

디르는 지하실을 걸으면서 열심히 뛰고 있을 루카프 갈라스를 떠올렸다. 뛰는 놈 위에 나는 놈 있다고 하였는가. 루카프가 알아서 거짓 증언을 할 사람을 물색하고 매수해서 위험을 뒤집어써줄 텐데 디르까지 몸소 움직일 필요는 없었다.

디르는 지하 2층으로 내려왔다. 새까만 어둠이 그의 앞을 막았다. 하지만 그는 그냥 안으로 들어갔다. 공간 사이사이로 오는 물방울을 감지하는 것에 비하면 가만히 멈춰 있는 공간을 감지하는 것쯤이야 일도 아니었다.

"빙고!"

디르는 지하 2층으로 내려가자마자 한쪽 벽의 비어 있는 공간을 찾았다. 그리고 겉은 그냥 벽이었다. 뭔가 복잡한 기관이 설치되어 있는 것이 느껴졌으나 디르에게는 그 문을 열 필요가 없었다.

스슥.

풀어주기를 고대하고 있는 문이 허무할 만큼 간단하게 안으로 들어갔다. 역시 그의 특기는 텔레포트였다. 그냥 문을 무시하고 안으로 들어간 디르는 역시 자신의 생각이 맞았다는 것을 알았다.

그곳에는 아주 많은 부적이 덕지덕지 발라진 커다란 대도 하나가 공중에 떠 있었다. 무슨 죄인을 묶어두듯이 쇠사슬로 친친 감겨 있는데다가 대도 밑의 땅바닥에는 복잡한 마법진이 그려져 있고 그 중앙에는 은색으로 영롱하게 빛나는 커다란 구슬 하나가 있었다. 그 구슬은 마력진의 마력을 집중해서 대도를 봉인하고 있었다.

"오오오! 오리하르콘!"

디르는 마법진 중앙에 있는 영롱한 빛을 내는 주먹 두 개만 한 금속을 보며 탄성을 터뜨렸다. 그 귀하다는 오리하르콘이 저만큼이나 있다니? 디르는 달려들어 가서 다 챙기고 싶었지만 뭔가 켕기는 게 있어서 시험을 해보기로 했다.

디르는 주머니에서 종이 쪼가리 하나를 꺼내더니 대도 쪽으로 쏘아 보았다.

파지직!

역시 생각했던 대로 종이가 쏘아져 가다가 벽에 막혀서 순식간에 타 버렸다. 뭔가 강력한 마법 결계가 쳐져 있는 듯했다. 디르는 눈가를 찌 푸렸다. 좀 편하게 해놓으면 안 됐었는지.

디르는 하르만의 강의 중 마법진 파훼에 관한 것을 떠올렸다. 가끔 씩 짧게 해주는 하르만의 강의는 짧긴 해도 그만큼 유용한 정보가 많 다는 것은 일찌감치 느끼고 있었다. 마법진 파훼에 대한 하르만의 강 의는 간단했다.

그냥 휘저어 버려.

그렇다. 그냥 마법진을 뭉개 버리면 되는 것이었다.

디르는 우선 주위에 방음 결계 마법을 사용했다. 괜히 소리가 커서 경비병들이 눈치채면 골치 아파지는 것이다. 어차피 알아챈다 하더라 도 들어오지도 못하겠지만.

파지지직!

디르가 마법 결계가 있는 공간을 가르자 결계가 엄청난 반응을 보였 다. 하지만 물리적인 힘이 아닌 이상 강한 방어력을 보이지는 못하는 듯했다.

콰앙!

디르는 무식하게 폭환을 하나 박아버렸다. 갈라진 공간 사이로 들어가서 마법진에 박힌 철환은 마법진을 약화시켰다.

콰과강!

그 틈을 타서 디르는 마법진에 폭환을 여러 개 더 박아 넣어버렸다. 그러자 마법진이 힘을 잃었다. 그리고 공중에 떠 있던 청룡언월도가 힘을 잃고 땅으로 떨어졌다. 오리하르콘으로 추정되는 구슬도 바닥을 굴러다녔다.

씨익.

디르의 입이 정말 소리가 날 정도로 옆으로 찢어졌다. 그리고 그 두 가지의 물건은 순식간에 디르의 아공간으로 사라졌다.

디르는 증거 인멸도 잊지 않았다. 미리 준비해 둔 곡괭이로—뭐 하려고 준비해 둔 것인지는 모르겠지만—아예 땅을 뒤엎어 버렸다.

곡괭이질을 조금 하자 구슬 자국은커녕 대포 자국도 없어질 만큼 난장판이 되어버렸다. 그렇게 한탕한 디르는 텔레포트로 도주해 버렸다.

결국 크리피오 가에서 포도주를 만들어오던 한 노인이 자백을 했다. 크리피오 가에서 20년 동안 일을 해오던 그는 17년 전에 그 사실을 알았음에도 불구하고 주위의 협박 때문에 비밀로 붙여오고 있었다고 자백했다.

그리하여 크리피오 가의 모든 재산이 경매에 붙여지기로 결정이 났다. 채권자들이 가져가고 남은 경매 잔금은 국고 환원이라는 결정이라 기업 하나를 잃는 정부에서도 별말없이 진행되었다.

　크리피오 가의 간부들은 모두 최고 형벌인 무기 징역을 받고 투옥되었고, 다른 자들은 그 정도에 따라 각각의 형량이 결정되었다. 자백한 노인의 처자식들이 갑자기 졸부가 되어서 노인을 기다리고 있다는 것은 몇 사람만 아는 비밀이었다.

Chapter 5

경매는 곧장 진행되었다. 원래 크리피오 가의 비장의 와인들이 경매에 붙여질 자리에서 크리피오 가의 재산까지 경매에 붙여지는 일은 아이러니한 일이 아닐 수 없었다. 대부분의 재산인 포도밭과 제조창은 거의 다 갈라스 가로 흡수되었다. 크리피오 가가 없는 이상 이제는 갈라스 가의 시대였다. 대부분의 포도밭을 낙찰받은 갈라스 가는 이제는 자할라딘의 와인계를 꽉 잡았다. 물론 디르도 많은 포도밭을 낙찰 받았으나 갈라스 가에 비하면 새 발의 피였다. 비교하자면 정말 새 발의 피인지라 아무도 그에게 관심을 가지지 않았다.

부동산은 얼마 사지 않았지만 디르는 다른 급한 것이 있었다. 바로 소믈리에라는 와인 감별사들이었다. 사실 지금까지는 주먹구구식으로 와인을 자신의 기술로만 만들었지만 이제는 아니었다. 더 큰 사업체로 나가려면 소믈리에 같은 전문가들의 영입이 급했다.

다행히도 크리피오 가에 근무하던 많은 소믈리에들은 무죄를 선고 받고 나올 수가 있었다. 물론 반 이상의 소믈리에가 투옥되었지만 정확히 디르 상가가 필요한 수의 소믈리에는 무죄를 선고받은 것이었다. 당연하겠지만 그 뒤에는 누군가의 힘이 작용했다는 것은 정황을 아는 사람이라면 누구나 알 수 있는 사실이었다. 그 정황을 아는 사람이 극소수라서 그렇지.

디르는 또다시 팔을 걷어붙였다. 포도밭도 많이 구입했지만 포도 자체도 많이 구입한 그는 그것 모두를 포도주로 담글 작정이었다.

이번에는 일꾼도 몇 명 고용한 디르는 정열적으로 포도주를 담갔다. 품질은 훨씬 떨어지겠지만 엄청난 양을 담은 그는 '시간의 방 2호' 로 갔다.

'시간의 방 2호' 는 바퀴벌레 사건이 한창 돌 때 만들어놓은 것으로 1호 때보다 자금이 여유가 더 있어서 크기는 훨씬 크지만 시간이 가는 속도는 1호의 반 정도밖에 안 되었다. 사실 그만한 속도도 1호를 만들 때보다 훨씬 넓은 면적이라 그사이 마법의 발전이 없었다면 이루기 불가능했을 것이다.

와인이라는 것이 디르 같은 방법이 아니면 하루 이틀 만에 팔아먹을 수 있는 것이 아니라서 현재 크리피오 가의 공백은 품귀 현상으로 이어졌다. 그래도 얼마만큼 마실 만한 포도주가 나오려면 최소한 1, 2년은 있어야 하기에 중소 업체들의 우후죽순 같은 창업은 일어나지 않았다. 그러니 당연한 수순으로 원래 있던 포도주 제조업자들이 힘을 가질 수밖에 없었다.

그리고 곧 디르가 갈라스 가가 점유하고 있는 하급 포도주 업계를 빼앗을 것이다.

“건배!”

갈라스 가의 간부들이 모여서 환호성을 질렀다. 숙적인 크리피오 가가 멸망하고 갈라스 가의 세계가 도래한 것이다.

“가주님, 정말 축하드립니다!”

심복의 말에 루카프 갈라스가 웃음을 터뜨렸다. 어찌 이보다 더 기분 좋은 일이 있겠는가.

“자자자! 마음껏 마시게나! 이제부터는 탄탄대로일세!”

루카프의 말에 모두 잔을 비웠다. 모두 웃고 떠들면서 갈라스 가의 앞날에 대해 의논했다.

그들의 미래는… 탄탄대로일까?

따사로운 햇볕, 가벼운 발걸음, 들뜬 마음. 디르는 희희낙락하며 아크일 산맥으로 향했다.

이제 크리피오 가도 처리되었겠다, 갈라스 가는 아직 때가 아닐 뿐이다. 그렇기에 디르는 산책 나온 기분이었다. 이제 갈라스 가의 상처가 잘 곪기를 기다리기만 하면 되는 과정이었다.

텔레포트 정도는 이제 손짓만으로도 할 수 있는 디르에게 아크일 산맥까지의 거리는 아무런 문제가 아니었다. 순식간에 아크일 산맥 바로 옆에 있는 도시인 갈레리우스까지 온 디르는 아크일 산맥 안으로 들어갔다. 그리고 플라이 마법을 사용해서 게리크가 이끄는 푸른 오크 족의 동굴을 찾기 시작했다.

푸른 광경. 누가 이런 산을 보고 괴물의 산맥이라 하겠는가. 그야말로 장관인 이 광경을 보며 디르는 자신도 모르게 입에서 탄성이 흘러나왔다.

"아……!"

디르는 곧 다시 자신의 목표를 상기하고는 빠른 속도로 날아가기 시작했다. 아래로 나무들이 빠른 속도로 지나갔다. 이 정도 속도면 웬만한 무공의 고수들보다 훨씬 빠른 속도였다.

끼이이익!

그때, 멀리서 그리핀이 우는 소리가 들려왔다. 먹이를 하나 발견했다는 뜻이리라.

디르는 살짝 비웃었다. 이제 그는 그리핀 따위는 두려워하지 않았다.

"와랏!"

음성 확대 마법을 사용해서 소리친 디르의 고함이 나뭇가지를 흔들었다. 그러자 저 멀리 있던 돌로 된 절벽의 동굴에서 그리핀 몇 마리가 나왔다.

끼이익!

듣기 싫은 고성을 내며 그리핀들이 디르에게 돌격해 왔다. 그것에 대한 대응으로 디르는 그의 철환들을 꺼내었다. 이제는 주머니에 넣을 필요도 없이 아공간에서 바로 나오는 철환들이 그의 발전을 보여주었다.

그때 디르의 눈이 번뜩였다.

퍼엉!

디르가 손짓을 하자 철환 하나가 사라졌다. 그리고는 그리핀 하나가 폭발과 함께 추락했다. 공간을 가르며 날아다니는 디르의 천환무는 경악스러운 경지였다.

끼이이이!

그리핀 하나가 추락하자 나머지 그리핀들은 광분해서 디르에게 날아들었다. 독수리 형상의 머리에 붙어 있는 그들의 눈은 매섭게 디르를 쏘아보고 있었다. 하지만 그에 대한 디르의 반응은 간단한 손짓뿐이었다.

디르가 손짓을 하자 공간을 가로질러서 공격할 필요도 없다는 듯이 디르의 철환이 그리핀들에게 쏘아져 갔다.

촤아악!

디르의 행동은 간단했지만 그 결과는 간단하지 않았다. 그리핀들은 공격 한 번 제대로 못해본 채 갈기갈기 찢기고 말았다. 평소에는 다른 동물들을 찢던 사자 형상의 다리는 몸체에서 찢겨 나갔으며 그리핀에게 강력한 공중 공격력을 부여해 주던 독수리의 튼튼한 날개는 깃털을 흩뿌리며 갈기갈기 찢겼다.

쏴아아—

시원한 바람이 불어서 나무를 흔들었다. 디르는 흩날리는 그리핀들의 깃털 사이로 다시 날아가기 시작했다. 여러 조각으로 변해서 바닥으로 떨어진 그리핀들은 자연 세계의 법칙대로 다른 동물들에게 먹히고 있었다.

디르는 그리핀 때문에 잠시 멈추었던 길을 다시 재촉했다. 나무들이 빼곡하게 덮여서 잘 보이지는 않지만 예전에 정보 길드에서 사놓았던 지도를 비교해 보며 찾아갔다. 하지만 아크일 산맥이 좀 넓은가. 그리고 숲들이 다 비슷비슷하게 생긴 터라 여기가 저기 같고 저기가 여기 같았다.

"젠장!"

한 번 괜히 소리를 질러본 디르는 우선 대로부터 찾기 시작했다. 지도를 바탕으로 차근차근 찾아보려는 것이다.

'우선… 대로를 찾으려면… 히스부터 시작해야겠군.'

넓게 보기 위해 디르는 고도를 높여갔다. 그때 누가 괴물의 산맥 아니랄까 봐 이번에는 와이번 한 마리가 날아왔다.

키에에엑!

와이번 역시 디르를 맛있는 먹잇감으로 생각하고 날아오는 듯했다.

"안 그래도 짜증나는데 시비 걸지 마라!"

디르는 소리를 질렀다. 디르의 손이 앞으로 뻗어지며 활짝 펴졌다.

가죽 북 터지는 것같이 퍼엉 하는 소리와 함께 와이번에게서 폭발이 일었다. 아예 철환이 보이지도 않고 아공간에서 나오자마자 바로 와이번에게 작렬한 것이다. 잠시 주춤한 와이번은 디르에게 다시 돌진하려고 했으나 그럴 수가 없었다.

콰앙!

이번에는 더욱 큰 폭발이 일었다. 와이번은 질긴 가죽 덕에 그리핀처럼 찢기지는 않았지만 엄청난 충격을 입고 추락할 수밖에 없었다.

디르는 와이번을 순식간에 해결하고는 하늘로 올라갔다. 그리고 그는 넓어진 시야로 길을 살피기 시작했다. 마법의 도움으로 아주 높은 곳에 있지만 별다른 불편 없이 예전에 자신이 사용했던 길을 찾을 수 있었다.

스슥.

텔레포트를 사용해서 길 위에 올라선 디르는 지도를 자세히 보며 푸른 오크 족의 동굴을 찾아가기 시작했다.

터벅터벅.

이미 한 번 와봤던 길이라 그런지 이제는 쉽게 찾아갈 수 있을 것 같았다. 그렇게 길을 찾아가고 있는데 디르의 귀에 병장기가 부딪치는 소리가 들렸다.

"싸움… 구경이나 갈까?"

옛부터 가장 재미있는 구경 중 하나라는 싸움 구경을 놓치는 것은 안 될 말이었다. 디르는 소리가 나는 쪽으로 달려갔다.

디르가 도착한 곳에는 수백의 오크가 떼거지로 모여서 싸우는 중이었다. 그리고 중앙에서 가장 열심히 싸우고 있는 오크 하나를 발견할 수 있었다.

"게리크, 기대를 저버리지 않는군."

커다란 대도를 들고 전장을 누비는 게리크의 모습은 정말 장관이었다. 그리고 그의 목에서는 Y형의 뼈 목걸이 하나가 대롱대롱 걸려 있었다. 디르는 자신도 모르게 웃음을 흘렸다.

"킥."

디르는 표정 관리를 하고 입 근육도 대충 풀었다. 그리고 대충 다 정리가 되어가는 전장을 보고는 타이밍을 잘 맞춰서 전장으로 뛰어들었다.

"안녕한가, 게리크?"

디르의 목소리가 은은하게 전장을 울렸다. 이제 다른 부족의 오크를 다 무찌르고 승리의 환호성을 지르려고 할 때 은인이 온 것이다. 그래서 기분이 좋은 게리크는 디르를 반겼다.

"쿼익! 오랜만이다, 인간!"

게리크는 분위기를 만들어보려는 디르의 노력에도 불구하고 씩씩하게 대답했다. 속으로 한숨을 한 번 폭 쉰 디르는 곧바로 본론으로 들어갔다.

"선물이 있다."

디르는 무게를 잡으며 아공간에서 예의 그 대도를 꺼내었다. 공중에서 갑자기 나타난 대도는 마법진이 없어지자 무기 자체의 힘으로 달라붙어 있는 부적들을 태우고 있었다. 거대한 대도가 엄청난 스파크를 내며 서서히 내려오는 광경은 그야말로 장관이었다. 시끌벅적하던 전장으로 침묵이 내려앉았다.

'저 부적이 뭔지는 모르겠지만 떼야겠지?

디르는 조용히 텔레키네시스의 주문을 외웠다. 수인과 주문이 끝나자 디르는 텔레키네시스로 부적들을 떼어내기 시작했다. 하지만 얼마나 강력한 힘이 깃들어 있는지 수인과 주문까지 외워서 사용하는 디르의 텔레키네시스로도 겨우 삼분의 일밖에 떼어낼 수 없었다. 디르는 의외의 상황에 놀라서 주위의 눈치를 보았다.

'젠장, 어떤 놈이 부적을 저렇게 세게 붙여놓은 거야?

주위 오크들의 눈치를 보자 그들은 지금 뭔가가 잘못되었다는 것을 못 느끼고 있었다. 디르는 그래서 다시 텔레키네시스의 주문을 외우려고 했다.

파아악!

그때 갑자기 엄청난 기운이 사방으로 퍼지며 부적들이 퉁겨 나갔다. 꼭 대도가 부적들을 밀쳐 낸 듯했다.

부적들이 벗겨지자 대도가 세상에 모습을 드러내었다. 대도의 면에는 '청룡언월도(靑龍偃月刀)' 라는 글자가 음각되어 있었다. 엄청난 기운을 사방으로 뿌리며 고고하게 서 있는 청룡언월도의 모습은 과연 신기(神器)라고 할 만했다.

'쩝, 저게 저렇게 좋은 거였나? 그냥 팔 걸 그랬나?'

뒤늦은 후회는 안 하느니만 못한 것이다. 디르는 후회를 했으나 사실 어쩔 수 없는 결정이었다. 팔면 돈을 벌 수는 있겠지만 도둑질했다는 게 들통나면 이때까지 쌓아놓은 이미지와 브랜드가 사라질 것이다. 아깝지만 어쩔 수 없었다.

"그것을 잡아라. 그리고 지배해라."

디르는 속마음을 감추고 무게있게 말했다. 게리크는 청룡언월도를 몽롱한 눈빛으로 보며 다가갔다. 수백의 오크들이 그 광경을 지켜보고 있었다. 아크일 산맥에 존재하는 모든 생명체가 대기를 울리는 기운에 놀라고 있었다.

게리크가 청룡언월도를 꽈악 쥐었다.

파아앗!

엄청난 빛이 뿜어져 나왔다. 무지막지한 기운에 아크일 산맥이 진동하는 듯했다. 신기(神器)답게도 주인을 선택하는 것인지 막대한 힘이 게리크의 몸 안으로 흘러들어 갔다.

화아아—

무시무시한 기운이 게리크에게서 뿜어져 나왔다. 그리고 결국 청룡언월도가 게리크를 주인으로 인정한 것인지 잠잠해졌다.

게리크가 감았던 눈을 떴다. 푸르스름한 안광이 게리크의 눈에서 줄기줄기 흘러나왔다.

"고맙다, 인간."

게리크의 굵은 목소리가 그의 입에서 흘러나왔다. 청룡언월도가 그

의 지성까지 발달시켜 준 것인지 게리크의 말이 훨씬 깔끔하게 흘러나
왔다. 디르는 그것을 보고 상당히 배가 아팠다.

'쳇, 그래도 없는 것보다야 낫지.'

디르는 금방 감정 정리를 한 다음 다시 분위기있게 말을 꺼냈다.

"남쪽으로, 남쪽으로 가라. 그리고 이 아크일 산맥의 남쪽을 지배하
는 것이다."

디르가 빛을 내며 천천히 사라지고 있었다. 물론 이펙트였다.

"오크의 군대를 만들어라. 믿겠다, 게리크."

디르가 서서히 사라지며 말했다. 디르의 말이 은은하게 울리며 게리
크의 머리 속으로 들어왔다.

"알겠다."

디르는 게리크의 간단한 대답을 듣고는 완전히 사라졌다. 오크들은
전설의 시작에 환호성을 질렀다.

한편 멋있게 퇴장한 디르는 아크일 산맥 한구석에서 괴성을 질렀다.

"젠장! 길 물어보는 것을 깜빡했잖아!"

아크일 산맥에 온 이유를 까먹고 그냥 와버린 디르는 때늦은 후회를
했다.

청룡언월도를 챙기면서 덤으로 주워온 오리하르콘을 제련하려면 드
워프를 찾아내야 했다. 드워프가 아니면 오리하르콘은 제련하기가 불
가능했다. 사실 드워프들 중에서도 오리하르콘을 제련할 수 있는 드워
프는 희박했다. 하지만 장인으로 유명한 드워프에게는 그래도 일말의
가능성이라도 있기에 가려는 것이었다.

잔뜩 무게 잡고 왔는데 다시 가서 길 물어볼 수도 없고, 어쩔 수 없
이 히스의 정보 길드를 다시 이용하는 수밖에 없었다.

디르는 정보 길드에서 아크일 산맥 안의 드워프 거주 지역을 표기한 지도를 한 장 사 들고 날아다니며 드워프의 마을을 찾았다. 드워프가 사는 곳은 워낙 비밀스러워서 꽤 많은 돈을 지불했지만 어쩔 수가 없었다. 한참을 헤맨 끝에 지도에 표기되어 있는 드워프 마을을 하나 찾을 수 있었다.

드워프의 마을은 아크일 산맥 깊숙한 곳에 자리잡고 있었다. 광산도 몇 개 끼고 자연적으로 방어하기가 쉽게 이루어진 형태의 지형에 위치하고 있어 위에서 보니 과연 드워프라는 말이 나올 정도였다.

디르는 드워프의 마을로 서서히 다가갔다.

탁.

디르가 드워프의 마을에 살짝 착지했다. 드워프의 마을답게 단순한 듯 보였지만 모든 건물들이 나름대로의 아름다움을 갖추고 있었다. 디르는 감탄을 하며 이리저리 두리번거렸다.

그때, 온 건물에서 시끄러운 경고성이 울렸다. 디르는 올 것이 왔구나 하고 조용히 기다렸다.

"침입자 침입! 모두 무기를 들고 경계해라!"

멀리서 힘있는 목소리가 들려왔다. 하지만 디르는 다른 생각을 하고 있었다.

'벌써 침입한 사람을 침입자라고 하는 것 아닌가? 그러면 침입자가 침입을 하는 것은 어떻게 되는 거지?

속으로 드워프의 말에 태클을 한번 걸어본 디르는 기회가 있으면 물어봐야겠다고 생각했다. 디르가 상념을 하고 있든 말든 관계없이 드워프들은 디르를 포위했다. 드워프들이 들고 있는 도끼가 자신의 날카로

움을 보여주는 듯이 번뜩였다.

"안녕하십니까? 디르라고 합니다."

디르는 잔뜩 경계하고 있는 드워프들에게 꾸벅 인사했다. 드워프들은 디르의 인사에도 불구하고 계속 살벌한 분위기를 만들어낼 뿐이었다.

'씁, 뭐 어쩌라는 거야!'

속으로 살짝 짜증이 났지만 그것을 바깥으로 보일 수는 없는 법. 디르는 조용히 드워프들의 대응을 기다렸다. 조금 기다리고 있자 빼곡하게 디르를 포위하고 있던 드워프들 사이로 아주 늙은 드워프 하나가 걸어나왔다.

"인간, 환영을 하지 못해서 유감이다. 용건이 무엇인가?"

늙은 드워프는 아마도 이 드워프 마을의 수장쯤 되는 듯 디르에게 말을 걸어왔다. 위엄이 가득 실려 있는 듯한 목소리에 디르도 살짝 위축되는 느낌이었다.

"뭘 하나 만들까 하고 부탁하러 왔습니다. 인간들의 대장 기술로는 제련이 불가능한 물건이라……."

디르는 일부러 말끝을 흐렸다. 디르의 말에 늙은 드워프는 눈을 번뜩였다. 드워프의 작은 몸에서 카리스마가 줄기줄기 뿜어져 나왔다.

'드워프도… 만만하게 볼 것이 아닌걸.'

디르도 긴장했다. 항상 술을 마시고 시끌벅적하다고 알고 있는 드워프라는 종족에 대한 선입견이 조금씩 부서졌다. 이 작고 늙은 드워프는 보통 드워프의 이미지와는 많이 달랐다. 그때, 그 늙은 드워프가 위엄있게 말을 꺼냈다.

"인간 자네는 지금 모든 드워프가 일을 멈추게 한 잘못이 있네. 만약 자네가 부탁할 물건이 그만큼의 가치가 되지 않는다면."

늙은 드워프는 잠시 말을 끊었다. 디르는 긴장했다. 아무리 자신의 실력이 늘었다지만 이렇게 많은 드워프들을 뚫고 빠져나가는 것은 자신이 없었다. 잘못하면 갈레리우스 또는 히스의 영혼의 제단으로 갈 수도 있었다.

"그 다음에 일어날 일은 말 안 해도 알리라 믿네. 그래, 자네의 그 부탁이 무엇인가?"

"오리하르콘을 특정한 형태로 가공해 주시는 겁니다."

디르의 말에 드워프들이 술렁거렸다. 늙은 드워프까지 놀란 듯 디르를 쳐다보았다.

오리하르콘. 현재 이차원계에서 가장 강한 금속으로 알려진 그 금속은 아마도 더 높은 상위 차원계에서 흘러 들어오지 않았을까 추정되는 것이었다. 그것이 희귀하기로는 거의 제일을 따질 정도여서 오리하르콘이 조금이라도 섞여 들어간 검(劍)은 신검(神劍)이라고 부를 정도였다. 오리하르콘은 돈이 많다고 구할 수 있는 물건도 아니었기 때문에 드워프들도 평생에 오리하르콘을 보고 죽는 것이 소원이라 할 만큼 구하기가 어려운 것이었다. 카멘 크리피오 가 어떻게 오리하르콘을 구했는지는 모르겠지만 디르는 땡 잡은 것이었다.

"그 오리하르콘을… 볼 수 있겠는가?"

늙은 드워프의 목소리가 살짝 떨려 나왔다. 사실 그도 이야기만 들었을 뿐 직접 오리하르콘을 본 적은 없었다. 그의 할아버지가 한 번 오리하르콘이 조금 들어가 있는 검을 수리해 준 적이 있다고밖에는 오리하르콘을 봤다는 소리도 못 들어보았다.

디르는 아공간에서 오리하르콘을 꺼내 보였다. 영롱한 빛이 오리하르콘에 반사되어 사방으로 퍼졌다. 어두운 곳에 있을 때도 빛을 발할 정도의 금속이었는데 환한 대낮에 꺼내니 어떻겠는가. 그야말로 눈이 부셔서 뜨기 힘들 지경이었다.

하지만 드워프들은 몽롱하게 그 오리하르콘을 바라보았다. 그것이 바로 전설의 금속 오리하르콘. 드워프들의 창작 욕구를 마구 불러일으키는 금속이었다. 늙은 드워프는 감동한 듯 눈물을 흘렸다. 평생 오리하르콘을 구경하지 못하고 윤회의 고리로 돌아가는구나 생각했는데 이렇게 오리하르콘을 보니 감개가 무량하기 그지없었다.

디르는 오리하르콘이 이렇게 좋은 것이었는가 하고 당황했지만 표정 관리를 떠올리고는 늙은 드워프의 말을 기다렸다.

"……."

하지만 오리하르콘을 구경하는 데 빠져서 늙은 드워프는 아무 말도 없었다. 그것에 디르는 한숨을 폭 쉬고는 자신이 먼저 말을 걸었다.

"이것을… 제련해 주시겠습니까?"

디르의 목소리가 안 들리는 듯 드워프들은 무아지경에 빠져서 오리하르콘을 바라보고만 있었다. 그것에 심술이 동한 디르는 오리하르콘을 아공간 안으로 숨겨 버렸다.

"아……!"

모든 드워프들의 입에서 신음 소리가 흘러나왔다. 그것에 겨우 정신을 차린 늙은 드워프가 디르를 바라보며 말했다.

"그 오리하르콘을 제련하고 싶은가? 따라오게."

디르에게 말할 틈도 주지 않고 늙은 드워프는 자신의 집으로 들어가 버렸다. 그러자 드워프들이 조용히 디르에게 길을 열어주었다. 그렇게 디르는 늙은 드워프의 집 안으로 들어갔다.

드워프의 집 안으로 들어가자 의외의 광경에 디르는 놀랐다. 이것이 집인지 대장간인지……. 한쪽에는 화로가 이글거리면서 타고 있고 양쪽 벽에는 번뜩거리는 무기들이 잔뜩 진열되어 있었다. 화로 맞은편에 작은 침대 하나와 탁자가 없었으면 영락없는 대장간 같은 집이었다.

늙은 드워프는 의자 하나를 꺼내서 탁자 한쪽에 앉으라고 손짓했다. 그리고 자신도 탁자 반대편에 앉았다.

"어떤 것을 만들어주기를 원하는가?"

늙은 드워프가 아주 단도직입적으로 물었다. 디르는 늙은 드워프 눈 안의 열정을 볼 수 있었다. 오리하르콘을 직접 제 손으로 단련해 보겠다는 욕심, 열정.

디르는 은근히 드워프들이 부러워졌다. 드워프가 저렇게 늙으려면 거의 1,000년 가까이 살아야 할 텐데 그때까지도 저런 열정을 가지고 있다니. 디르는 고개를 살짝 휘저어 상념을 날려 버리고는 말을 꺼내었다.

"이 정도의 작은 구슬로 만들어주시면 됩니다."

디르는 아공간에서 자신이 사용하던 철환 하나를 꺼내었다. 그리고 그것을 드워프에게 보여주었다. 그 드워프는 그 철환을 대충 보더니 의아한 목소리로 물었다.

"단지 그것뿐인가?"

드워프의 물음에 디르가 당황했다. 그는 오리하르콘 정도면 제련하기도 어려워서 구슬 형태만으로 만드는 것만 해도 대단한 것으로 생각했는데 그게 다라니. 재빨리 머리를 굴린 디르는 드워프의 말에 대답했다.

"물론 아니지요. 그 정도를 위해서 드워프 마을까지 찾아오진 않았을 겁니다. 그 구슬 위에 마법 주문을 몇 개 새겨주셨으면 합니다.”

디르의 말에 드워프가 어려운 표정을 지었다. 마법 주문을 새기는 것은 그냥 철에 하는 것도 어려운데 오리하르콘에 새겨달라니.

“흠, 그걸 새길 만한 도구가 있는지 모르겠군.”

늙은 드워프는 잠시 생각하다가 바깥을 향해 소리쳤다.

“릭, 있는 거 아니까 들어와!”

늙은 드워프가 소리치자 문이 와장창 하고 열리며 드워프 하나가 철퍼덕 넘어졌다. 아마도 그 드워프가 릭이라고 불린 드워프인 듯했다. 이제 보니 온 마을의 드워프들이 집 주위에서 숨소리까지 죽이고 안을 엿듣고 있었던 모양이다.

“다 들었을 테니 설명 안 하겠다. 할 수 있을 것 같냐?”

늙은 드워프가 넘어진 드워프에게 물었다. 넘어진 드워프는 툴툴거리면서 일어섰다. 그리고는 몸에 묻은 먼지를 털며 퉁명스럽게 대답했다.

“문제없다! 오리하르콘을 제련하는 데 문제가 어디 있겠냐! 대충 아다만다이트 조각을 정 끝에 붙여서 새기면 되지.”

퉁명스러운 릭의 대답에 늙은 드워프는 고개를 끄덕였다. 그리고는 디르를 보고 말했다.

“가능하다는군. 그러면 대가는?”

세상에 공짜는 없다는 듯이 드워프가 대가를 물어왔다. 디르는 기다리고 있었다는 듯이 대답했다.

“구슬은 열두 개만 만드시면 됩니다. 나머지 오리하르콘이 대가입니다.”

의외의 대답에 늙은 드워프는 할 말을 잃었다. 아무리 그래도 오리하르콘을 대가로 주겠다니. 하지만 굴러들어 온 복을 놓칠 그들이 아니었다.

"흠, 알겠네. 그… 구슬 사이즈가 얼마라고 했지?"

속 보이는 드워프의 질문에 디르는 속으로 웃음을 흘렸다. 그리고 가장 적당한 크기의 철환을 꺼내서 드워프에게 내밀었다.

"이 정도 크기면 됩니다. 안에 새겨질 마법진은 제가 그려 드리겠습니다. 설마 드워프가 오리하르콘 안에 기포를 넣거나 다른 물질을 섞는 일은 하지 않으리라고 믿겠습니다."

늙은 드워프는 고개를 끄덕거렸으나 옆에 서 있던 릭은 찔끔한 표정을 지었다. 아마도 조금 정도는 횡령하려고 했었나 보다.

"그러면… 얼마나 시간이 걸리겠습니까?"

디르의 물음에 늙은 드워프는 잠시 생각에 잠겼다. 그리고 대충 셈을 해본 드워프는 대답했다.

"보름은 걸릴 듯하군. 그쯤이면 될 것 같아. 좀 힘든 일이긴 하지만 시간이 많이 걸리지는 않으니까 말이야. 마법진 새기는 건… 내 일이 아니라서 말이야."

그는 옆에 서 있는 릭을 살짝 흘겨보았으나 릭은 그 말을 못 들은 듯이 혼자 몽상을 하고 있었다. 늙은 드워프가 릭의 옆구리를 힘껏 찔렀다.

"억!"

릭이 옆구리를 부여잡고 원망의 눈초리로 늙은 드워프를 쏘아보았다. 그런 모습에 디르는 왠지 믿음이 가지 않았지만 대충 대화를 끝내었다.

"보름 걸리신다고 하셨습니까? 그러면 그동안 여기 머물러도 되겠습니까?"

"그러도록 하게나. 여기를 어떻게 알았는지 모르겠으나 이제 뭐 고객이나 다름없는데 방 하나 못 내주겠나."

늙은 드워프의 말에 디르는 고개를 끄덕였다. 하지만 그는 늙은 드워프의 눈이 번뜩인 것을 알아채지 못했다.

"그러면 나를 따라오게나."

디르는 늙은 드워프가 집을 나가자 따라서 나갔다. 드워프의 집을 나서자 빼곡하게 집을 둘러싸며 디르를 뚫어져라 처다보고 있는 드워프들이 보였다. 디르는 살짝 식은땀을 흘렸다. 우락부락한 드워프들이 똘망똘망한 눈빛으로 바라보는 것은 감히 대항할 수 없는 마법과 같다는 것을 디르는 느꼈다.

늙은 드워프가 굳어 있는 디르의 어깨를 툭 쳤다. 그리고 모여 있는 드워프들에게 손짓했다.

"후우……."

디르가 한숨을 쉬었다. 늙은 드워프가 손짓을 하니 다행스럽게도 중앙으로 길이 생겼던 것이다. 디르는 늙은 드워프를 따라 드워프 사이의 길을 겨우겨우 지나서 드워프 마을 외곽에 도착할 수 있었다.

"여기일세."

늙은 드워프가 안내한 곳은 드워프 마을 외곽에 있는 자그마한 집이었다. 아무도 살지 않는지 딱 보기에도 폐가의 기운이 흘렀다. 다른 집에서 뚝 떨어져 있는 집으로 주위에는 잡초들이 무성했고, 집 사이사이에는 거미줄이 잔뜩 쳐져 있었다. 하지만 역시 드워프가 만들어서 그런지 집 자체는 튼튼하게 보존되어 있었다.

"좀 더럽긴 하겠지만 대충 청소해서 쓰면 괜찮을 걸세."

늙은 드워프가 수고하라는 듯이 디르의 어깨를 토닥였다. 그리고 늙은 드워프는 도망치듯이 돌아갔다.

디르는 고개를 갸우뚱했다. 그리고는 집 안으로 들어섰다. 그제야 늙은 드워프가 왜 도망갔는지 이유를 알아챘다.

이것이 이 세상에서 가능한 일이란 말인가? 완전히 먼지를 삽으로 퍼서 부어놓은 듯한 모습에 디르는 경악했다. 겉보기에 의하면 무려 수천 년은 방치된 듯했다.

밀폐되어 있는 공간은 절대로 그렇게 먼지가 쌓일 수 없다. 뭔가 공기가 통하면서 바깥의 먼지가 안으로 자연스레 계속 들어와야만 그 정도의 상황을 구축할 수 있을 것이다.

디르는 한숨을 내쉬었다.

"캑캑."

한숨을 쉬자 풀썩 일어나는 먼지. 디르는 집 안으로 들어갔다. 들어가자 발에 밟히는 먼지의 촉감이 디르를 미치게 했다. 집 바닥에 깔려 있는 먼지에 디르의 발자국이 선명히 찍혔다.

디르는 다시 한숨을 푹 쉬었다. 그리고 다시 먼지를 뒤집어썼다.

디르는 우선 모든 창문을 활짝 열었다. 창문이 있다는 것도 몰랐지만 자세히 보니 윤곽이 드러난 터라 텔레키네시스로 연 것이었다. 창문을 열자 먼지가 풀썩 떨어졌다. 그리고 활짝 열린 창문 사이로 거미줄이 디르의 눈 안에 들어왔다.

"읍."

디르는 한숨을 쉬려다가 겨우겨우 참았다. 디르는 도저히 이대로는 안 되겠다고 생각했다. 그래서 그는 청소를 하기 위해 몸을 좀 풀었다.

디르의 몸에서 우두둑 하는 소리가 났다. 의외로 강한 소리에 찔끔한 디르는 조금 살살 몸을 움직였다. 디르가 움직일 때마다 먼지가 풀썩풀썩 이는 것이 도대체 얼마나 관리를 안 했는지 궁금할 지경이었다.

사방으로 열린 창문의 크기는 의외로 컸다. 아마도 전 주인—언제 살았었는지는 모르지만—이 햇살을 좋아했지 싶었다. 먼지 사이에 구멍을 뚫어놓은 것 같은 창문들을 보며 디르는 웅얼거리며 마법 주문을 외웠다.

마법 주문을 한참 외우고 나자 디르 주위의 기류가 바뀌기 시작했다. 그리고 강한 바람이 사방으로 뿜어지기 시작했다.

화아아!

장엄한 광경이었다. 작은 집에 붙어 있는 사방의 창문에서 먼지가 쏟아져 나오는 광경이란 쉽게 볼 수 있는 광경이 아니었다. 꼭 수도꼭지를 손으로 막은 채 물을 틀었다가 한번에 놓은 것처럼 먼지가 사방으로 뿜어져 나갔다.

이것은 아무 데서나 볼 수 있는 것이 아니었다. 상당히 어려운 조건들이 이 웅장한 광경 안에 존재했다. 우선 엄청난 양의 먼지를 소유한 집이 있어야 하고 적당한 난이도의 바람 마법을 익힌 마법사가 있어야 했다. 그리고 그 마법사가 집을 청소하려는 의지도 굳건해야 했다.

디르가 대충 먼지를 쓸어냈을 때 그 집 근처에 무성히 나 있던 잡초들은 졸지에 먼지를 흠뻑 뒤집어써야 했다. 그 집이 다른 집과 떨어져 있었다는 것이 그나마 다행이라면 다행이었다.

디르는 밖에 있는 잡초들이 먼지를 뒤집어쓰든지 말든지 상관하지 않고 집 안 정리를 하기 시작했다. 아무리 바람으로 쓸어냈다고 해도 먼지는 엄청나게 존재했다. 집 자체는 간단하게 생긴 것 같은데 먼지와 거미줄, 이끼가 워낙 많았던지라 어느 정도 청소를 해야 겨우 살 수 있을 것 같았다.

'이끼는 여기서 어떻게 살았을까?

순간 디르의 머리 속에 신기한 의문이 들었다. 이끼도 식물은 식물이다. 그리고 이런 먼지 사이에서는 생명체가 생존하기 상당히 어렵다. 만약 이렇게 먼지가 쌓여 있는 곳에 모르모트용 하얀 쥐를 넣어놓고 실험을 했다면 그 쥐는 몇 분 살지 못하고 폐사할 것이라고 디르는 장담할 정도였다.

기사(奇事)였다. 말 그대로 기이한 사건이었다. 디르는 이끼를 하나 뜯어보았다. 이끼 자체에 특이한 점은 없는 듯했다. 그렇다면 이것이 어떻게 살아남았을까. 미스터리였다.

"호오……."

디르가 셜록 홈즈의 심정으로 이끼를 살펴보았다. 그리고 곧 그가 할 일은 이끼의 생존 과정이 아니라 집 안 청소라는 것을 깨달았다.

"쳇."

디르는 이끼를 신경질적으로 뜯어내었다. 이끼를 뜯어내자 미처 날아가지 못한 먼지가 풀썩 일어났다. 디르는 그것에 더 신경질적으로 이끼를 뜯어내고 거미줄을 걷었다. 거미들도 어떻게 이곳에서 생존했는지는 모르지만 거미줄은 먼지를 한 가득 먹어서 먼지 덩어리가 되어 축 늘어져 있었다.

"으랏차차차!"

디르는 이상한 기합을 넣으며 먼지털이를 휘둘렀다. 미처 바람에 씻겨 나가지 못한 먼지들이 비상했다.

그날 하루 종일 디르는 능력치 중 힘과 지구력에 관련된 종류를 많이 올렸다.

다음 날. 디르는 이제 겨우 사람이 살 만한 집을 만든 후 휴식을 가졌다. 먼지가 가득 쌓여 있을 때는 몰랐지만 청소를 좀 하고 나니 집의 형태가 드러났다.

전형적인 드워프의 집으로 원룸 같은 스타일인데 자그마한 침대 하나와 탁자 하나, 그리고 여러 가지 무기들이 벽에 걸려 있었다. 늙은 드워프의 집처럼 화로는 없었다. 아마도 늙은 드워프는 촌장쯤 되어서 개인용을 가지고 있고 보통은 다 모여서 일을 하는 듯했다.

"흐음……."

디르는 자신의 위대한 업적을 보고 또 한 번 감탄했다. 그 먼지 구덩이를 이렇게 사람이 살 수 있도록 만들 수 있다니. 오늘만은 자신감을 가져도 될 듯했다.

"청소 다 했는가?"

집 밖에서 늙은 드워프의 부드러운 목소리가 들려왔다. 그 말에 디르는 이가 절로 갈리는 것을 느꼈다. 어떻게 이런 집을 사람이 살라고 내놓을 수 있단 말인가!

디르는 그 드워프에게 따지려고 했으나 드워프의 얼굴을 보고는 도저히 말을 할 수가 없었다.

"자네, 어떻게 한 것인가? 이 집이 이렇게 깨끗해질 수 있다니! 이 광택을 보게! 어떻게 한 것인가? 마법사인가? 진로, 바꾸는 것이 좋겠네! 이것은 노력으로는 불가능한 경지야! 자네는 신에게서 받은 능력이 있는 걸세!"

드워프는 흥분해서 횡설수설했다.

이것은 불가능했다. 자신이 태어날 때부터 비슷한 상황이었던 이 집을 이렇게 고쳐 놓다니! 이것은 정말 인간—또는 드워프—의 힘으로는 불가능한 경지였다.

우선 그 엄청난 먼지 사이에서 숨을 쉬어야 하고 빗자루질을 하든지 뭘 하든지 해야 되는데 그 정도의 먼지라면 빗자루도 금방 먼지 덩어리가 되어버릴 테고. 사실 마법이 아니었으면 디르도 불가능한 일이었다.

흥분하는 드워프를 보고 따질 기분도 없어져 버린 디르는 침대에 걸터앉았다. 어차피 청소는 다 했고 기분은 좋았기 때문이다. 아직 먼지들이 군데군데 뭉쳐 있긴 했으나 전과 비교하면 아주 양호한 상태였다.

"그나저나… 오리하르콘은 잘 제련이 되어갑니까?"

디르는 약간 뾰루퉁하게 물었다. 하지만 늙은 드워프는 그것을 알아채지 못하고 집을 두리번거리기에 바빴다. 그래도 어떻게 디르의 말을 듣기는 한 것인지 대답은 했다.

"아직은 모른다네. 중앙 화로에 화력을 최대한으로 높이고 그냥 처박아두었으니 말이야."

늙은 드워프는 어깨를 으쓱하며 말했다. 하긴 오리하르콘 정도의 강도를 가진 금속은 적당히 달구어서는 변형이 거의 불가능했다. 적어도 며칠은 그렇게 화로에 달구어져야 할 듯했다. 괜히 오리하르콘이겠는가.

디르도 어깨를 으쓱했다. 어찌 되었든 가능하다니 기분이 좋아진 디르는 침대에 드러누웠다. 먼지가 풀썩 일어났다. 하지만 이 정도 먼지는 청소하기 전에 비하면 새 발의 피요 트롤의 코딱지 정도밖에 안 되었다.

깨끗해진 집을 한동안 구경하던 늙은 드워프는 누워 있는 디르를 보고는 쉬라고 한 뒤 집을 나갔다.

아무도 없는 집에 혼자 누워 있던 디르는 잠시 먼지를 보며 좋은 수련 방법을 떠올렸다.

먼지가 갑자기 공중에서 춤을 추기 시작했다. 디르의 텔레키네시스가 먼지 하나하나를 컨트롤하는 것이었다. 먼지가 공중에서 퍼포먼스를 하기 시작했다. 먼지들이 모여서 사람 형상을 만들었다가 사슴이 되었다가 다시 다른 동물이 되는 것은 아무 곳에서나 볼 수 있는 것이 아니었다. 디르는 은근히 재미있는 장난에 계속 먼지의 크기를 늘려서 이제는 실물 사이즈가 된 호랑이가 집 안을 뛰어다니고 있었다. 이것이 먼지로 만들어졌다고 하면 아무도 안 믿을 터이다.

디르는 한참을 그렇게 놀면서 땀을 삐질 흘렸다. 아무리 텔레키네시스에 단련되었다지만 그렇게 작은 먼지들을 하나하나 조종한다는 것은 엄청난 정신력을 소모시켰다. 그래서 그는 수련을 하기로 아예 작심하고 집 안에 남은 모든 먼지들을 끌어 모으기 시작했다.

먼지가 한참 모이자 이제 움직이고 있는 호랑이의 색깔이 진해졌다. 텔레키네시스 하나만을 놓고 보자면 디르는 전설의 대마법사 수준이었다. 호랑이는 즐거운 듯이 집 안에서 뛰며 놀았다.

"응?"

그때, 디르는 이상한 것을 느꼈다. 어디선가 공기가 알아채지도 못하게 은은하게 들어오고 있었다. 그리고 그 사이로 먼지들이 자연스럽게 들어왔다. 비록 아주 작은 양이지만 세월이 쌓이게 되면 엄청난 양이 될 것이다.

디르는 은은하게 먼지가 들어오는 곳을 살펴보았다. 그곳은 창문이었다. 평범한 창문인지 알았는데 유리와 유리 테 사이에 약간의 균열이 생겨 공기가 통하고 있었다. 그리고 먼지는 그쪽에서부터 서서히 흘러 들어오고 있었다. 정말 미세한 양이라 디르가 먼지를 다 모아서 컨트롤하고 있지 않았다면 절대로 알아챌 수 없을 정도였다. 그리고 그 유리 테는 결코 자연적인 현상으로 만들어진 것이 아니었다. 뭔가 인공적인 기술로 바람은 자제하면서 먼지만 쌓이도록 한 것이었다.

디르는 그 엄청난 양의 먼지를 떠올렸다. 그것은 자연적인 현상이라고는 볼 수 없을 만큼 엄청났다. 그러면 왜 그렇게 많은 먼지를 만든 것일까.

디르는 왜 이 집을 먼지 구덩이로 만들어야 하는지 이유를 생각해 보았다. 먼지가 많으면 좋은 것이 무엇이 있을까. 먼지가 많으면…….

디르는 한 단어가 생각났다.

"은폐!"

그렇다. 은폐의 기능이 있었다. 우선 먼지가 쌓임으로 해서 먼지가 쌓인 물건의 표면을 가리는 측면도 있고 더 큰 이유도 하나 있었다.

똥이 무서워서 피하나, 더러워서 피하지?

그렇다. 무서워서 피하는 것이 아니라 더러워서 피하는 것이다. 솔직히 누가 그렇게 먼지가 덩어리째로 굴러다니는 곳을 들어가고 싶어 하겠는가. 그리고 건물도 보니까 드워프가 만들어서 그런지 튼튼한 것이 부수기도 어렵게 되어 있고, 뭐, 땅이 부족한 것도 아니고…….

그러다 보니 아주 오랜 시간 동안 방치되어 있었던 것이다. 방치되다 보니 먼지는 더 쌓이고, 사람들은 더 오기 싫어하고, 지나갈 일도 없다 보니 잊혀지게 되고……. 용케 늙은 드워프가 생각해 낸 것이 대단하게 생각되었다.

디르는 다시 고민했다. 그러면 무엇을, 어떻게 숨기려고 했던 것일까. 디르는 자신 주위의 공간을 훑어봤다. 별다른 것이 없었다.

아무것도 없는 곳에 휑하니 있는 집의 벽에 무슨 장치가 되어 있을 리는 없고……. 그렇다면 바닥밖에는 없지 않은가.

디르는 추론을 거듭해서 얻은 내용으로 바닥을 살펴보기로 했다.

"흐음……."

디르가 바닥에 몸을 밀착시키고 샅샅이 뒤졌다. 아직도 먼지가 많이 남아 있긴 했지만 뭔가 있다면 놓치지 않을 정도는 되었다. 그렇게 살펴보던 디르는 아무것도 찾을 수 없었다.

"칫."

약간 실망한 디르는 주위를 둘러보았다. 그리고 뭔가를 발견할 수 있었다. 모서리. 모서리 부분은 청소할 수가 없어서 내버려 둔 것이었는데 그곳에만 먼지가 가득 껴서 보이지 않게 되어 있었던 것이었다.

'저것을 노렸다면…….'

갑자기 뭔가가 떠오른 디르는 마법을 써서 모서리 부분의 먼지를 다 들어냈다. 그런 후 모서리에 얼굴을 박고 자세히 살펴보기 시작했다. 한참을 그러면서 집을 거의 한 바퀴를 돌았다. 중간에 가구가 그를 막으면 가구를 옆으로 치우고 먼지가 있으면 날려 버리며 전진했다.

거의 한 바퀴를 돌 때쯤 디르는 무엇인가를 발견할 수 있었다. 침대를 들어낸 다음 검색하던 모서리에 있던 것으로 벽과 바닥의 모서리에 어떤 금속의 끄트머리가 살짝 나와 있었다.

'빙고!'

디르는 혹시나 드워프들이 알아챌세라 잠시 집 밖을 나와서 주위를 살폈다. 드워프들은 다 자기 일을 하거나 오리하르콘 제련하는 것을 구경 가고 없었다. 디르는 바람을 좀 쏘이는 척하면서 대충 아무도 근처에 없다는 것을 확인하고는 다시 집 안으로 들어갔다.

디르는 문을 닫고는 의미심장한 미소를 흘렸다. 그리고 정성스럽게 바닥을 팠다. 흙바닥이었지만 단단했던지라 조금 힘들었으나 결국 파내는 것에 성공했다. 그 금속은 탄피같이 생긴 통이었다. 디르가 통을 열자 그 안에는 종이 쪽지 하나가 있었다.

집 중앙 바닥을 5m 파라.

파라는데 어쩔 것인가. 파야지.

디르는 다시 밖의 동정을 보고 땅을 파기 시작했다. 디르가 집 중앙에 서자 디르 발밑에 있는 흙이 위로 튀어 오르기 시작했다. 그리고 디르는 서서히 밑으로 내려갔다. 손발보다 훨씬 편한 텔레키네시스는 삽질에도 뛰어난 효능을 보였다. 텔레키네시스. 참으로 유용한 마법이었다.

보통 삽질로는 상당히 오래 걸릴 것 같은 작업이었지만 디르에게는 그다지 많은 시간을 소비하게 하지 않았다. 디르는 이쯤 되면 5미터가 되었으리라고 생각했을 때 다른 철통을 하나 더 발견할 수 있었다. 그리고 그 안에는 종이 쪽지 하나가 들어 있었다.

현재 지점에서 서쪽으로 5m 파라.

종이 쪽지를 읽었을 때 디르의 힘줄이 불끈했다. 장난하는 것도 아니고 뭐 하는 것인지……

하지만 어쩔 것인가. 파야지.

디르는 서쪽이 어떤 방향인지 감을 잡고 나서 다시 파기 시작했다. 역시 텔레키네시스가 큰 공훈을 세웠다. 순식간에 5m를 판 디르는 또다시 다른 철통 하나를 발견할 수 있었다. 그리고 철통을 열자 똑같은 종이 쪽지를 볼 수 있었다.

현재 지점에서 남쪽으로 5m 파라.

"젠장."

디르의 입에서 자연스럽게 욕이 튀어나오기 시작했다. 누구를 똥개 훈련 시킬 일 있나. 땅은 왜 자꾸 파라는 것인지.

하지만 어쩔 것인가. 파야지.

디르는 이때까지 파오던 굴에서 90도로 꺾어서 땅을 파기 시작했다. 투덜투덜거렸지만 뭔가 있을 거라는 생각에 들뜬 디르는 계속 땅을 파나갔다.

역시 텔레키네시스가 크나큰 공을 세웠다. 얼마 안 걸려서 다음 종이 쪽지까지 발견한 그는 또다시 열받을 수밖에 없었다.

현재 지점에서 동쪽으로 5m 파라.

"큭!"

제기랄! 젠장! 또 삽질이냐!

디르는 엄청 짜증이 났다. 삽질도 한두 번이지 많이 하게 되면 아주 짜증나는 활동이었다. 그것을 계속 파대라고 하니 짜증이 솟구칠밖에.

하지만 어쩔 것인가. 파야지.

다시 삽질이 시작되었다. 이번에는 뭔가 있기를 빌며 디르는 열심히 팠다. 점점 숙달이 되는지 땅 파는 속도도 훨씬 빨라진 듯했다. 그리고 또 하나의 철통. 디르는 철통을 보자마자 바로 까서 읽어보았다.

현재 지점에서 북쪽으로 5m 파라.

"……."
디르는 패닉에 빠졌다.
하지만 어쩔 것인가. 파야지.
"파긴 뭘 파! 쌍! 이제 안 파!"
참을 만큼 참았다. 장난하는 것도 아니고 이게 뭔가. 무슨 보물 찾기 놀이하는 것도 아니고 뭘 이렇게 추잡하게 숨겨놓은 건지…….
투두둑.
갑자기 디르의 귀에 이상한 소리가 감지되었다.
"엥?"
투두두둑.
"……."
와르르르!
"아아악!"
디르가 목청껏 소리쳤다. 하긴 땅을 그만큼 파댔는데 평범한 땅이 견딜 리가 있나.
굴이 무너지기 시작했다. 디르는 공포에 질렸다. 이렇게 한 번 죽는 것인가. 젠장. 하필이면 매장당해 죽다니. 기분 더럽게 말이야.
콰과과광!

굴이 엄청난 소리를 내며 완전히 무너져 버렸다. 흙에 완전히 묻혀 버린 디르는 아직 숨이 붙어 있었다.

'제길, 이렇게 질식사해야 되는 거야?'

끔찍한 생각에 디르의 얼굴이 질렸다. 그리고 산소는 금방 사라져 버렸다.

"흡."

디르의 목숨이 경각에 달려 있을 때 디르의 머리 속에 스쳐 지나가는 것 하나가 있었다.

'텔레포트를 쓰면 되지 내가 뭔 짓을 하고 있담?'

머리가 나쁘면 손발이 고생한다는 속담이 있다. 사람의 머리는 쓰라고 존재하는 것이다.

"퉤퉤!"

디르는 입 안으로 들어온 흙들을 뱉어내었다. 밖으로 나온 그는 서서히 무너져 가고 있는 집을 보았다. 하긴 땅이 그만큼 무너지는데 아무리 드워프가 만들었다고 해도 버틸 리가 없었다.

'괜히 청소한 거 아니야?'

집이 시원하게 무너지는 것을 구경하는 디르 뒤로 많은 드워프들이 몰려왔다.

"이게 무슨 일인가?"

어느새 달려온 늙은 드워프가 디르에게 물었다. 디르는 뭐라 답하기가 난감해서 식은땀만 연신 흘려대었다.

"아, 그게 말이죠……."

식은땀을 흘리고 있는 디르의 뒤로 집이 완전히 무너져 내렸다.

쿠웅!

묵직한 소리와 함께 마지막 벽이 넘어가자 디르의 등으로 식은땀이 배는 더 흐르는 듯했다. 그때, 디르를 난감한 상황에서 구원해 주는 것이 나타났다.

키아아아—

무너진 집에서 이상한 소리가 흘러나왔다. 아주 낮게, 아주 멀리 퍼지는 그 소리는 사람의 공포심을 자극했다. 모든 드워프들이 긴장해서 집을 바라보고 있었다.

"땅속에서 뭘 찾는 게 아니라… 집을 무너뜨리는 것이 삽질의 목적인 것이었나?"

디르는 드워프들이 들리지 않도록 혼잣말을 했다. 땅속에서 보물 한 번 찾아볼 것이라고 열심히 삽질을 해댄 자신이 한심스럽게 느껴졌다. 아마도 보물—또는 다른 것—은 집이 무너지면 나오는 형식인 듯했다. 그리고 디르는 그것이 보물이 아님을 금방 알아챌 수 있었다.

키아아아!

무너진 집에서 음산한 소리가 다시 터져 나왔다. 그리고 많은 드워프들과 디르는 상당히 보기 힘든 광경을 볼 수 있었다.

파지지직!

어떤 시커먼 인영 하나가 공간을 찢으며 나오고 있었다. 찢어진 공간은 그 인영의 손에 의해 점점 더 벌어지고 있었다. 그리고 시커먼 인영은 공기를 맞으며 엄청난 방전을 하고 있었다.

디르는 경악했다. 공간이 통째로 찢어지고 있었다. 그리고 그 공간 너머로는 엄청난 힘이 느껴졌다. 어둡고 음습하며 강력한 힘. 그리고 디르는 그것의 정체를 알 수 있었다.

'마계다! 차원 이동인가!'

어느새 허리쯤까지 나온 시커먼 인영은 드워프와 디르의 사고를 멈추게 할 만큼 인상적이었다. 그중 가장 연륜이 높은 늙은 드워프가 옆에 있는 드워프에게 소리를 질렀다.

"내 도끼 가져와! 그리고 릭, 베네, 카일, 멜만 남고 다 들어가라!"

늙은 드워프의 박력있는 명령에 드워프들은 일사불란하게 움직이기 시작했다. 디르도 그 고함에 놀라서 전투 준비를 하기 시작했다. 이 일은 분명히 자신이 한 일과 관련되어 있는 것이 분명했다.

크오오오!

괴인영이 소리쳤다. 예의 음산한 소리가 사방으로 울려 퍼졌다. 그 괴인영을 자세히 본 디르는 그것이 무엇인지 알아챌 수 있었다.

'갑옷?'

괴인영은 사실 시커먼 갑옷을 전신에 두르고 있었다. 검은 풀 플레이트 갑옷으로 전신을 두른 그것은 얼굴까지 투구로 감추고 있었다. 그리고 오로지 뚫려 있는 구멍이라고는 눈구멍 둘. 그 눈구멍으로는 붉은 안광이 줄기줄기 뻗쳐 나오고 있었다.

한편 거대한 도끼를 하나씩 든 늙은 드워프 다섯 명만 남고 나머지 드워프들은 다른 곳으로 대피했다. 늙은 드워프는 그 오랜 연륜으로 많은 수는 오히려 역효과를 낼 것이라는 것을 알아챈 것이다. 지금은 소수 정예가 필요한 때였다.

"나 반커 크돌로스, 크돌로스의 명호를 잇는 자로서 명령한다. 전투 준비!"

늙은 드워프 반커는 박력있는 목소리로 명령을 내렸다. 반커의 말이 떨어지자마자 나머지 네 명의 드워프가 거대한 배틀 액스를 치켜들었다.

카아아아!

어느새 공간의 틈에서 다 빠져나온 괴물이 소리쳤다. 무시무시한 소리가 사방으로 메아리쳤다. 괴물의 주위에 있던 먼지를 쓴 잡초가 괴물이 뿜는 엄청난 마기에 순식간에 시들었다.

"인간, 들어가서 다른 드워프들과 같이 있어라! 우리가 해치우겠다."

"마법사인 이상 도와드리도록 하겠습니다."

반커의 말에 디르는 부정의 뜻을 내비쳤다. 자신 때문에 벌어진 일인데 자신이 빠질 수는 없지 않은가.

"알았다."

반커가 씨익 웃으며 답했다. 그때, 괴물이 엄청난 속도로 뛰어오기 시작했다.

파지지직!

엄청난 스파크가 괴물의 전신에서 튀었다. 그와 동시에 검은 기운이 괴물의 손으로 모여들었다. 드워프들은 긴장하고 그 모습을 바라보고 있었다. 반커의 도끼에서는 선명한 색의 강기(罡氣)가 맺혀 있었다.

그때 반커가 도끼를 휘둘렀다. 무시무시한 강기가 괴물에게 쏘아져 나갔다.

콰과과광!

굉음과 함께 먼지가 일었다. 강력한 일격이었지만 그것으로 끝이라고 생각하는 사람은 여기에 아무도 없었다.

"조심해랏!"

뿌연 먼지 속에서 검은 괴물이 도약했다. 그 모습을 보고 반커가 경호성을 터뜨렸다. 검은 괴물의 손에 맺힌 무시무시한 기운과 한 드워프의 도끼가 마주쳤다.

"커억!"

드워프의 거대한 도끼가 하늘을 날았다. 검은 괴물의 공격을 막은 드워프는 아귀가 찢어지며 뒤로 퉁겨 버렸다. 그 모습을 본 디르는 폭환을 괴물에게 쏘았다.

콰앙 하는 소리와 함께 괴물의 투구가 움찔했다. 공간을 가로질러서 가는 공격이라 회피는 불가능했다. 하지만 괴물은 폭환을 맞고도 별 피해를 입지 않은 듯했다.

그 순간 반커가 엄청난 굉음을 내며 괴물과 부딪쳤다. 반커의 강기는 괴물도 부담스러운 듯했다. 괴물은 예의 검은 기운을 가득 끌어올려서 반커의 강기를 막아내고 있었다. 그때 뒤에서 드워프 하나가 부기를 잔뜩 일으켜서 괴물의 등판을 가격했다.

등판을 가격했던 도끼가 퉁겨져 나왔다. 그리고 스파크가 이는 괴물의 갑옷에서 무엇인가가 쏟아져 나왔다.

슈슛!

그것은 자그마한 암기였다. 바늘같이 생긴 암기에 몸이 관통당한 드워프는 다른 드워프들에 의해서 신속하게 이동되었다.

"릭, 멜을 끌고 피해 있어! 베네 너도 카일 끌고 피해라!"

반커의 외침에 드워프들은 일사불란하게 움직였다. 반커는 노장의 투혼을 과시하는 듯이 괴물과 비등하게 싸워 나갔다. 디르는 공간을 가로지르는 철환을 쏘아대며 반커를 도왔다. 마력을 철환이 견디는 한계까지 쏟아 넣어서 쏘아내어도 괴물의 갑옷에 흠집조차 내기 힘들었지만 그래도 반커에게 약간의 여유를 만들어주는 정도는 되었다.

반커의 강기와 괴물의 마기가 부딪칠 때마다 엄청난 여파가 일며 가까이 있던 건물로 밀려갔다.

우르르!

한 건물이 무너졌다. 한쪽 벽이 무너지면서 윗부분이 땅으로 쏟아져 내렸다. 드워프들이 만들었다는 건물이 부서지는 것으로 보아 여파가 얼마나 강력한지 알 수 있었다.

콰앙!

반커의 공격으로 괴물이 건물과 충돌했다. 얼마나 세게 부딪쳤는지 벽이 허물어지며 괴물에게 허점이 생겼다. 그리고 반커는 기회를 놓치지 않고 괴물의 가슴에 도끼를 내려쳤다.

"크윽!"

반커는 가슴을 부여잡고 주춤주춤 물러섰다. 반커가 괴물의 가슴을 내려치는 순간 괴물의 갑옷에서 암기가 쏟아져 나왔다. 아마도 공격을 받게 되면 자동으로 암기가 나가는 갑옷인 듯했다. 그렇지만 괴물의 사정도 그렇게 좋지는 않았다. 괴물도 괴로운 듯 연신 신음 소리를 내고 있었다. 괴물의 흉갑도 움푹 들어가 있었다.

"젠장."

반커가 욕을 한마디 하고 쓰러졌다. 디르가 달려가서 반커의 상태를 살펴보았다. 다행히도 생명이 위험할 정도의 상처는 아니었다.

그때, 괴물이 불타는 붉은 눈으로 일어섰다.

"제엔장!"

디르가 욕을 내뱉었다. 자신의 공격이 아예 먹히지 않는 상대와 어떻게 싸우란 말인가?

쿠웅!

디르는 괴물의 일격을 블링크를 사용해서 피해냈다. 괴물의 주먹이 뒤에 있던 벽을 쳤다. 벽은 순식간에 허물어졌다. 피하는 것 하나는 정말 자신있게 잘하는 디르였지만 공격이 먹혀야 이길 가능성이 조금이라도 있을 것 아닌가.

어쩔 수 없이 요리조리 피하고만 있는 디르를 상대하면서 열받았는지 괴물은 갑자기 무시무시한 기운을 모으기 시작했다. 검은 기운이 괴물의 손으로 모이기 시작했다.

우우우웅.

그때 디르는 이상한 것을 발견했다. 공간의 너머에서 엄청난 힘이 괴물에게 전송되어 오는 것을 느꼈다. 분명 마계에서 오는 힘이었다. 그리고 힘이 더해질 때마다 괴물의 몸에 둘러져 있는 스파크가 점점 거세지고 있었다.

'그래, 저놈은 이쪽 세계에서는 제 실력을 낼 수 없는 녀석일 거야. 그리고 저렇게 끊임없이 나오는 에너지도 결국 마계에서 오는 것일 테고……'

디르는 결국 결론을 내렸다. 괴물은 마계에서 오는 에너지를 끊으면 알아서 이 세상에서 에너지를 소비하고 죽을 것이다. 대충 결론을 내린 디르는 공간을 조종하기 시작했다.

디르가 정신을 집중하고 공간을 조종하자 공간이 물결치기 시작했다. 물결치는 공간은 마계와 괴물의 선을 흔들어놓고 있었다.

하지만 괴물은 디르가 무엇을 하든지 상관하지 않고 검은 기운을 디르에게 쏘아댔다.

콰아앙!

마구 휘어지고 있는 공간으로 인해서 빗나간 검은 기운은 멀리 있는 산등성이를 맞추었다. 산등성이에서 엄청난 폭발이 일었다.

그때 물결치던 공간이 드디어 마계와 괴물의 연결을 끊어버렸다.

크아아아!

갑자기 괴물이 발악했다. 마기가 충분히 공급되지 않자 이쪽 차원계에서 못 견디는 것 같았다. 디르는 자신의 예상이 맞았다는 생각에 기쁨을 감추지 못했다. 이제 조금만 더 있으면 저 괴물은 알아서 자멸해 줄 것이다.

마계에서 오는 에너지가 끊기자 힘이 훨씬 줄어든 괴물은 디르에게 돌진했다. 디르는 여유있게 마법을 써가면서 괴물의 공격을 피했다.

키에에에.

괴물이 신음성을 흘렸다. 계속 피해 다니는 디르를 보며 약이 오른 듯싶었다. 하지만 그 괴물도 머리는 있는 듯했다. 그리고 이대로 가다간 자신이 죽을 것이라고 생각했는지 괴물은 도망치기 시작했다.

괴물이 도망치리라고는 생각지도 못한 디르는 당황했다. 도망치는 상대를 쫓아가서 죽일 만한 공격을 할 수 없는 디르는 괴물이 도망치는 꼴을 보고 있을 수밖에 없었다.

그런 디르의 눈에 땅에 떨어져 있는 한 자루의 단검이 들어왔다. 아까 건물이 부서질 때 그 안에 있다가 퉁겨 날아온 듯했다. 디르는 그것을 얼른 주워 들었다.

'아무리 그래도 드워프가 만든 건데 대충 만든 철환보다는 튼튼하겠지?'

디르는 드워프제 단검에 엄청난 마력을 주입했다. 그리고 하늘에서 도망치는 괴물을 정조준했다.

단검이 공간을 뚫고 괴물에게 날아갔다.

키에에에!

괴물의 뒤통수로 단검이 박혀들어 갔다. 괴물은 이제 힘을 다한 듯 온몸을 감고 있는 갑옷에서 검은 연기를 내뿜었다. 마지막 발악이라도 하는 듯이 강렬한 마기가 사방으로 뿜어졌다.

곧 검은 연기가 다 빠졌다. 그러자 갑옷이 둥그런 수정 구슬 같은 모양으로 변했다. 꼭 흑진주 같은 그 구슬은 어디로 갈지 몰라 우왕좌왕하고 있었다. 아마도 디르가 마계로 가는 길을 막아버려서 그러는 듯했다.

'저게 왜 저러지?

디르는 아직 갑옷이 왜 그러고 있는지 이해를 못했다.

마계로 돌아가는 길이 디르에 의해서 막혀 버린 갑옷은 주위를 산만하게 돌다가 디르에게 쏘아져 나갔다.

쐐애액!

갑작스러운 일에 디르는 놀라서 미처 대응하지 못하였다.

"크억!"

검은 구슬은 디르의 가슴에 붙어버렸다. 부딪쳐야 할 지점에서 갑자기 딱 붙어버리니 디르도 당황했다. 검은 구슬은 흐물흐물해지며 디르의 몸에 달라붙었다. 디르는 그제야 상황을 깨닫고 검은 물체를 떼어내기 시작했다.

"떨어―져!"

디르가 검은 물체를 잡고 당겨보았지만 전혀 효과가 없었다. 검은 물체는 디르의 몸에 착 달라붙어 점점 퍼지고 있었다.

디르는 텔레키네시스로 검은 물체를 떨어뜨리려고 해보았으나 완전히 살과 접착된 듯 자신의 살만 당길 뿐이었다.

이제는 검은 물체가 디르는 완전히 감싸 버렸다. 디르는 더 이상 반항이 불가능하다고 생각했는지 반항을 포기하고 지상으로 내려왔다. 그때 검은 물체가 디르의 몸 안으로 들어오기 시작했다.

"커억!"

온몸을 뚫고 들어오는 고통. 게임이라 그 고통이 심하지는 않겠지만 디르는 평생 이런 고통은 처음이었다.

디르는 땅을 굴렀다. 검은 물체는 서서히 디르의 몸속으로 들어가더니 순식간에 흡수되었다.

"허억! 허억!"

디르가 거친 숨을 몰아쉬었다. 검은 물체는 디르의 몸속으로 완전히 스며들어서 이제는 검은 자국조차 찾아볼 수 없었다.

하지만 지친 디르의 몸과는 달리 디르의 두뇌는 기쁨에 젖어 있었다.

'기연인 것이여!'

그렇다. 이 얼마나 흔한 광경인가. 분명히 마계 병기가 몸 안에 들어왔을 것이다. 그리고 원할 때마다 밖으로 나와서 주인의 위험을 막아 주는…….

공상에 빠져 있는 디르에게 드워프들이 다가왔다. 디르는 축 늘어진 몸을 일으켰다. 조심스레 다가오던 드워프들이 환호성을 내질렀다. 디르는 씨익 웃으며 손가락으로 브이 자를 그려 보였다.

다행히 괴물은 물리쳤지만 얻은 것은 하나도 없었다. 디르는 환장할 지경이었다.

'마계 병기가 들어왔으면 어떻게 쓰는지 가르쳐 줘야 할 것 아니야! 아니면 매뉴얼을 붙여서 다니든지.'

며칠 동안 디르는 마계 병기를 사용하기 위해 열심히 노력해 봤다. 온몸에 힘도 줘보고 마력도 넣어보고, 나중에는 칼로 몸을 그어보기까지 했지만 아무런 반응도 일어나지 않았다.

투덜투덜거리던 디르는 잠시 살을 꼬집어봤다. 그대로였다. 방어력이 늘어난 것도 아니고 마력이 늘어난 것도 아니고. 그럼 뭐란 말인가? 괜히 몸에 뭐 들어 있는 것 같아서 찜찜하기만 하고.

"쩌업."

디르는 입맛을 다시며 대장간으로 들어갔다. 대장간 안에서는 예의 후끈한 열기와 함께 열심히 오리하르콘을 두들기는 드워프들이 있었다.

"반커님, 몸은 괜찮으신지요."

디르가 열심히 오리하르콘을 두들기고 있는 반커에게 물었다. 하지만 반커는 미친 듯이 오리하르콘을 두들기기만 했다.

디르는 씨익 웃으며 반커가 끝내기를 기다렸다. 반커는 신들린 듯이 망치를 휘두르더니 다시 오리하르콘을 화로에 넣고 이마에 흐르는 땀을 닦았다.

"잘돼 가십니까?"

반커가 씨익 웃으며 뒤를 돌아보았다. 반커의 뒤에는 디르가 미소를 지으며 반커를 바라보고 있었다.

"이제 오리하르콘을 화로에서 꺼내서 구슬로 만드는 작업만 남았다네. 곧 있으면 릭이 와서 마법진을 조각할 걸세."

호랑이도 제 말 하면 온다고, 반커의 말이 끝나기가 무섭게 릭이 대장간 안으로 들어왔다.

"어이, 반커! 다 되었는가? 아, 인간 군도 여기 있었군."

릭이 한 손에는 디르가 그려준 마법진을 들고 한 손에는 공구통을 들고 대장간 한구석에 자리를 잡았다.

"이제 구슬 나올 거다."

반커가 집게로 오리하르콘를 집었다. 꼬집듯이 오리하르콘을 잡고 비튼 그는 오리하르콘이 적당히 떨어져 나오자 그것을 집게로 모루 위에 고정한 후 엄청난 속도로 내려치기 시작했다.

까가강!

집게가 환상적인 속도로 오리하르콘 조각을 돌렸다. 그리고 묵직한 망치는 오리하르콘 조각을 강타했다.

순식간에 동글동글한 오리하르콘 구슬이 만들어졌다. 디르는 저런 방법으로도 구슬을 만들 수 있다는 것을 신기하게 바라보고 있었다.

엄청난 속도로 구슬 하나가 완성되었다. 사실 빠른 속도로 두들기지 않으면 오리하르콘이 전의 강도로 돌아가기 때문에 망치가 부서질 것이다. 그런 상황도 모른 채 디르는 광속의 망치를 구경하고 있었다.

완성된 구슬이 반커 옆에 준비되어 있던 물통 속으로 들어갔다. 엄청난 수증기가 피어올랐다. 그것을 본 릭은 물통에 들어간 오리하르콘 구슬을 자세히 보고 있었다.

"물 더 가져와!"

릭이 소리치자마자 밖에서 물이 가득 든 물통을 든 드워프 하나가 물통을 내려놓았다. 릭은 오리하르콘 구슬을 다른 물통으로 옮겼다. 다시 수증기가 피어올랐다. 얼마나 달궜는지 잘 식지도 않았다.

이제 적당히 식었다고 생각되자 릭은 오리하르콘 구슬을 꺼내었다. 그리고 어떤 기계에 오리하르콘을 놓자 고정되었다. 그리고 릭도 신기(神技)를 보이기 시작했다.

땅! 땅! 땅!

정을 들고 망치를 휘두르는 릭의 모습은 아주 진지했다. 망치가 한 번 휘둘러질 때마다 투명하게 빛나는 오리하르콘 구슬에 마법진이 새겨졌다. 많은 수의 드워프들이 릭을 존경의 눈빛으로 보고 있었다. 평소에 장난기 많은 릭이지만 조각 하나는 역대 최고라 할 만큼 뛰어난 실력이었다.

그렇게 열두 개의 구슬이 완성되었다.

"자, 한 번 보게나."

반커가 열두 개의 구슬을 내밀었다. 투명하게 빛나는 구슬이 햇빛을 받아 아름답게 비추었다. 마법진이 새겨져 있어서 그런지 훨씬 아름다운 모습이었다. 디르는 만족한 표정으로 고개를 끄덕였다.

신계의 금속이라는 오리하르콘 재질의 구슬. 디르는 이것으로 자신의 전투력이 대폭 향상될 것이라고 확신했다.

오리하르콘 구슬들이 햇빛에 영롱하게 빛났다. 그리고 그것들은 디르의 아공간으로 사라졌다.

화창한 자할라딘의 하늘. 새들은 도시 사이를 날아다니며 노래하였다. 바람은 자할라딘을 부드럽게 스쳐 지나가고 사람들은 활발하게 움직이고 있었다. 하늘에서 본 자할라딘은 정말 아름다웠다.

"호오……!"

탄성을 흘린 디르는 천천히 고도를 내렸다. 그는 이제 왜 신선들이 구름을 타고 다니는지 이해할 것 같았다. 느긋하게 자할라딘을 구경한 디르는 조용히 자할라딘으로 내려왔다.

느긋한 디르의 태도와는 달리 자할라딘 포도주 업계의 상황은 그렇

게 느긋하지 않았다. 한 번에 덩치가 두 배로 불어난 갈라스 가는 포도
주 업계를 순식간에 지배했으며, 점유율이 거의 100%에 돌입하고 있
었다.

디르는 또다시 미소를 지었다. 덩치가 두 배로 커져도 포도주의 특
성상 공급력이 두 배가 되기 위해서는 최소한 1년은 있어야 한다. 그러
면 그때까지는 크리피오 가의 흡수한 재산은 그저 짐이라는 소리였다.

아크일 산맥에서 돌아온 디르가 다시 움직이기 시작했다.

우선 디르가 제일 처음 시작한 일은 포도주 800병을 한정 판매로 판매하는 것이었다. 품귀 현상까지 일어나서 포도주를 구하기 힘들었던 포도주 애호가들에게는 아주 좋은 소식이었다. 특히 고급 포도주의 경우에는 품귀 현상의 정도가 더욱 심해서 귀족들도 자신이 평소에 먹던 질의 와인을 구하지 못하고 저급의 와인을 먹고 인상을 찌푸리고 있었던 것이다. 그런 차에 디르가 재한정 판매를 했으니 대박이 날 수밖에.

이제는 3,000병밖에 안 남은 바세 데 네고시오스는 계속 시간의 방에 들어 있어서 엄청나게 연수가 길어지게 되었다. 그만큼 고급으로 변한 포도주들은 많이 비싸더라도 구입하게 되면 확실한 만족을 주는 브랜드로 인정되었다.

현재 자할라딘의 포도주 사정은 기괴한 형상이었다. 우선 저급 포도주, 즉 적은 연수로 많이 판매를 하는 갈라스 가가 서민들의 와인 수요를 완벽하게 점령하고 있었고, 갈라스 가에서 가장 좋은 것이라고 나오는 와인들은 미처 연수가 덜 찬 관계로 중급 정도밖에 안 되었다.

그래서 귀족들은 선택해야 했다. 중급을 마시느냐 최고급을 마시느냐. 디르는 워낙 제조의 규모가 작고 최고급만을 판매하였기에 판매량에 비하면 판매 액수는 경악스러운 정도였다.

자할라딘에 귀족이 한둘 있는 것도 아니고 디르의 와인으로 다 수요를 채우기에는 역부족이기에 어쩔 수 없이 상위 귀족들을 위해서 하위 귀족들은 한정 판매의 구입을 포기해야만 했다. 괜히 포도주 하나 때문에 상위 귀족들에게 찍혀놓으면 앞길이 힘들기 때문이었다.

그런 가운데 디르 상가의 브랜드는 확고하게 굳어져 가고 있었다. 고급스러운 사람들을 위한 고급 브랜드, 디르 상가.

약 한 달이 지났다. 이제 포도주 업계는 갈라스 상가가 쥐고 있다고 봐야 했다. 크리피오 가를 흡수하느라고 잠시 재정 상태가 안 좋았지만 품귀 현상을 빚는 포도주 가격을 상승시킴으로써 재정의 구멍을 메워내었다. 물론 그만큼 갈라스 가의 이름이 안 좋아졌지만 사업적으로 볼 때는 아주 잘한 결단이었다.

어두운 사무실. 아직 제대로 직원도 없지만 자하딘 수도권 포도주 업계에서 점유율 2위를 자랑하는 엄청난 회사의 사무실이었다.

"후훗, 모든 것이 제대로 흘러가고 있군."

디르는 또다시 악당 배경을 하고 악당 멘트를 읊었다. 크리피오 가의 몰락, 그리고 자연히 따라온 결과, 갈라스 가가 크리피오 가의 재산을 그렇게 많이 흡수할 줄을 몰랐으나 결국 자신의 무덤을 자신이 파는 셈이 될 것이다.

디르는 커튼을 걷었다. 여름의 강렬한 햇빛이 그의 사무실을 내리쬐었다. 그에 디르는 아공간에서 오리하르콘 구슬을 꺼내어 햇빛에 비추어보았다. 영롱하게 빛나는 구슬. 완벽한 물건이었다. 그렇게 자신의 오리하르콘 환을 감상하던 디르는 피식 웃었다.

'이제… 시작할 때가 되었군.'

디르는 잔에 남아 있는 포도주를 마저 비웠다. 자신이 만든 술이지만 질리지 않는 향이 너무 마음에 드는 와인이었다.

'첫 번째 카드, 사용해야겠어.'

디르는 조용히 마음먹었다. 그리고 자신의 스토리 라인이 죽 이어졌다.

크리피오 가의 몰락, 당연한 수순으로 갈라스 가의 독점, 그리고 이어지는 독과점의 폐해. 그러면 시민들은 새로운 법의 제정을 위해서 한 몸을 다 바칠 것이다. 포도주는 단지 기호 식품을 떠나 전통이 들어 있는 음식이기에 꼭 사야 할 때가 있는 것이다.

그리고 또 하나. 디르는 갈라스 가가 분명히 다른 미끼를 물 것이라고 생각했다. 모자라는 고급 포도주의 수요를 공급할 수 있는 방법은 현재로서는 단 한 가지밖에 없었다.

황실 무도회장. 가장 강력한 제국의 황실 무도회장답게 그 규모는 어마어마했다. 기둥들이 모두 화려한 대리석을 조각해 놓은 것들이었으며 바닥에는 엄청난 수의 미술가들이 모여서 완성했다는 굉장한 규모의 모자이크가 놓여져 있었다. 그야말로 제국의 부(富)를 보여주는 듯했다. 그리고 그 엄청난 무도회장 안에서는 제국의 거의 모든 귀족들이 모여서 무도회를 즐기고 있었다.

화려한 차림을 하고 무도회장을 들어간 디르는 친숙한 얼굴 하나를 찾을 수 있었다. 디르는 아토리드를 보고 그에게 다가갔다.

"안녕하십니까?"

혼자 앉아서 춤을 추고 있는 연인들을 구경하고 있던 아토리드는 옆에서 부르는 소리에 고개를 돌렸다. 그리고 디르를 반갑게 맞았다.

"하하, 이거 디르 군 아닌가? 오랜만이군."

아토리드가 악수를 청해오자 디르는 반갑게 악수를 했다.

"여기 앉지."

아토리드가 자신의 옆 자리를 디르에게 청했다. 디르는 사양하지 않고 그 자리에 앉았다.

"하하, 이 포도주는 언제 마셔도 좋구먼."

아토리드가 자신 옆에 반쯤 비워져 있는 바세 데 네고시오스를 흔들며 말했다. 그에 디르는 씨익 웃으며 잔을 내밀었다. 아토리드도 웃으며 술을 따라주었다.

"하하, 사업은 잘되어가는가?"

아토리드가 지나가는 소리로 물었다. 하지만 디르는 아토리드가 뭔가 이야기하고 싶어하는 것을 느꼈다.

"하하, 요즘엔 없어서 못 팔지요. 하지만 많은 사람들이 포도주 가격이 비싸져서 원망하고 있는 것으로 압니다. 저와는 상관없는 일이지만요."

디르는 씨익 웃으며 말했다. 뼈가 들어 있는 말이었다. 아토리드는 그것을 알아채고 말을 시작했다.

"요즘 크리피오 가의 공백이 큰가 보더군. 갈라스 가가 혼자 메우기에는 버겁겠더라구.”

아토리드도 뭔가 의미심장한 말을 했다. 디르와 아토리드는 통하는 곳이 있었다.

‘도와주겠다는 것이군.’

디르는 도와주겠다는 상대를 막을 이유가 없었다. 그래서 조용히 말을 시작했다.

“이 정도면 동업자로 만난 것인가요?”

디르의 말에 아토리드가 씨익 웃었다. 역시 그의 눈은 틀리지 않았다. 단 반년 만에 이렇게나 성장하다니. 딱 반년 전, 거의 아무것도 없었던 청년 하나가 이제는 와인계의 한 축이 되었다.

긍정을 표하는 아토리드를 보고 디르는 말을 이었다.

“자하딘 황국 의회에서 법을 하나 더 제정해야 할 듯합니다. 현재의 법전에 약간의 틈이 있는 듯합니다.”

디르는 단도직입적으로 말을 꺼내었다. 아토리드는 예의 능글맞은 미소를 지으며 디르의 말을 계속 듣고 있었다.

“사업체 간의 경쟁은 물건의 품질과 가격 개선에 많은 도움을 주는 것이지요. 그리고 그 경쟁이 없는 상태의 경영을 독점 경영이라 칭하는 것이구요.”

디르는 평안한 어조로 말을 이어 나갔다.

“독과점 규제법… 이 있어야겠습니다.”

아토리드는 슬쩍 미소를 지었다. 예상하고 있었다는 듯이 말을 꺼냈다.

“그렇군. 내가 힘을 써보도록 하지.”

디르는 속으로 광소를 터뜨렸다. 황자가 손을 쓴다면 거의 된 것이

나 마찬가지이기 때문이다. 디르는 조용히 다음 말을 덧붙였다.

"아무래도 무언가를 팔 때는 그것의 액수가 중요하지 않겠습니까. 우선 처음에는 액수 제한으로 시작하는 것이 좋겠습니다."

"'처음에는' 말이지?"

아토리드는 디르의 말을 완전히 이해했다. 그리고 자신이 해야 할 일을 정확하게 인지했다. 역시 자신의 사람 보는 눈은 틀리지 않았다는 것을 재확인할 수 있었다. 아토리드와 디르는 서로를 보며 살짝 미소 지었다.

무도회는 계속 진행되었다.

다음날. 자하딘 황국 의회에서 아토리드가 엄청난 발언을 했다. 독과점 규제법을 만들자는 것이었다.

독과점 규제법이란 한 사업체가 한 계열의 사업을 50%이상 점유하지 못하게 하는 법인 것이다. 그리고 대부분의 귀족들은 그것이 어떤 파장을 불러일으킬지 알지 못하였으나 몇몇 사람들은 알고 그것에 대해 경악했다.

취지는 좋은 법률이지만 세부 내용은 엽기적인 수준이었다. 하지만 아직 그 법률에 대해서 잘 이해하지 못한 귀족들은 의회에서 그 법률을 통과시켰다.

그 다음날 갈라스 가로 한 장의 서신이 날아들었다. 그 서신은 정부에서 발송된 것이었다. 루카프는 의아한 표정으로 봉투를 열었다. 그리고 그 내용을 본 루카프 갈라스는 광분했다.

와장창!

　도자기가 유리창에 작렬했다. 그러자 도자기와 유리창이 같이 부서져 나갔다. 그래도 화가 덜 풀린 루카프는 자신의 책상 위에 놓여 있는 서류를 집어 던졌다.

　한계 액수 이상은 판매하지 말라니? 이것이 말이나 되는 조치인가! 루카프는 화가 머리끝까지 나서 집사를 불렀다.

　"비서! 비서! 간부들 다 불러!"

　도자기가 깨지는 소리를 듣고 불안하게 달려온 비서는 루카프의 말을 듣고 다시 바깥으로 뛰쳐나갔다. 루카프는 아직도 화가 안 풀려서 씩씩거렸다.

　"아니, 이게 무슨 말이나 되는 소리입니까! 그러면 우리는 이때까지 팔던 것 반만 팔고 손가락이나 빨고 있으라 이겁니까!"

　"이렇게 불공평한 조치가 어디 있습니까? 아니, 우리가 파는 건데 그쪽에서 왜 나서서 남에 집에 감 놔라, 배 놔라 하는 겁니까?"

　급히 소집한 간부 회의에서 루카프의 말을 들은 간부들은 흥분해서 소리쳤다. 다들 뭔가 있으면 던질 기세였다. 순식간에 소란스러워진 회의장은 열기로 가득 찼다.

　탕!

　"다들 조용히 해보십시오!"

　루카프가 회의용 탁자를 내려쳤다. 그리고 저마다 열심히 광분하고 있는 간부들에게 소리쳤다. 아무래도 가장 소식을 먼저 들은 사람이다 보니 진정도 가장 먼저 한 듯했다.

　"지금 누가 욕하자고 모은 줄 아십니까! 대책을 마련하려고 모은 것입니다!"

루카프의 말에 모두들 조용해졌다. 루카프는 간부들을 한 번 쏘아보았다.

"자, 의견 있으신 분, 의견 내주십시오."

루카프가 의견을 구했다. 하지만 아무도 의견이 없었다. 무슨 대책이 있겠는가. 법이 바뀌었다는데.

루카프의 얼굴이 붉으락푸르락해졌다. 이게 어떤 사안인데 간부들이 아무 대책도 없다니! 그러면 이대로 당하고만 있으란 말인가?

루카프는 모인 간부들에게 욕을 하며 회의 시간을 다 보냈다. 하지만 어떻게 할 것인가. 이미 통과된 법률, 어떻게 막을 방법이 없었다.

한편, 루카프가 간부들에게 열심히 욕을 하고 있을 때 디르는 행복한 시간을 보내고 있었다. 갑자기 갈라스 가가 포도주를 못 팔게 되니 모든 소규모 상인들이 디르에게로 몰린 것이다.

독과점 규제법이 생긴 후 어느 날 아침. 오늘도 역시 아름다운 햇살이 자할라딘을 비추었다. 그리고 자할라딘 한쪽에 많은 사람들이 바글바글 모여서 연신 소리치고 있었다.

"새치기하지 마시오!"

"이 사람이! 누가 새치기를 했다고 그래?"

"자자자! 조용히 하고 기다립시다!"

디르 상가 앞에 몰린 사람들은 다 소규모 상인들이었다. 손님들이 오기 전에 물건을 마련해 놓아야 되는데 갑자기 갈라스 가에서 물건을 못 판다니 어쩔 수 없이 여기까지 오게 된 것이었다.

디르는 아침에 출근을 하다가 엄청난 인파에 입이 헤 벌어졌다. 그리고 늦을세라 빨리 가서 문을 열었다. 그리고 손님들을 받기 시작했다.

"황궁 앞에 있는 세일라 상점 사장이오."

어느새 출근한 아르바이트를 하는 덱 녀석이 나와서 장부를 적고 있었다. 의외로 똘똘한 녀석을 골라서 일이 아주 빨리빨리 잘 이루어졌다.

"얼마나 구입하실 겁니까?"

"20병만 주게나."

덱은 사람들에게 수량을 물어 그것을 장부에 적고, 계산은 골드 또는 어음을 받는 형식이었다. 그리고 그것을 디르에게 말하면 디르는 텔레키네시스로 구입하는 사람들의 수레에 올려주었다.

디르는 어음을 선호했다. 특히 갈라스 가의 어음을 아주 선호했다. 물론 그 배경에는 시커먼 꿍꿍이가 있었지만 사람들은 디르가 꿍꿍이가 있든 없든 어음을 받아주는 디르 상가를 좋아했다. 자영업을 하다 보면 현금은 없는데 물건은 사야 하고 참 난감한 상황이 많이 닥친다. 그래서 현금은 최대한 아껴놓는 것이 좋았다. 물론 어음을 남발해서도 안 되겠지만.

디르는 어차피 대중적인 확산을 목표로 만든 '노르말' 은 주 수입원이 아니었기에 별 상관이 없었다. 물론 그것을 통해서 버는 돈도 장난이 아니었지만 디르는 바세 데 네고시오스를 파는 것만 해도 충분했다. 그래서 그는 어음을 모으기 시작했다. 다음 타를 위해서.

"노르말 2년산 100병만 더 주십시오!"

한 청년이 케므가 끄는 수레를 타고 와서 외쳤다. 톰이라고 불리는 이 청년은 꽤 큰 소매상의 일꾼이었다.

톰에게 대금을 받은 덱이 장부에 물량을 적더니 디르에게 소리쳤다.

"사장님! 노르만 100병 더요!"

디르는 덱의 말을 듣고 노르말 100병을 들고 나왔다. 열 개가 한 묶음으로 되어 있는 와인이 총 열 묶음이 공중에 둥둥 떠서 나왔다.

"아, 감사합니다."

꽤 급한 듯이 톰은 와인을 싣자마자 수레를 움직였다.

사실 포도주는 사람이 사는 데 생필품은 아니었다. 포도주 없이도 충분히 살 수 있고 특별히 포도주를 아주 좋아하지 않는 사람이라면 포도주가 사라져도 별 문제 없이 살아갈 수 있을 것이다. 그래서 포도주가 품귀 현상을 빚어도 그리 큰 문제는 일어나지 않았다. 그러나 없어도 별 상관 없는데 왜 난리를 피워가면서 구입할까.

하지만 없는 것보다는 있는 것이 좋은 것은 당연한 이치.

품귀 현상을 빚는 가운데 가격이 오르는 갈라스 가에 대에 원성이 날이 갈수록 치솟고 있었다.

그때가 바로 디르가 아크일 산맥으로 가 있을 때였다.

그리고 지금 갈라스 가에 대한 원성이 조금씩 겉으로 드러나려고 할 때 독점 규제법이 생기며 디르의 노르말이 시장에 풀렸다. 가격은 품귀 현상 전의 포도주 가격에 질은 하급치고는 좋은 정도. 물론 브랜드의 영향도 많이 끼쳤다.

이러한 이유들로 인해 갈라스 가의 와인은 창고에서 연수를 채울 수밖에 없었고, 디르의 창고 문턱이 닳는 것이었다.

디르는 일꾼을 꽤 고용해서 포도주를 엄청난 속도로 만들어내었다. 곧 자신이 살 수 있는 포도란 포도는 다 구입해서 포도주를 담은 뒤 창고에 처박는 것이었다. 그 포도주는 약 10일이면 1년가량의 연수가 나왔다.

곧 많은 수량의 와인이 필요하게 될 것이다. 지금도 많이 필요하긴 하지만 지금보다 훨씬 더.

"젠장! 현재 상황이 어떻게 되어가고 있나, 비서!"

루카프 갈라스는 신경질적으로 외쳤다. 독점 규제법을 정통으로 맞은 후에 이곳저곳에서 자금 부족을 외쳤다. 독점을 하며 벌어놓은 게 있어서 아직은 괜찮았지만 워낙 사업을 거대하게 만들어놓은 터라 유지비가 상상을 초월했던 것이다.

"저희 갈라스 가는 전혀 포도주를 판매하지 못하고 있는 상황입니다. 새로 만든 법에 따르면 독점법의 단위가 한 달이고 점유율을 그 전 달의 총 판매액을 기준으로 만드는 것이기에 이번 달 말까지는 전혀 판매를 하지 못할 것으로 전망됩니다. 벌써 저희 갈라스 가는 이번 달 총 액수의 50%를 넘게 판매했습니다."

비서의 말에 루카프가 주먹을 꽈악 쥐었다. 어떻게 이런 일이 가능하단 말인가.

루카프의 얼굴이 붉게 달아올랐다.

"이번 달 말까지 디르 상가를 위시한 다른 중소 상가들이 저희가 판 액수 이상을 팔면 모를까……."

그렇다. 이것은 어디까지나 액수 기준이라서 디르가 가격을 낮추어서 팔면 디르 상가의 점유율이 적게 계산되었다.

대신 바세 데 네고시오스의 가격이 워낙 비쌌기에 그것 둘이 균형을 이루는 것이었다.

루카프는 시뻘게진 얼굴로 자신의 사무실을 이리저리 왔다 갔다

했다.

디르 상가.

눈엣가시였다. 그것만 없으면 아무리 독점 규제법이 있다고 해도 괜찮을 듯했다.

루카프는 결단을 내렸다.

"암살자를 고용해라. 디르 상가에 가서 모든 포도주를 부숴놓고 오는 것이다."

"그렇게 되면… 혐의를 저희가 가장……."

"괜찮다! 그 정도 따위는 덮을 수 있다! 넉넉히 고용해서 아예 초토화시켜 버려라!"

루카프는 하수(下手) 중에서도 가장 하수(下手)를 선택했다. 위험성도 상당히 높은 데다가 별로 실현 가능성도 없었다. 하지만 루카프는 제대로 된 사고를 할 수 있는 상황이 아니었다.

자할라딘의 어두운 밤. 한 집의 지붕 위로 희끄무레한 것이 사사삭 움직였다. 무려 서른 개의 인영이 자할라딘의 지붕을 타고 가고 있었다.

그들의 정체는 바로 루카프가 고용한 암살자들이었다. 물건을 부수러 가는 것이니 암살자라고 부르기에는 조금 뭣하지만 어쨌든 그들은 디르 상가로 향하고 있었다.

끼이익.

조용한 가운데 창문이 마찰음을 내며 열렸다. 그 사이로 무려 서른 명의 암살자가 건물 안으로 들어왔다. 그리고 그들은 미리 조사해 놓은 '시간의 방 1호'로 향했다.

털썩.

갑자기 암살자들 중 하나가 쓰러졌다. 다른 암살자들은 놀라서 죽은 동료를 재빨리 살펴보았다. 그는 뒤통수에 커다란 구멍이 나서 죽어 있었다.

그것을 본 암살자들은 뭉쳐서 주위를 경계했다. 이 주변에 적이 있다.

디르는 암살자들이 창문을 열 때 불청객이 왔다는 것을 알아챘다. 물론 알람 마법 덕분이었다. 암살자들이 부주의한 것은 아니었지만 디르의 마법이 은밀했던 것이다. 쓸데없는 것만 열심히 연습한 디르의 마법은 거의 극에 올라 있었다.

'사실 나중에 사업 망하면 본전이라도 찾으려고 배워놓은 것이지만.'

디르의 머리 속에 잠시 잡생각이 떠올랐다. 하르만이 죽은 뒤 천환무 상반부로 들어가기는 아직 이르고 다른 마법 중에 괜찮은 것이 없을까 고민하던 중에 보조 마법을 배우는 마법사들이 드물어서 보조 마법사들이 부족하다는 것을 알 수 있었다. 그래서 보조 마법을 익혔던 것이다.

디르는 고개를 저어서 잡념을 날려 버렸다. 그리고 암살자들에게 다시 집중하기 시작했다.

텔레포트를 한 디르는 바글바글하게 모인 시커먼 뒤통수들을 볼 수 있었다. 그 다음 그는 투명 마법을 자신에게 건 뒤 공격하였다. 그리고 그의 그 결정은 틀리지 않았다.

하나가 쓰러지자 암살자들은 사방을 경계하기 시작했다. 하지만 쓸

데없는 짓이었다.

털썩.

또 하나의 암살자가 쓰러졌다. 어둠 속에서 공간을 뚫고 날아오는 오리하르콘 구슬을 막을 수 있는 방법이 암살자들에게는 없었다. 하지만 그들은 암살자답게 침착하게 대응했다.

암살자 중 하나가 손짓하자 암살자들은 모두 등을 맞대고 섰다. 아마도 그가 암살자들의 우두머리인 듯했다.

디르는 그들이 뭐 하나 싶어서 그냥 내버려 두었다. 어차피 부처님 손바닥 안의 손오공인 그들. 어찌해도 이길 자신이 있었기 때문이다.

암살자들이 커다란 방 중앙에 다 모였다. 그리고 사방을 예리하게 쏘아보고 있었다. 디르는 뭐 하나 잠시 기다려 주는 셈치고 가만히 있었다.

우두머리 암살자가 손짓을 했다. 그러자 암살자들이 사방으로 암기를 무차별로 난사하기 시작했다. 푸르스름한 암기에는 당연히 독이 발라져 있을 터이다.

샤샤샤삭.

디르는 갑자기 엄청난 수의 암기가 닥쳐 오자 어쩔 수 없이 막았다.

허공에서 갑자기 멈추는 암기들이 암살자들의 눈에 들어왔다. 디르가 텔레키네시스의 달인이라는 정보를 이미 알고 있는 듯했다.

암살자들은 디르가 있을 것으로 추정되는 곳에 다시금 암기를 난사했다.

암기들이 공기를 스치는 소리가 디르의 귀로 들려왔다.

이제 디르는 더 이상 방심해서는 안 되겠다고 생각했다. 눈이 없는 암기에 한 방 맞으면 독으로 인해서 죽을 수밖에 없다.

디르는 오리하르콘 구슬을 하나 꺼내었다.

콰앙!

굉음과 함께 몇 명의 암살자가 터져 나갔다.

그들이 모여 있었던지라 피해가 더 클 수밖에 없었다.

그리고 암살자의 두목은 이제야 상황을 이해했다. 디르는 그들을 가지고 놀고 있었던 것이다.

파아악!

회환이었다. 오리하르콘의 강도와 그 위에 새겨진 마법진으로 인해서 마찰력이 늘어나게 된 디르의 회환은 경악스러울 정도였다.

순식간에 암살자 넷이 찢겨 나갔다. 그리고 디르는 청소를 자신이 해야 됨을 떠올렸다.

"칫."

디르는 오리하르콘 구슬로 하나하나 격살해 갔다.

정확하게 양 눈 사이를 뚫린 암살자들은 첫 번째로 죽은 암살자와 같이 미간에 구멍이 하나 뚫려 있을 뿐이었다.

순식간에 자신의 동료들이 별 반항도 못해보고 쓰러지자 암살자들은 패닉에 빠졌다. 자신들의 정보에 상대가 이렇게 강하다는 것은 안 나와 있었던 것이다.

당황해서 손을 떠는 부하들을 보며 암살자의 우두머리는 침착하게 생각했다. 더 이상 피해를 보는 것은 좋지 않았다. 영혼의 제단에는 보통 많은 군사들이 지키고 있기에 부활하고 나서 패널티를 먹을 몸으로 빠져나오기가 쉽지 않았다. 그리고 이 인원이 다 일주일간 능력치 반이라는 패널티를 먹게 되면 암살자 집단에는 꽤 큰 손실이 생긴다.

우두머리는 결단을 내렸다.

그는 입 안에 있던 호루라기를 불었다. 아무 소리도 안 났지만 디르는 엄청난 파동이 주위로 퍼져 나갔다는 것을 알 수 있었다.

그리고 암살자들이 도망치려는 것도.

어느샌가 아공간에서 나온 오리하르콘 구슬 열두 개가 디르의 손에 쥐어 있었다.

파팟!

구슬들이 어디론가 사라졌다.

오리하르콘 구슬들이 사라짐과 동시에 암살자 열두 명이 추가로 영혼의 제단으로 향했다. 살아남은 암살자 열 명가량은 사방으로 흩어져서 도망가기 시작했다.

디르의 손에는 다시 오리하르콘 구슬 열두 개가 쥐어졌다. 그 구슬들은 다시금 공간을 뚫고 나머지 암살자들을 격살했다.

하지만 그 와중에 살아남은 하나가 있었다.

그 우두머리 암살자는 디르의 공격이 항상 미간 바로 앞에서 시작해서 상대를 격살한다는 것을 알아채고는 대충 공격이 들어올 즈음에 갑작스럽게 고개를 숙인 것이었다.

디르는 눈살을 찌푸렸다. 자신의 공격을 피하는 자가 있으리라고는 생각을 하지 못한 때문이었다. 그리고 그는 지붕을 타고 빠르게 뛰어가는 암살자 우두머리를 보았다.

쐐애액!

공간을 가르는 엄청난 소리와 함께 디르의 손에서 구슬 하나가 쏘아졌다. 붉은 색의 꼬리를 길게 남기며 쏘아진 구슬을 보고 암살자는 몸을 살짝 비틀어 피하려고 했다. 하지만 그가 몸을 비틂과 동시에 그 구슬의 경로도 살짝 휘었다. 그리고 그 구슬은 열심히 뛰어가고 있는 암살자에게 명중했다.

퍼엉!

화려한 불꽃과 함께 우두머리 암살자가 폭사했다. 공간을 뚫고 오는 구슬을 피한 것에 비해 약간은 허무한 결말이었다.

오리하르콘에 새겨진 마법진 덕인지 폭환의 폭발도 전과 비교할 것이 아니었다.

디르는 서서히 사라져 가는 암살자들의 시체를 보았다. 영혼의 제단으로 다시 살아나고 있는 것이다. 디르는 자신이 청소를 하지 않아도 된다는 사실에 안도했다. 벌써 디르는 메마른 현실에 순응하게 된 것이다.

따사로운 햇빛. 아름다운 정원에서 루카프는 비서의 보고를 받았다.

암살자들이 실패했다는 말에 루카프는 광분했다. 돌이라도 들고 들어가서 포도주 병을 몇 개라도 깨고 와야 하지 않는가!

루카프는 고래고래 소리를 질렀다.

"그것을 말이라고 해! 그 암살 길드에 돈은 얼마든지 더 줄 테니 다 부수고 오라 그래!"

루카프의 말에 비서가 식은땀을 흘렸다. 침착함을 잃은 우두머리는 더 이상 우두머리로서의 임무를 수행하는 것이 불가능했다.

비서는 조용히 한숨을 내쉬었다.

루카프는 잠시 광분을 하다가 자신의 정원을 바라보았다. 아름다운 꽃들이 자신을 비웃는 것만 같았다. 가만히 앉아서 당하기만 한 바보라고.

루카프는 이를 악물었다. 이대로라면 만약 자신이 제조 중에 있는 포도주가 출시된다고 해도 그것이 팔릴지는 의문이었다. 뛰어난 사업가답게 루카프는 다시 냉정을 찾았다. 비서는 안도의 한숨을 속으로 쉬었다.

"비서, 현재 상황을 모두 보고해 봐라."

루카프의 말에 비서는 들고 있던 가방에서 서류를 몇 개 꺼내서 루카프 앞에 내밀고 말을 시작했다.

"우선 저희 갈라스 가가 더 이상 판매가 금지되자 디르 상가가 특히 부상했습니다. 현재 집계된 바로는 점유율이 40%까지 따라잡고 있다고 합니다. 하지만 그중 많은 퍼센트가 고급 와인에서 나오는 것입니다. 하지만 디르 상가는 대중적 와인의 가격을 낮추어서 현재 집계된 점유율보다 실제 점유율은 많은 차이를 보입니다."

비서가 서류를 한 장 넘기며 다시 말을 이었다.

"이번 달 말까지는 판매가 거의 불가능하다고 생각되는 바 다음달부터는 저희 갈라스 가도 가격을 약간 낮추어서 공략하는 것이 좋을 것으로 생각됩니다. 장기적인 대책으로는 그것이 최선인 듯합니다."

비서의 말에 루카프가 고개를 끄덕였다. 그리고 갑자기 생각난 듯이 하나를 물었다.

"그 디르 상가는 어떻게 그런 공급 속도를 내는 것인가? 불과 몇 달 전만 해도 자그마한 창고 하나 있는 소규모 제조업자에 불과했는데."

루카프는 조용히 정원을 바라보았다. 아름다운 꽃들이 바람에 이리저리 흔들리고 있었다.

"디르 상가의 원 고급 와인 모델인 바세 데 네고시오스의 제조 방법을 아실 겁니다."

"그러면 시간 마법으로 또 그 짓을 했다는 건가? 마법진을 설치한 작은 창고에서 나오는 수량치고는 너무 많은 것 아닌가?"

"정보에 의하면 이번에 아주 큰 창고 하나를 더 지었다고 합니다. 아니, 원래 있던 창고에 마법진만 그려서 사용하고 있다고 합니다. 그리고 크리피오 가가 망했을 때 경매된 대부분의 재산을 저희 갈라스 가가 흡수를 했으나 저희가 흡수하지 못한 다른 재산은 다 디르 상가 쪽으로 흘러갔다고 보시면 되겠습니다."

"흐음……."

루카프가 생각에 잠겼다. 시간 마법이라… 시간 마법……. 꼭 그것이 디르 상가의 전유물이라는 법은 없지 않은가.

"지금 다른 곳으로 돌릴 수 있는 자금이 있나?"

"자금은 아직 여유가 조금 있습니다. 하지만 이것도 사방으로 나가는 유지비를 생각한다면 몇 달 가지 않을 듯싶습니다."

"그러면 마법사들을 고용해라. 우리도 시간 마법을 사용하는 것이다. 그리고 자할라딘 밖의 판로를 알아봐라. 자할라딘 사람들만 와인을 마시는 것은 아니다."

루카프의 말에 비서가 고개를 끄덕였다.

"그리고 현재 있는 와인 중에 7, 8년 정도 된 것은 시간 마법으로 빨리 돌려 버려라. 약 14년 정도가 우리의 타겟이다."

비서는 루카프의 말을 듣고 정원을 나갔다.

그리고 루카프는 계속 고민했다. 현재 상황에서는 그것이 가장 올바른 선택인 듯했다. 이제 곧 잔뜩 매입한 농장에서 작물들이 수확이 될 테고, 그것으로 술을 담지 못한다 해도 작물 그대로를 팔면 다시 재정 상태는 회복될 것이기 때문이다.

그러나 기선을 한 번 놓치면 다시 회복하는 것은 어려운 일이다. 잃는 것은 쉽지만 다시 얻는 것은 어렵다. 그리고 조금만 시간이 지난다면 엄청난 중소업자들이 와인 제조 계열에서 자신의 상품을 내놓을 것이다.

그렇게 되면 갈라스 가는 파묻힐 수도 있었다. 많은 중소 제조업자들이 나눠 먹기를 하려고 오기 전에 기선을 잡아야 하는 것이다. 또한 현재 공백 상태에 있는 중, 상급 와인을 타겟으로 삼아야 한다고 생각했다.

루카프는 오랜 고민 끝에 자신이 내린 결론에 이상은 없다고 생각했다. 그리고 그는 다시 정원을 보며 와인을 즐기기 시작했다. 자신이 디르의 마수(魔手)에 걸려들었다는 것도 모른 채.

디르는 갈라스 가의 소문을 들었다. 점점 쇠락하고 있는 갈라스 가의 마지막 발악이라 할 만했다. 대대적으로 마법사들을 고용해서 마법 창고를 짓고 다음 달을 위해서 미리 포도주를 담가놓는 것, 그리고 고급 와인에도 뛰어드는 것이었다.

현재 디르의 최고급 와인과 갈라스 가와 다른 상가들의 하급 와인 사이에는 공백 상태가 존재했다.

디르의 미끼는 적중했다.

디르가 왜 그것을 놓치고 있겠는가. 그 공백을 미끼로 던진 것이다.

현재 하위 귀족들은 상당히 기분이 나쁜 상태였다. 상위 귀족들이 디르 상가의 고급 와인들을 원하는데 자신들이 나서서 마구 사 올 수도 없고, 자신들의 입도 입인데 일반 서민들이 마시는 하급 포도주를 마시려니 자존심이 상하고, 그렇다고 지체가 있으니 어디 가서 하소연도 쉽게 하지 못하는 형편이었다.

디르는 씨익 웃었다. 여전히 그 어두운 사무실이었다. 중, 상급 포도주가 나오려면 마법 창고를 사용한다고 해도 최소한 한 달은 있어야 할 터였다. 이번 달이 다 지나가게 되면 디르 창고 한구석에 숨겨져 있는 포도주가 출시될 것이다.

현재는 7월 중순. 하르만을 제외하고는 자신을 능가하는 공간 계열 마법사는 없다고 생각했다. 그렇기에 갈라스 가에서 디르를 능가하는 마법 창고를 만드는 것은 불가능했다. 그리고 그 마법 창고를 사용한다 하더라도 최소한 8월 중순은 되어야 중, 상급의 와인이 나올 터.

사람들은 몰랐다.

디르가 현재 싸게 팔고 있는 수량은 다 창고 가장 앞부분에서 나온다는 것을.

디르 상가의 '시간의 방 2호' 깊숙한 곳에는 많은 포도주 병들이 차곡차곡 쌓인 채 때를 기다리고 있었다.

자하딘력 2475년 7월 31일. 7월의 마지막 날.

이날은 상당히 중요한 날이었다. 당장 내일부터는 갈라스 가의 판매가 재개되기 때문이었다.

디르는 또다시 황궁에 들렀다.

여전히 아름다운 황궁이 장엄하게 디르의 앞을 막고 있었다. 이제는 몇 번 와봤다고 황궁의 아름다움을 감상하며 걷는 여유까지 보였다.

그리고 그런 그를 황궁을 지키는 경비병이 막았다.

"죄송합니다. 황궁에 들어가시려면 통과증이 있어야 합니다."

경비병은 빠릿한 자세로 디르에게 말했다. 디르는 잠시 생각하는 듯하더니 경비병에게 말했다.

“제6황자궁에게 연락을 좀 해주게. 디르가 왔다고.”

경비병은 재빨리 뒤에 있는 다른 경비병에게 말했다. 그러자 그 경비병이 안으로 뛰어가기 시작했다.

역시 돈은 좋은 것이었다. 잠깐 말만 하면 다른 사람들이 최선을 다해서 해주니 말이다.

디르가 잠시 기다리자 아까 뛰어갔던 경비병과 예전에 디르를 데리러 왔던 황궁 하인 한 명이 같이 왔다.

“예, 제6황자님께서 들어오시는 것을 허락하셨습니다. 들어가시지요.”

황궁 하인이 정중하게 말했다. 디르는 경비병에게 감사하다는 말을 남기고 안으로 걸어 들어갔다. 금세 황자궁에 도착한 디르와 황궁 하인은 안으로 들어갔다. 아토리드는 정원에서 책을 읽고 있었다.

“안녕하십니까, 황자님?”

“아아, 반갑네. 자네가 웬일인가. 먼저 찾아오기도 하고.”

아토리드는 손짓으로 주위의 사람들을 물렸다. 디르는 아토리드의 배려에 감사의 표시를 했다. 아토리드는 정원 중앙에 있는 테이블에 앉으라고 손짓했다.

“정원이 참 아름답군요. 아담한 게 아주 평온해 보입니다.”

“흠, 내가 정원을 좋아해서 일부러 따로 정원을 만든 것이라네. 사실 조금만 더 걸으면 거대한 황궁 정원이 있긴 해도 그곳은 너무 커서 싫거든.”

아토리드는 씨익 웃으며 답변했다. 디르도 따라 웃었다.

그리고 곧바로 본론으로 들어가기 시작했다.

“저번에 말씀드린 법률을 살짝 개정해야 할 듯합니다.”

“알겠네.”

역시 통하는 것이 있는 그들이었다.

디르가 무엇을 고쳐 달라고 말하기도 전에 아토리드는 무엇을 고쳐야 할지 알고 있었다.

디르는 씨익 웃었다.

아토리드도 씨익 웃었다.

야심이 맞는 사람을 만나기란 하늘의 별 따기와 같이 어려운 일이었다. 실제로 아토리드도 자신의 세력을 구축하는 데 자신을 도와줄 사람을 찾고 있었고 몇 명 찾았지만 디르만큼 자신의 야심을 따라오는 자가 없었다.

“조금 더 있어야 하지 않나? 그 정도로는 부족할 텐데.”

아토리드의 말에 디르는 다시금 씨익 웃었다. 그런 다음 디르는 다시 말을 이었다.

“특허법을 만들어주셨으면 합니다.”

“특허법?”

“예, 발명품을 보호할 수 있는 제도입니다. 어떤 발명품, 또는 기발한 아이디어를 특허법이라는 제도로 발명자에게 그 권리가 있음을 알려주는 것이라고 할까요.”

아토리드는 순식간에 이해했다. 그리고 디르가 왜 그것을 원하는지도 이해했다.

디르는 아토리드를 보고 씨익 웃었다. 그는 오늘 여러 번 씨익 웃었다.

“내가 다시 힘을 써보도록 하지.”

아토리드는 조용히, 하지만 무겁게 말했다. 그리고 궁금하다는 듯이 물었다.

"그런데 그것으로 갈라스 가를 무너뜨릴 수 있겠는가?"

"아아, 한 가지 더 있습니다."

디르는 다시 말을 꺼냈다. 참 주문도 많았다.

"갈라스 가의 판로가… 막힐 즈음에 부동산 투기 규제법을 만들어 주십시오."

아토리드는 디르의 말에 피식 웃었다. 자신이 동업자 하나는 정말 철저한 사람으로 고른 것이다.

"후훗, 철저하게 해야겠지. 알겠네."

"하하, 그러면 기대하셔도 될 듯합니다."

아토리드는 빙그레 미소 지었다. 그리고 디르에게 말했다.

"기대되는군. 이번에도 실망시키지 않으리라고 믿네."

"이번 갈라스 가만 끝이 나면 수고를 덜하셔도 될 듯합니다. 그러면 다음에 뵙도록 하겠습니다."

디르는 의자에서 일어나 조용히 인사를 했다.

아토리드는 그 모습을 바라보고 있었다. 디르는 조용히 걸어나갔다. 황궁 안에서 텔레포트를 쓰는 것은 목숨을 가져가라는 뜻과도 같았다.

아토리드는 다시 자신의 정원을 보며 상쾌한 공기와 햇빛을 만끽했다.

그리고 그는 의회당으로 걸어가기 시작했다.

다음날. 8월 1일. 또다시 아토리드가 기발한 법을 상정(上程)했다.

특허법이라 불리는 이 법은 자하딘의 발전을 위해, 뛰어난 발명을 더욱 촉진시키기 위해 만들어졌다고 아토리드가 말했다. 앞으로 자하딘의 발전을 위해서 노력해 달라는 아토리드의 말도 이어졌다.

의회의 의원들은 연거푸 뛰어난 의안(議案)을 내어놓는 아토리드에게 박수 갈채를 보내었으며, 특허법은 바로 통과가 되었다.

그렇게 특허국이 설립되었다. 특허국은 누가 미리 준비해 둔 것처럼 순식간에 설립될 수 있었다. 건물을 대여하고 사람 몇 명 파견하면 되는 문제이니 말이다.

그리고 당연히도, 매우 당연히도 특허국의 처음 손님은 디르였다.

"뭐야?"

루카프는 특허국에서 온 경고장을 찢어버렸다. 화가 머리끝까지 치솟았다. 이제 겨우 완성되어서 잘 사용하고 있는 마법 창고를 사용 중지하고 특정 양의 개런티를 지불하거나 아니면 창고를 다시 부수라니. 이딴 법이 어디 있단 말인가!

그런 법이 며칠 전에 만들어졌지만 루카프는 진정할 수가 없었다. 안 그래도 자금이 달리는 상황에서 마지막 카드마저 부숴 버리다니.

비서는 또다시 루카프의 뒤에 불안한 표정으로 서 있었다.

한 번 일이 터질 때마다 머리카락이 빠지는 것이 보일 정도로 스트레스를 받는 그는 디르로 인한 최대의 피해자라고 할 수 있을 정도였다.

이번에도 어쩔 방도가 없었다. 법이라는데 어쩔 것인가. 만약 거부하면 순식간에 범법자가 되는 것이다. 범죄자 말이다.

루카프는 이를 악물었다. 그리고 하늘이 무너져도 솟아날 구멍은 있다는 말과 같이 방도를 찾아보고 있었다.

하지만 디르가 그 구멍을 막아놓고 있다는 것을 그는 몰랐다.

"어쩔 수 없다! 지금 창고 안에 있는 물품들을 다 꺼내서 팔아라!"

루카프가 비서에게 소리쳤다. 비서는 다행이라는 듯이 밖으로 달려 나갔다.

루카프가 화를 내기 하루 전,

디르가 갑자기 자신의 대중적인 와인 노르말의 가격을 3분의 1로 인 하시켜 버렸다.

원래 쌌던 와인이 갑자기 싸지자 소매상들은 너나 할 것 없이 디르 의 노르말을 마구 사들였다.

하루라는 시간은 소문이 퍼지기에 충분한 시간이었다. 디르 상가의 노르말은 없어서 못 살 정도로 불티나게 팔렸다.

포도주라는 것이 재료비에 비해서 가격이 상당히 비싼 물건이라 디 르로서는 별 손해 없이 팔 수 있었다.

디르는 음침하게 웃었다. 여전히 어두운 사무실이었다. 포도주를 한 모금 마시고 음침한 표정으로 음미하고 있던 디르를 바깥에서 부르는 소리가 있었다.

"사장님, 노르말 200병 더요!"

디르는 밖에서 외치는 소리에 남은 포도주를 허겁지겁 다 들이켰다. 그리고 바깥으로 뛰쳐나갔다.

"노르말 200병 갑니다!"

디르는 창고로 가서 노르말 200병을 텔레키네시스로 들고 나왔다.

디르가 밖으로 나오자 수레를 세워놓고 기다리는 일꾼이 보였다. 디 르는 일꾼에게 고개를 까딱여서 인사를 한 다음 수레에 와인을 올려놓 았다.

그러자 덱이 수량을 장부에 적고 어음을 받았다.

디르는 다시 몰려드는 손님들을 위해서 열심히 와인 병을 날랐다.

엄청나게 쌓여 있던 노르말이 바닥을 보였다. 싸다는 말에 소규모 상인들조차 사재기를 한 것이다.

한동안 하급의 포도주는 안 팔릴 것이다. 갈라스 가가 3분의 1로 하락된 포도주의 가격을 다시 올린다면 엄청난 원망을 다시 뒤집어써야 하리라.

디르는 다시 음침한 미소를 지었다. 이제 다른 카드가 하나 더 남았다. 확실하게 기세를 꺾어놓아야만 하는 것이다.

루카프가 화를 내고 있을 때,

디르가 디르 상가의 새로운 와인 '아노르말'을 출시했다.

아노르말은 보통 10년 이상의 와인 모델로 본격적인 중, 상급층을 노리는 것이었다.

"자, 너는 이쪽 리스트에 있는 곳에 가서 와인을 돌리고 저는 이쪽, 너는 이쪽……."

디르가 약 열 명의 일꾼을 모아놓고 작전을 설명하고 있었다. 디르의 홍보 작전은 자할라딘에 있는 자작 이하 모든 귀족들에게 아노르말 샘플을 한 병씩 배달하는 것이었다.

사실 백작부터가 정말로 파워가 있는 귀족들이었고, 자작 밑으로는 실세가 거의 없는 귀족들이었다. 중상층이라고나 할까.

그래서 그런 것일까. 자작의 수는 백작의 수와는 아주 비교되게 많았다. 자작과 백작의 층은 아주 다른 것이었다. 자작이 그럴진대 그 밑의 귀족들은 말할 것도 없었다.

디르의 설명을 자세히 들은 청년들은 각자 와인이 가득 든 가방을 메거나 들고 뛰기 시작했다. 디르는 그 모습을 흐뭇하게 바라보고 있었다.

큰 배포를 자랑이라도 하는 듯이 돌린 와인이 다 귀족들의 저택에 도착했다. 그리고 그 와인을 마셔본 귀족들은 너도나도 디르의 술을 구입하기 위해서 하인들을 보내었다.

사실 실제 와인의 맛은 그렇게까지 좋은 것은 아니었지만 시장이 반찬이라고 하였다. 와인에 고픈(?) 귀족들은 디르의 와인을 마셔보자 확실히 고급의 위대함을 깨닫게 된 것이다. 서민들이 마시는 와인을 한동안 마셨던지라 상당히 고급 와인을 그리워하고 있었던 것이다.

처음부터 하급을 사용한 사람들은 갑자기 고급을 사용하더라도 그렇게 감명받지는 않는다. 하지만 고급을 사용하다가 어떤 이유 때문에 한동안 하급을 사용할 수밖에 없었던 사람들은 다시 고급을 사용하게 되면 아주 감명받게 되는 것이다. 고급과 하급의 차이점을 몸으로 직접 체험했기 때문이다.

그날 저녁 디르 상가의 앞은 각 귀족들의 하인들로 북적북적했다. 사실 요즘 들어 한시도 북적북적하지 않은 때가 없었던 곳이지만 말이다.

"자, 줄을 서십시오!"

디르의 말에 와인을 사러 온 하인들이 슬금슬금 줄을 서기 시작했다. 오늘도 충실하게 아르바이트의 임무를 다하는 덱이 책상에 앉아서 장부에 열심히 적고 있었다.

"레너 자작가에서 왔습니다. 네 병 주십시오."

꽤 덩치가 좋은 하인의 말에 디르는 고개를 끄덕였다. 미리 꺼내놓은 아노르말 더미 중에서 네 병이 날아왔다.

"여기 있소."

"감사합니다."

덩치 좋은 하인이 아노르말 네 병을 받고 돈을 내고 갔다.

"파르셀 남작가에서 왔소. 일곱 병 주시오."

집사쯤 되는 듯 수염을 기른 중년의 남자가 디르에게 말했다. 디르는 접대용 미소를 지으며 아노르말 일곱 병을 가져왔다. 그리고 그 집사 역시 아노르말 일곱 병을 들고 사라졌다.

그렇게 한참을 팔았다. 온 자할라딘의 하위 귀족들은 디르의 와인을 구입한 것 같았다. 하지만 디르의 창고에는 아직도 많은 양의 아노르말이 쌓여 있었다.

귀족들에게 팔면 좋은 것이 한 가지 있었다. 귀족들은 소매상들같이 사업체가 아니므로 어음을 사용하지 않는다는 것이었다. 그리고 겨우 몇 병을 사는 것에 어음을 쓸 필요도 없고.

그렇다 보니 모든 것이 현금으로 쌓였다.

"흐흐흐."

디르는 오늘 번 금화를 흐뭇한 눈길로 바라보았다. 금화들이 반짝반짝 아름답게 빛나고 있었다. 꼭 밤하늘에 떠 있는 작은 별을 보는 듯했다.

디르는 잠시 지금의 갈라스 가의 상태를 떠올려 보았다. 완벽한 방

어, 갈라스 가가 무엇인가를 팔 여지를 안 주는 공격. 디르는 점점 갈
라스 가가 기울어가는 것을 느낄 수 있었다.

디르는 갈라스 가의 마지막을 보기 위한 카드를 생각하며 기분 좋게
미소 지었다.

디르는 다시 움직이지 시작했다.

한편, 갈라스 가에서는 루카프가 또다시 날뛰고 있었다. 이제는 던
질 것도 남아 있지 않은 루카프의 사무실에서 고성이 흘러나왔다.

"그게 말이나 되는 소리인가! 판매가 안 된다니!"

"디르 상가가… 미리 손을 쓴 듯합니다."

루카프의 말에 비서는 식은땀을 삐질삐질 흘리며 대답했다.

갈라스 가는 특허국의 경고장을 받고 나서 바로 와인을 대량 출하했
으나 구입하는 곳이 없었다.

하급 포도주의 경우에는 3분의 1 가격으로 엄청난 양이 미리 풀려
있었고, 중급의 경우에도 디르 상가가 미리 선수를 쳐놓은 것이다.

"대책을 마련하란 말이다, 대책을!"

루카프가 애꿎은 비서를 족쳤다. 비서는 어쩌지도 못하고 식은땀을
삐질삐질 흘리며 서 있었다.

"간부 회의 소집해!"

비서는 드디어 탈출구를 찾았다는 듯이 밖으로 뛰쳐나갔다.

비서가 간부들을 모으러 가자 루카프는 다시 고민에 잠겼다.

루카프는 벌겋게 변한 얼굴로 심각하게 고민했다. 만약 루카프가 오
래 살지 못한다면 그것은 다분히 디르의 공이었다.

약간 어둑어둑한 회의실. 루카프의 비서가 뛰쳐나간 지 얼마 되지 않아서 간부들이 하나하나 모여들었다. 벌써 다 소식을 들었는지 모두들 흥분한 표정이었다. 하지만 이번에는 저번 임시 간부 회의와는 달리 조용했다. 모두들 루카프의 눈치만을 볼 뿐이었다.

"지금 갈라스 가의 상황이 어떻다는 것은 다 알리라고 믿소."

루카프가 조용히 회의를 시작했다. 이를 악문 표정으로 보아 겨우겨우 화를 참고 있는 것을 알 수 있었다.

"현재 상황에서 방법이 있는 분 있으십니까?"

루카프의 조용한 말이 끝나자 회의실에 정적이 찾아들어 왔다. 간부들은 서로의 눈치를 보느라 바빴다.

"……."

루카프는 조용히 간부들을 쏘아보고 있었다. 간부들은 쫄아서 서로에게 빨리 의견을 내놓으라고 눈짓을 보내고 있었다.

그때, 간부 중의 하나가 자리에서 일어나며 입을 열었다.

"흠흠, 가주님, 제 생각에는 방법이 하나밖에 없는 듯싶습니다."

허연 수염이 인상적인 노인이 말을 꺼냈다. 루카프의 시선이 그쪽으로 돌아갔다.

그 노인은 갈라스 가의 전 가주 때부터 와인을 제조해 온 사람으로 제조를 담당하고 있는 사람이었다.

"모든 판로가 막히고 자금도 달리는 바, 가지를 쳐내야 할 듯싶소."

노인의 말에 간부들은 긴장해서 노인을 바라보았다.

"가지를 쳐낸다 하심은 농장을 팔자는 말씀이시오?"

루카프가 눈을 번뜩였다. 농장은 그들이 회생할 수 있는 유일한 방법이었다. 그것을 팔자니 열이 안 받을 수가 없었다.

하지만 그 노인은 표정의 변화도 없이 조용히 루카프를 바라보았다.

"사업은 모험이 아니외다. 현재 중요한 것은 한 방에 예전의 성세를 다시 찾는 것이 아니라고 알고 있소."

노인의 당당한 말. 그 당당함에 다른 사람들은 기가 죽었다.

그렇다. 사업은 모험이 아니다. 한 방에 다시 예전의 성세를 찾는다는 것은 요행을 바라는 것일 뿐이다. 차근차근, 하나씩하나씩 잃은 것을 찾아가는 것이 올바른 길이라고 할 수 있었다.

루카프는 노인의 말에 잠시 고민에 빠졌다.

노인은 루카프를 직시했다. 지금 루카프의 말에 갈라스 가의 흥망성쇠(興亡盛衰)가 결정될 것이다.

"다른 분들은 어떻게 생각하십니까?"

루카프는 감았던 눈을 뜨며 말했다. 그러자 다른 간부들이 움찔했다.

루카프가 계속 자신들을 쏘아보고 있자 한 사람이 말했다.

"저, 저도 그 의견에 동의합니다."

처음이 어렵지 두 번째는 어려운 것이 아니었다. 한 사람이 말하고 나자 모두들 동의한다고 나섰다. 괜히 모험을 한다는 것은 바람직한 일이 아니었다. 사실 그 의견에 찬성한다기보다 반대할 명분이 없어서 안 하는 것이었지만.

여러 사람의 의견을 들은 루카프는 다시 생각에 빠졌다. 다시 회의실에 정적이 찾아왔다.

"여러분의 의견은 잘 알겠습니다. 그러면 임시 회의를 마치도록 하겠습니다."

루카프의 말이 끝나자 간부들이 서서히 회의실을 나가기 시작했다.

루카프는 회의실에 홀로 앉아 조용히 생각을 거듭했다. 결국 결정은 자신의 몫이었기 때문이다. 사실 어느 쪽이든 디르의 마수(魔手)에서 벗어날 수는 없겠지만.

다음날. 의회에서는 다시 법률 한 가지가 통과되었다. 뭐 적당한 법률이라 특별한 반대도 없었고 통과되는 것에 어려움도 없었다.
그 법률은 역시 아토리드가 상정한 것이었다. 자할라딘으로 몰리는 인구가 많아짐에 따라 부동산으로 투기하는 것을 규제하는 법률이었다. 그로 인해 땅값을 안정시킬 수 있는 좋은 법률이었다.
대충 그것의 내용은 이러하였다.
부동산을 구입한 후 1년 이내에 구입한 가격의 150% 이상 되는 가격으로 판매할 수 없다.
대충 그것을 요지로 만들어진 법이었다.
갈라스 가는 이 법률이 자신들에게 끼칠 영향이 얼마나 되는지 모르고 있었다. 그렇게 당했으면서 법률에 관심을 가지지 않는 것을 보아서 다시 회생하기는 글러먹은 듯했다.

다음날까지 고민하던 루카프는 결국 결정했다. 성공보다는 가문의 존립이 훨씬 중요했다. 가문이 있으면 성공은 나중에도 할 수 있는 것이다.
루카프는 건물 바깥으로 나왔다.
상쾌한 공기를 들이키며 자신이 즐기는 정원을 바라보았다. 그 정원은 전전 가주가 직접 만든 것으로 프로에 가까웠던 솜씨로 정원을 가꾸었다고 한다.

아직까지도 루카프는 자신의 정원보다 아름다운 정원을 가보지 못했다. 물론 황궁의 정원은 훨씬 화려하고 거대했지만 자신의 정원만큼 잘 짜여지지는 않았다고 루카프는 생각했다.

루카프는 갈라스 가의 건물을 바라보았다. 대리석으로 만들어진 고풍스러운 저택. 갈라스 가의 번영을 보여주는 듯한 아름다운 저택은 갈라스 가의 자랑 중 하나였다.

루카프는 도저히 이 저택과 정원에 내려오는 이름을 걸고 모험을 할 수가 없었다.

농장을 살 사람은 많았다. 현재 포도주가 좋은 투자 대상이라고 소문이 나서 포도 농장을 살 사람은 이리저리 채일 정도였다.

적지 않은 숫자의 농장이었지만 별 어려움 없이 팔 수 있었다.

농장을 다 판매한 루카프는 다시 저택으로 돌아왔다.

이제 비서가 알아서 자금을 추려서 갈라스 가의 사업은 축소시킬 것이다. 그러면 유지비와 함께 천천히 다시 도약하는 것이다. 와인이야 놔둔다고 썩는 것이 아니니 금방 다시 재기할 수 있을 것이다.

루카프는 정원에 앉아서 조용히 정원을 즐겼다.

자신의 대에서는 더 이상의 번영은 불가능할 듯했다. 이대로 평생 갈라스 가를 튼튼하게 다져 놓자고 속으로 마음먹었다. 젊은이의 혈기가 가라앉은 것이다.

"가주님! 가주님!"

정원에 앉아서 쉬고 있는 루카프를 누군가가 열심히 불러대었다. 헉헉거리며 정원에 도착한 사람은 루카프의 비서였다.

루카프가 무슨 일이냐고 묻는 듯이 비서를 보고 있자 비서가 숨을 잠시 고른 뒤 이야기하기 시작했다.

"치, 치안대에서 가주님을 체포하러 왔습니다!"

비서가 소리를 지르자마자 세 명의 치안대원이 루카프의 정원으로 뚜벅뚜벅 걸어 들어왔다. 치안대원들은 모자를 벗고 루카프에게 인사부터 했다.

"안녕하십니까? 치안대에서 나왔습니다."

"예, 안녕하십니까? 무슨 일로 오셨습니까?"

루카프의 물음에 치안 대원 하나가 종이 하나를 끄집어내어 루카프 앞에 내밀었다.

"체포 영장입니다. 체포하라는 명을 받고 왔습니다. 같이 가주셔야 겠습니다."

"아니, 그게 무슨 말씀이십니까? 무슨 잘못을 했다고 체포한다는 겁니까!"

오히려 비서가 흥분해서 치안대원의 앞을 가로막았다. 그러자 치안 대원이 난감한 표정으로 어찌할 바를 몰라 했다.

"아, 그게……."

"이유가 무엇인가?"

치안대원에게 루카프가 조용히 물었다. 루카프의 말에 치안대원은 긴장해서 빠릿한 자세로 대답했다.

"부동산 투기 규제법을 위반하셨습니다."

체포하러 온 치안대원이 치안대원답지 않게 루카프에게 대답했다.

"부동산 투기 규제법? 그런 것도 있었나?"

"그런 것은 저도 잘 모르겠습니다."

치안대원의 말에 루카프는 잠시 생각에 빠지는 듯하더니 의자에서 일어섰다.

"자, 그럼 가지. 가면 알게 되겠지."

"가주님!"

사실 안 따라갈 수가 없는 것이, 지금 같이 가지 않는다면 공무원 집무방해죄로 형벌이 추가될 것이다. 어차피 갈 것 깔끔하게 가자고 생각한 루카프는 담담하게 일어섰다.

"비서, 잘 정리하고 있어라. 금방 다녀오겠다."

비서는 루카프의 담담한 목소리에 대답했다.

"예, 알겠습니다. 금방 다녀오십시오."

"자, 가세."

루카프의 말이 끝나자 치안대원들이 루카프를 사방으로 감싼 뒤 걸어가기 시작했다.

치안대의 본부. 오늘은 길보다 흥이 많을 것 같은 이곳에 갈라스의 가주라는 거물이 왔다. 보통의 치안대원들은 이런 거물을 상대할 수 없다고 하며 모든 책임을 치안대장에게 넘겨 버렸다.

그래서 어쩔 수 없이 치안대장이 루카프를 상대할 수밖에 없었다.

"아니, 그게 무슨 말이오? 내 땅을 내가 파는 것도 마음대로 안 되는 것이오?"

루카프는 흥분해서 소리쳤다. 루카프의 말에 치안대장은 표정을 굳히고 담담히 말했다.

"저는 법학자가 아닙니다. 제 임무는 범죄자의 체포입니다. 저는 법대로 움직일 뿐입니다."

"내가 무엇을 어겼기에 그러는 것이오?"

"말씀드렸다시피 부동산 투기 규제법을 위반하셨습니다. 부동산을 매입한 지 1년 안에 매입한 가격의 150% 이상에 파는 것을 금지하는 법입니다."

"그 땅은 내가 경매에서 직접 낙찰받는 것이오! 그것을 파는 것이 어떻게 죄가 된다는 것이오?"

그렇다. 크리피오 가의 재산을 경매할 때 헐값으로 마구 사들인 농장들이었다. 헐값으로 산 것을 시세가 올랐을 때 파니 150%는 물론 300%까지도 팔 수 있는 것이 현재의 상황이었다.

말을 못 알아듣는 루카프에게 치안대장은 다시 담담하게 말했다.

"저는 오로지 법을 따를 뿐입니다. 그런 것들은 재판에서 물어주십시오."

루카프는 다시 울컥했지만 진정했다. 그리고 재판에 대해서 물었다.

"후우, 재판은 언제요?"

"1주일 후에 있을 것입니다. 그때까지는 관련자 구속과 관련 부동산, 그것의 대금이 가압류될 것입니다."

"그것이 무슨 말이오? 재판을 그렇게 늦게 하다니!"

"그것은 법원이 결정할 사안입니다. 저로서는 어떤 이유로 재판 날짜가 그렇게 되었는지는 모릅니다."

여전히 딱딱한 치안대장의 태도에 루카프는 한숨을 쉬었다. 법대로 한다는데 어쩔 것인가.

루카프는 어쩔 수 없이 치안소에 있는 유치장에 구속될 수밖에 없었다.

특별한 인물이라고 유치장도 다른 사람들과 격리해서 들어가게 된 루카프는 조용히 현재의 문제에 대해서 고민했다.

농장을 판 대금이 다 가압류된다면……. 갈라스 가는 자금부터 흔들릴 것이다. 자금이 모자라는 기업은 기업의 역할을 제대로 할 수 없게 된다.

루카프는 그래도 심각하게 생각하지 않기로 했다. 어차피 돈이 나갈 곳도 없고 특별히 빌려놓은 것도 없으니 말이다.

갑자기 루카프의 뇌리에 한 이름이 스쳐 지나갔다.

디르.

신비한 사업가였다.

디르의 사업 수완이 직업에 대한 절박함에서 나왔다는 것을 모르는 루카프는 디르의 천재적인 사업 수완을 떠올리며 몸을 떨었다. 어느 날 갑자기 나타나더니 와인 제조업의 한 축을 맡으면서 급속도로 성장한 디르 상가.

갑자기 다른 생각 하나가 루카프의 뇌리를 스치고 지나갔다.

그 생각이 들자 루카프는 자리에서 벌떡 일어섰다.

그렇다. 모든 일의 주범이 디르 상가였다.

그제야 모든 악운들이 설명되기 시작했다. 갑작스러운 크리피오 가의 쇠락 후 자할라딘의 와인 업계를 장악하고 있던 갈라스 가에 엄청난 타격을 준 독과점 규제법. 독과점 규제법 다음에 갑작스럽게 성장한 디르 상가. 그때는 자신들이 공백을 만들어놓았으니 채우는 사람이 생긴 것이라고 단순하게 생각했다. 하지만 그것이 아니었다.

포도주는 하루아침에 만들 수 있는 것이 아니었다. 아무리 마법을 써서 시간을 빠르게 가게 만든다고 해도 최소한 보름은 있어야 하급으로라도 팔 수 있는 포도주가 나오기 마련이다. 하지만 디르 상가는 독과점 규제법이 만들어지고 나서 바로 하급 포도주를 판매하기 시작했다.

그리고 또다시 이어진 악운들. 7월이 지나서 다시 판매할 수 있게 된 갈라스 가가 판매를 시작하려고 할 때 엄청나게 풀려 버린 디르 상가의 포도주. 3분의 1 가격으로 팔린 와인 때문에 갈라스 가의 와인은 경쟁이 아예 되지 않았다.

그리고 기다렸다는 듯이 쏟아져 나온 디르 상가의 아노르말. 그것으로 인해서 디르 상가는 고급 브랜드로 입지를 굳혔다. 그 직후에 점유율 산정 방식을 판매 액수에서 판매 수량으로 개정된 독과점 규제법. 그것으로 인해 하급 포도주를 많이 파는 갈라스 가는 치명적인 타격을 입었고, 비교적 적은 양의 고급 와인을 팔던 디르 상가는 다시 한 번 도약했다. 꼭 그것이 생길 것을 예측하고 미리 하급 포도주를 다 팔아 치운 것 같은 느낌이 드는 것은 루카프의 상상이 아니었다.

'디르 상가와… 정치 측에 연이 닿아 있다.'

독과점 규제법을 만들 것을 예상하고 하급 포도주를 잔뜩 담아놓았다? 그것이 또 바뀔지 예상하고 다 팔아 치웠다? 어떻게 그렇게 정확한 시간과 요점을 예측할 수 있다는 말인가. 이것은 디르 상가와 법을 만들고 고친 측에 연이 닿아 있다는 것이라고밖에 설명이 되지 않는다.

루카프는 다시 고민했다. 그러면 누구와 연이 닿아 있는 것인가? 누구와…….

황자! 루카프는 법을 상정했다는 사람을 기억해 냈다. 아토리드 황자. 분명히 그일 것이다.

그렇게 생각하자 모든 것이 맞아떨어졌다. 왜 갈라스 가에 불리한 법이 계속 통과되었는지도, 왜 디르 상가가 급속도로 성장할 수 있었는지도.

루카프는 이를 악물었다. 지금 알아챘지만 막을 방법이 없다. 만약 이 일도 디르 상가 측에서 꾸민 일이라면…….

갈라스 가가 위험했다.

루카프는 갑자기 홍분되었다. 갈라스 가가 위험했다. 아귀가 착착 들어맞았다. 갈라스 가가 위험하다!

"비서 불러!"

루카프가 소리쳤다. 치안소 안에 있던 모든 사람들이 그를 쳐다보았다.

"저기……."

"야, 이 새끼야! 비서 부르란 말이다!"

루카프의 외침에 치안대원 하나가 루카프를 진정시켜 보려고 했지만 불가능했다. 눈깔이 완전히 뒤집혀 버린 루카프는 미친 듯이 소리쳤다.

"디르! 그 자식! 그 미친 자식이 이런 거야!"

루카프의 눈에서 광기가 흘러나왔다. 그 엄청난 박력에 치안대원들은 굳어서 아무 말도 하지 못했다.

"가주님!"

그때 비서가 치안소로 들어왔다. 루카프가 유치장에 갇혔다는 말을 듣고 정신없이 뛰어온 것이었다. 루카프가 비서를 보더니 소리쳤다.

"디르 그 자식이! 그 자식이!"

루카프가 유치장의 철창을 잡고 마구 흔들었다. 철창이 흔들리며 금속이 부딪치는 소리를 내었다.

"가주님, 진정하십시오!"

비서는 엄청 흥분한 루카프를 진정시켰다. 루카프는 비서의 목소리를 듣자 조금 안정이 되는지 다시 자리에 앉았다.

"허억! 허억!"

루카프가 가쁜 숨을 몰아쉬었다. 비서는 진정하려고 노력하고 있는 루카프를 바라보고 있었다.

"무슨 일입니까?"

비서가 물었다. 루카프는 자신의 생각을 머리 속에서 정리했다. 그리고 그것들을 차근차근 비서에게 말해 주기 시작했다.

듣는 비서의 얼굴 색깔이 시시때때로 바뀌었다. 비서는 믿을 수 없다는 표정을 지었다. 하지만 루카프의 추론대로 모든 것이 아귀가 들어맞았다.

"가주님, 그러면 어떻게 해야 하는 것입니까?"

비서가 잔뜩 긴장해서 루카프에게 물었다.

하지만 어떻게 해야 할지는 루카프 자신도 몰랐다. 그는 디르의 다음 행보를 도저히 짐작할 수 없었다. 그리고 결정적으로 그들은 사실을 너무 늦게 알았다.

악의 축 디르는 갈라스 가주가 구속되었다는 소식을 듣고 악당의 미소를 지었다.

이제는 갈라스 가도 거의 끝장이 난 것이다. 아직 디르의 손에는 카드가 한 장 남아 있었다. 이것으로 갈라스 가는 확실하게 끝장날 것이다.

디르는 서랍에 있는 어음들을 다 긁어 모아 아공간으로 집어넣었다.

그리고 그는 길을 나섰다.

오늘도 역시 따사로운 햇빛이 디르를 비추었다.

"예?"

"어음을 상환해 달라고요."

가게 주인은 당혹스러운 표정을 지었다. 갑자기 사장이 직접 찾아와서는 어음을 상환해 달라니.

"왜 갑자기……?"

"갑자기 돈이 필요해서 말입니다. 이거 날짜도 넘었는데 지금 주시죠?"

디르는 뻔뻔하게 나갔다. 디르의 말에 가게의 주인은 난처한 표정을 지었다. 돈을 줄 수는 있지만 그것을 주고 나면 더 이상 남아 있는 돈이 없었던 것이다.

"줄 겁니까, 말 겁니까?"

디르의 말에 가게 주인이 떨떠름한 표정으로 모아놓았던 돈을 내밀었다. 디르는 빙그레 웃으며 그 돈을 받았다.

"감사합니다. 그러면 여기 어음 있습니다."

가게 주인은 다시금 떨떠름한 표정으로 디르의 인사를 받았다.

돈을 챙긴 디르는 가게를 빠져나왔다. 역시 햇빛은 디르의 앞길을 비추었다. 디르는 다음 가게를 방문하러 또다시 걷기 시작했다.

그렇게 수금이 끝났을 때 디르는 아주 많은 돈을 챙길 수 있었다. 어음을 차곡차곡 모아놓았던 것이라 수금 액수는 정말 많았다. 그와 비례해서 포도주를 판매하는 소규모 상인들이 지니고 있는 현금의 수는 줄어들었다.

　디르는 이제 입에 완전히 붙어버린 악당의 미소를 다시금 지었다. 지금 갈라스 가의 상황은 말 그대로 개판이리라.

　그랬다. 갈라스 가의 상황은 그야말로 개판이었다.

　현재 팔려던 농장과 받았던 대금이 치안대에 의해서 가압류되었다. 그런 상황에서 일꾼들은 당연히 일당을 받기를 원했다.

　그리고 결정적으로 갈라스 가의 자금은 모자랐다. 물건은 창고에 엄청나게 쌓여 있으나 팔리지가 않았다. 디르가 엄청나게 팔아먹었으니 필요가 없는 것이다.

　비서와 간부들이 구속된 가주를 대신해서 모든 어음을 끌어 모았다. 그리고 그것을 상환해 달라고 사방을 돌아다녔다.

　하지만 이것이 어떻게 된 일인지 가는 곳마다 현금이 없다는 소리만 한다. 그래서 가게 주인들에게 묻자 대답은 한결같았다.

　"디르 상가 사장님이 직접 와서 현금을 다 가져갔습니다."

　비서는 몸을 떨었다. 디르의 다음 행보가 이렇게 쪼잔하게 나올 줄은 상상도 못했다. 소규모 상인들의 돈을 다 털어버리다니. 그러면 이 어음들은 이 상인들이 돈을 벌 때까지 종이 쪼가리가 아닌가.

　그 쪼잔한 공격에 비서는 난감하게 웃었다. 쪼잔하긴 했지만 꽤 효과적이었다. 이제는 방법이 정말 하나도 없었다.

　루카프의 비서는 잔뜩 긴장했다. 이제 갈라스 가의 자금줄은 모두 끊긴 셈이었다. 공식적인 최종 결정자인 가주가 유치장에 갇혀 있으니 가압류되지 않은 재산마저도 팔 수가 없다. 하다못해 대리인 지정이라도 해놓았어야 하는 것인데……. 가주가 유치장에 있으니 그것도 못하는 형편이었다.

유치장에서 나와야 법적인 행동을 취할 수 있는 것이 자하딘 황국의 법이었다.

어쩔 수 없었다. 부동산 투기 규제법으로 구속되어 있는 루카스가 재판이 끝나고 석방되기만을 빌어야 했다. 끽해봐야 벌금형일 것이다. 뭐, 어차피 부동산 투기 규제법을 위반한 것은 명백한 것이고, 루카스 또한 지금 벌금을 조금 더 내고 덜 내고가 중요한 것이 아니라는 것쯤은 충분히 인지하고 있었다.

아직도 그들은 디르와 아토리드를 과소평가하고 있었다.

또다시 악당 배경. 덥지도 않은지 한낮부터 커튼을 쳐서 어두컴컴하게 만든 사무실은 이제 친숙할 정도였다.

디르는 턱을 괴고 조용히 사색하고 있었다. 이제 그가 할 수 있는 일은 다 끝났다. 모든 카드를 사용하였으며 갈라스 가를 거의 끝까지 밀어붙였다. 이제는 갈라스 가가 알아서 망해주기를 기다려야 할 차례였다.

디르는 느긋하게 사태를 관망하고 있었다. 할 일을 다했겠다, 자신의 생각만큼 상황도 잘 굴러가고 있겠다, 그리고 아토리드도 상황을 보다가 한 번 움직여 줄 것이다. 아토리드는 디르의 마음을 가장 잘 아는 사람이었다.

이제 충분히 사람을 고용해서 디르가 와인을 나르지 않아도 되었다. 똑똑한 사람들을 고용했는지라 알아서 잘 팔 것이다.

디르의 고용 철학은 아주 간단했다.

돈 많이 줄게, 열심히 일해라. 대신 마음에 안 들면 자른다.

그야말로 처절한 철학이었다. 능력이 있으면 계속 붙어 있을 것이오, 능력이 없으면 잘려 나갈 것이다.

디르는 잠시 예전에 자신이 이력서를 내보았던 많은 회사들을 하나하나 떠올려 보았다. 정말 수많은 회사들이었지만 디르는 모두 기억하고 있었다. 그 하나하나에 한이 맺힌 것이다.

자신이 능력이 없으면 이해를 하겠다. 하지만 자신은 그 회사들에 취직이 될 만한 능력이 있다고 자부했다. 그렇기에 이력서를 낸 것이다.

하지만 결과는 백전백패(百戰百敗).

디르는 생각했다. 내가 재수가 안 좋은 것이 아니라 그들이 재수가 안 좋은 것이라고. 이렇게 뛰어난 인재를 놓치다니. 이제 그런 자리는 줘도 안 간다. 언젠가 그 회사들이 나에게 빌 날이 오리라.

디르는 어둠 속에서 살기를 뿜었다. 디르는 사소한 원한까지 기억하는 쪼잔한 녀석이었다.

1주일. 갈라스 가에게는 그야말로 드라마틱한 날들이었다.

어느 날 갑자기 빌려간 돈을 갚으라고 찾아온 은행 직원이 비서에게 겨우겨우 설득당해서 돌아가지를 않나, 일꾼 여러 명이 늦어지는 일당을 달라고 항의하지를 않나.

하지만 오늘 재판이 끝나면 루카프가 나와서 무엇을 팔든 돈을 마련할 것이다. 그렇게 되면 갈라스 가도 다시 안정되리라.

비서는 그렇게 굳게 믿고 법원으로 향하였다.

이제 몇 시간 후면 루카프의 재판이 있을 것이다. 그리고 루카프는 재빨리 자신의 죄를 인정하고 벌금형을 받을 것이다. 그렇게 풀려난 루카프는 갈라스 가를 다시 안정시킬 것이다.

법원에 도착한 비서는 법원 건물을 밖에서 휘익 둘러보았다. 그리고 법원으로 들어가려고 했다. 그가 들어가려고 하자 경비병이 그를 가로막았다.

"실례합니다. 재판 참관하시러 오시는 것입니까?"

"그렇습니다만……."

"오늘 있을 모든 재판이 취소되었습니다."

경비병의 말에 비서는 하늘이 무너지는 느낌이었다. 재판이 취소되었다니?

"그, 그게 무슨 말입니까?"

"오늘 의회에서 갑자기 감사가 왔습니다. 그래서 오늘 하루 종일 법원은 감사를 받습니다."

경비원의 말에 비서가 이를 악물었다.

감사? 분명히 아토리드 황자 측의 농간이 분명했다.

루카프의 추론이 확실해지는 순간이었다. 아토리드 황자와 디르는 손을 잡고 갈라스 가를 파멸시키려는 것이다.

"그러면 언제 다시 재판이 있습니까?"

"그것은 잘 모르겠습니다."

비서의 어깨가 축 늘어졌다.

비서는 정치계에 인맥이 있었으면 좋겠다는 것을 오늘만큼 절실하게 느낀 적이 없었다.

디르라는 녀석은 정말 악마라는 생각이 들었다. 그가 삶에 밀려 발악하는 처절한 백수라는 것을 알 리가 없는 비서는 한숨을 쉬었다. 권력을 그렇게 자유자재로 사용할 수 있다니. 강한 사람은 힘이 있는 사람이 아니라 힘을 잘 쓰는 사람이라는 격언에 딱 어울리는 자였다.

비서는 어쩔 수 없이 갈라스 가로 다시 터벅터벅 돌아가기 시작했다. 갈라스 가의 몰락이 그의 눈앞에 보이는 듯했다.

갈라스 가는 1차 부도를 냈다. 비서가 설득하고 설득해서 미루어놓았던 빚 상환 기간을 재판이 미루어짐에 따라 넘겨 버리게 된 것이다.

나쁜 소문은 기가 막히게 빨리 도는 법.

잠시지만 전 자할라딘의 와인 업계를 꽉 잡고 있던 갈라스 가가 이렇게 순식간에 허물어질 줄 몰랐던 많은 사람들이 갈라스 가로 몰려들었다.

채권자들이 갈라스 가의 저택 앞에 줄을 이었다. 그들은 자신들의 돈을 내놓으라고 아우성을 쳤다. 하지만 없는 돈이 어디서 나오겠는가.

거기에 엎친 데 덮친 격으로 갑자기 갈라스 가가 휘청거리자 갈라스 가에서 일하던 일꾼들이 농성을 하기 시작했다. 자신들의 일당을 못 받을까 봐 걱정되었을 것이다.

그렇게 갈라스 가는 망해가고 있었다.

갈라스 가가 2차 부도를 내는 것까지는 순식간이었다.

감사를 가서 꼬투리 하나 잡는 것은 문제도 아니었고, 꼬투리가 잡힌 법원은 발등에 불이 떨어졌다. 재판은 다시 미루어졌고, 법원은 감사원에 서류 제출하기에 바빴다.

권력 분립이 제대로 이루어지지 않은 정치 형태의 결과였다. 귀족과 황족이 법을 만들고 고치는 입법부인 의회로 몰려 있으니 다른 권력의 종류인 법의 잣대를 집행하는 사법부와 법을 실행하는 행정부는 의회에 끌려다닐 수밖에 없었다.

아예 재판을 할 기회를 안 주겠다는 듯이 아토리드는 루카프가 재판을 받기로 한 지방법원을 밀어붙였다. 꼬투리를 하나 잡아서 그것이 대충 해명되어 가면 다시 꼬투리를 하나 잡고. 곧 해명될 꼬투리들이지만 시간을 끌기에는 충분했다.

그렇게 갈라스 가는 허망하게 무너졌다.

갈라스 법인(法人)은 부도가 남에 따라 법인의 모든 재산이 채권자들에게 분배되었다. 다행히도 저택은 갈라스 가의 사유 재산이었던지라 남아 있게 되었지만 모든 포도주, 농장 등은 채권자들에게 갈기갈기 찢겨서 나누어졌다.

'갈라스 가' 라는 법인이 없어짐에 따라 재판도 생략되었다. 갈라스 가 법인이 부동산 투기의 범인이었는데 법인이 사라지면서 법을 적용할 대상이 사라진 것이다.

그렇게 하여 석방된 루카프의 손에는 아무것도 남아 있지 않았다. 갈라스 가를 지켜야겠다는 의무감도 성공을 하겠다는 개인적인 야심도.

화려한 황궁. 오늘도 황궁이 햇빛을 받아 아름답게 빛나고 있었다.

디르는 화려한 황궁을 보며 탄성을 내뱉었다. 이번이 처음은 아니지만 올 때마다 그 웅장함과 아름다움에 빠져들게 되는 것이다.

사실 디르는 바세 데 네고시오스 48년짜리 한 병을 들고 아토리드에게 가는 중이었다. 축배를 들기 위해서였다. 마지막에 아토리드가 적절하게 움직여 주지 않았다면 갈라스 가가 살아남았을지도 모르는 일이었다.

어느덧 황자궁에 도착한 디르는 그를 기다리고 있는 아토리드를 볼 수 있었다. 아토리드는 반갑게 디르를 맞았다.

"어서 오게."

"하하, 안녕하십니까?"

아토리드는 디르를 자신의 정원으로 안내했다. 언제 봐도 아름다운 정원이었다.

"하하, 축하하네. 이번 일이 잘되어서 기분이 좋겠구먼."

아토리드가 우스갯소리로 말을 꺼내었다. 디르는 씨익 웃으며 대꾸했다.

"다 황자님 덕분입니다. 그래서 제가 오늘 귀한 것을 들고 오지 않았겠습니까."

디르가 손에 든 바세 데 네고시오스 한 병을 흔들며 말했다. 그러자 아토리드가 웃음을 터뜨렸다.

"하하하! 나도 잘 못 마시는 귀한 술을 들고 왔구먼. 그럼 어서 마시도록 하세."

아토리드의 말에 디르는 코르크 마개를 열었다. 좋은 소리와 함께 향기로운 향이 병 안에서 흘러나왔다. 그리고 미리 준비되어 있던 아토리드의 잔에 포도주를 따라주었다.

"흐음, 역시 이 맛은 일품이군."

아토리드가 한 모금 마시고는 탄성을 터뜨렸다. 과연 환상적인 맛이었다. 20년이 약간 넘었을 때도 많은 사람들의 칭찬을 한 몸에 받던 와인인데 40년이 넘어가니 이제 황홀하다고까지도 할 수 있는 와인이 되어버렸다.

디르도 한 모금 마시고는 감동의 물결에 빠져 버렸다. 이런 술을 자신이 만들었다니.

디르와 아토리드 두 사람은 조용히 와인의 맛을 감상했다. 이제는 디르도 아까워서 함부로 못 꺼내 먹는 술이었다.

"그러면… 다음 건 하나를 부탁하러 왔겠군."

아토리드는 디르가 말하기도 전에 디르의 의도를 파악하고 말했다. 디르는 씨익 웃으며 긍정을 표했다.

"알겠네. 그것까지 내가 손을 쓰도록 하지. 드디어 이번 건이 끝난 것 같군."

아토리드는 다시 와인을 한 모금 마셨다. 황홀한 향이 아토리드의 입 안에 맴돌았다. 아토리드는 조용히 눈을 감고 그 향을 즐겼다. 디르도 마찬가지로 와인의 맛을 즐기고 있었다.

말없는 축하 파티가 끝나고 디르는 자리에서 일어났다. 아토리드는 빙그레 미소 지으며 디르를 배웅했다.

한 달 후.

어느새 늦여름에서 가을로 넘어가는 계절. 서서히 아침과 밤은 싸늘해지고 있었다. 나뭇잎들도 색깔이 조금씩 변해가고 낭만의 계절답게 사람들도 낭만적으로 변해가는 계절이었다.

그 한 달 동안은 꽤 많은 일이 있었다. 모두가 디르에게 좋은 소식들뿐이었다. 우선 갈라스 가가 망하자마자 자하던 황국 법전에 시효(時效) 제도가 추가되었다. 시효 제도란 어떤 법이 만들어지고 나서 일정한 시간 후에 그 법을 실제로 적용시키는 것이었다. 그렇게 되면 사람들이 갑자기 바뀐 법에 대해서 당혹스러워할 가능성도 줄어들고 그 시효 기간 내에 그 법에 대한 연구를 거듭함으로써 수정의 기회도 있었다.

다른 사람을 속일 때는 다른 사람들이 자신을 속일 가능성이 있다는 것 하에 움직이라고 하였다.

이제 자신이 써먹을 카드를 다 써먹은 디르는 두려웠던 것이다. 같은 방법으로 자신이 자신의 자리에서 끌어내려질까 봐. 시효 제도가 있으면 갑작스레 법이 바뀐다 하더라도 방비할 시간을 벌어줄 것이다.

시효 제도가 법전에 적용되고 나서 디르는 자하딘 수도권의 와인 업계를 장악했다. 자신이 만든 독과점 규제법에 따라 점유율을 딱 50%로 유지하며 밑에서 치고 올라오는 다른 와인 제조업자들을 경계했던 것이다.

그것을 바탕으로 디르는 엄청난 양의 부를 쌓았다. 이제 튼튼하게 자리를 잡은 디르 상가는 우선 자할라딘 근처에서 포도를 사들여서 중상급 포도주인 '아노르말'을 제조하고 일꾼들을 그루가스에 보내서 자신과 전속 계약을 해놓은 농부에게 사 온 포도로 '바세 데 네고시오스'를 담그는 것이었다. 이미 그루가스로 포도를 사러 한 일행이 떠났고 아노르말은 판매를 위해 이미 담가놓은 상태였다.

디르는 기분이 아주 좋았다. 안 좋을 수가 없었다. 1년 전만 해도 그는 집에서 놀고 먹던 백수였다. 비록 본의가 아니었다고는 하나 사실은 사실이었다. 하지만 지금은 달랐다. 어딜 가도 그를 홀대하는 곳은 없었고, 자신 또한 어딜 가나 자신감이 있었다.

디르는 이곳에 저택을 짓고 화려한 생활을 하기 전에 먼저 할 일이 있었다. 돈을 벌었는 바 부모님께 내복이라도 하나 선물하는 것이 도리라고 생각했기 때문이다.

디르는 그러한 이유로 영혼의 제단으로 향했다. 영혼의 제단에는 부활 말고 다른 기능이 하나 더 있었기 때문이다.

그것은 바로 환전이었다.

어느새 디르는 영혼의 제단에 도착했다. 언제나 한산한 자할라딘의 영혼의 제단이었지만 병사들이 철통같이 지키고 있었다.

"디르님이시군요. 들어가시지요."

이제는 말단 병사까지 디르를 알 수 있을 정도로 유명인이 되어버린 디르는 영혼의 제단 위에 올라섰다.

영혼의 제단 위에 올라선 그는 나지막하게 말했다.

"환전."

디르의 말이 끝나기가 무섭게 디르는 어떤 곳으로 순간 이동되었다.

회색의 벽으로 사방이 막혀 있는 답답한 방, 아니, 천장과 바닥까지 막혀 있으니 육방이 막혀 있다고 해야 할까.

디르는 그 방이 어떻게 생겼든 간에 상관없이 서 있었다. 회색뿐인 공간에 유일하게 튀는 것이 있다면 중앙에 놓여져 있는 테이블 하나.

그래 봤자 어두운 갈색에 그저 평범하게 생긴 테이블이 얼마나 튀겠는가. 하지만 그곳은 그런 것과는 상관이 없는 곳이었다.

그곳이 바로 디넬라인 골드를 원화로 바꾸는 데 사용되어지는 공간이었다.

"환전하실 금액을 탁자 위에 올려놓아 주십시오."

처음 디넬라인을 들어올 때와 같이 사방에서 울리는 목소리가 퍼졌다. 디르는 그 말에 자신의 아공간을 열고 탁자 위에 돈을 쏟아 부었다.

촤르르륵.

아공간이 탁자 위에서 열리며 엄청난 양의 금화가 쏟아져 나오기 시작했다.

반짝반짝 빛나는 금화들. 얼마나 아름다운 물건인가.

금화가 탁자에 닿자 스슥 하고 사라졌다. 그 때문에 다행스럽게도 탁자가 넘쳐서 환전을 못하는 불상사는 생기지 않을 듯했다.

금화는 멈출 생각을 하지 않고 끊임없이 떨어졌다. 얼마나 많은 양이기에 그렇게 많이 쏟아지는지 궁금할 지경이었다.

“……”

디르 자신도 이렇게 많으리라고는 생각지 못해서 지루하게 기다리고 있었다.

한참을 쏟아 부은 디르의 아공간이 닫혔다. 그러자 다시 사방에서 울리는 목소리가 흘러나왔다.

“총 103,512 골드 되겠습니다.”

십만 골드. 엄청난 양이었다. 보통 대략의 원화와 DLG의 환율이 10,000:1이라고 볼 때 십만 골드라는 액수는 원화로 10억이었다. 대박도 아주 큰 대박이었다.

디르는 이제야 자신이 얼마나 큰 대박을 터뜨렸는지 상기하고 얼굴이 붉게 물들기 시작했다. 그와 비례해서 디르의 입가는 점점 귀와 가까워지고 있었다.

디르가 싱글벙글하고 있을 때 다시 사방에서 퍼지는 목소리가 나오며 밖으로 내보내 주었다.

디르는 영혼의 제단을 나와서도 계속 기분이 좋아 싱글벙글이었다.

환한 표정으로 나오는 디르를 보며 경비병이 인사를 했다. 기분이 좋은 디르는 경비병과 악수까지 하고는 자할라딘의 대로를 걷고 있었다.

하지만 이게 바로 환금이 되는 것이 아니라 저만큼의 DLG를 바깥 세상의 돈으로 사는 사람이 있어야 비로소 자신의 통장으로 들어오는 것이었다.

디넬라인 안에서 게임 제작자가 관여하는 것은 오로지 통화 하나뿐이었다. 디넬라인 골드는 절대로 파괴되지 않는 무적의 금속이었다. 불에 넣어도 절대로 녹지 않았으며 아무리 망치로 내려쳐도 흠집 하나 나지 않았다. 거기에다 일정 속도 이상으로 움직이지 못하여 무기로도 사용을 못하는 것이었다. 마법은 그냥 통과시켜 버리는 바람에 방패로서도 쓸모가 없었다.

그리고 그런 금화가 디넬라인 안에 일정량이 흩어져 있었다. 그리고 제작자는 그 금화들의 가치를 유지하는 것. 그 이상은 관여하지 않았다. 더 찍어내서 고객들에서 실제 통화와 바꾼다면 엄청난 부를 쌓을 수 있는 것은 당연한 이치이지만 그렇게 되면 회사의 이미지가 떨어져서 결과적으로는 손해가 온다는 것을 그들은 알고 있었기 때문이다.

디르는 대로를 걸으며 크리피오 가과 갈라스 가의 사람들을 떠올렸다. 그러자 아주 즐거웠던 디르의 기분이 금방 꿀꿀해졌다. 디르도 사람인 이상 죄책감이 들었던 것이다.

하지만 디르는 후회하지 않았다. 그리고 자신을 세뇌하기 시작했다. 자신은 돈을 벌기 위해 최선을 다한 것뿐이라고. 자신이 원해서 저지른 것이 아니라 자신의 상황이 그렇게 만들었다고.

그런데 갑자기 생각해 보자 이상한 생각이 들었다.

사실 디르는 크리피오 가는 별로 불쌍하게 느껴지지 않았다. 왜 그런지는 모르겠지만 그냥 그랬다.

그런데 갈라스 가 사람들은 무지하게 동정이 갔다.

그리고 신기한 것 하나 더, 크리피오 가를 보낼 때는 합법적인 일을 한 적이 없었다. 음식물에 혐오 식품 함유시키기, 무단 가택 침입에 절도, 유언비어 조장.

하지만 갈라스 가와 점유율을 다툴 때는 자신이 사용한 카드가 다 합법적이고 정당한(?) 카드들이었다.

독과점 규제법 제정, 그 규제법을 살짝 바꾸고 특허법을 만들었다. 그리고 이어진 어음으로 싹쓸이하기.

뭔가 이상했다. 왜 합법적으로 한 일이 불법적으로 한 일보다 더 찔릴까. 뭐, 법이 만들어지기 이전에 약간(?)의 언질을 받거나 자신이 약간(?)의 조언을 한 것도 사실 생각해 보면 불법은 아니었다.

한때의 추억을 생각하며 디르는 씨익 웃었다. 좋은 것은 좋은 것이었다. 어차피 승자는 디르 자신이고 다른 사람들은 그와의 승부에서 패한 것이다.

디르는 간단하게 생각하기로 했다. 그 사람들도 자신들의 이익을 위해서 최선을 다했고, 자신도 최선을 다했다.

디르는 하늘을 쳐다보았다. 맑고 푸른 하늘이 그의 눈에 보였다. 그는 환하게 웃음 지었다. 후회 따위는 없었다.

그저 자신의 일에 최선을 다한 것뿐이었다. 그리고 그는 성공했다. 돈을 벌었다. 그것만이 중요할 뿐이었다. 누가 손가락질을 하든 칭송을 하든 그런 것들은 상관이 없었다.

그저 성공을 했다는 것만이 중요했다. 최소한 디르 강호에게는.

높은 하늘 하래 디르라는 청년이 앞으로 걸어가고 있었다. 그리고 그는 계속 걸을 것이다.

어느 화창한 가을. 강호는 오랜만에 게임의 세계에서 나와서 푸른 하늘을 쳐다보았다. 깨끗하고 맑은 하늘. 더 이상 이 세상은 강호에게 재수없는 곳이 아니었다.

이제는 어엿한 사업가 김강호는 자신의 작은 방에서 나왔다. 거실로 나오자 부엌에서 유경희 씨가 맛있는 저녁을 준비하는 듯이 향기로운 냄새가 흘러나왔다.

"강호야! 어디 나가냐?"

강호의 어머니가 방문이 열리면서 강호가 나오는 것을 들었는지 소리쳤다.

"예에! 잠깐 밖에 산책 좀 하고 올게요!"

"오오오! 장한 우리 아들! 웬일로 산책을 하겠다니! 맨날 방에서 그 캡슐에 퍼질러 누워 게임만 하더니! 애구구! 그래, 갔다 오너라!"

부엌에서 앞치마를 하고 나온 유경희 씨는 강호의 엉덩이를 찰싹 때렸다. 그리고는 애완견에게 하는 듯이 토닥토닥 엉덩이를 두들겼다. 강호는 완전히 자신을 아기 취급하는 어머니에게 뭐 어떻게 방법이 없다는 듯이 한숨을 폭 쉬었다.

"에휴, 알겠습니다."

강호가 한숨을 폭 쉬자 강호의 어머니는 강호의 뺨을 잡아당겼다.

"아야야!"

"어린 놈이 벌써 무슨 한숨이냐? 후딱 갔다 와! 저녁 맛있는 거 해놓을게!"

찰싹!

터벅터벅 걸어가는 강호의 엉덩이를 유경희 씨가 주걱으로 때렸다. 엉덩이에 찰싹 달라붙는 주걱과 효과음이 유경희 씨가 한두 번 해본 솜씨가 아니라는 것을 증명했다.

"다녀오겠습니다!"

"오냐!"

강호는 유경희 씨의 대답을 듣고는 집 밖으로 나왔다. 그리고 엘리베이터 버튼을 누르고 잠시 기다렸다. 잠시 후 엘리베이터 문이 열렸다. 강호는 엘리베이터 안으로 몸을 넣었다.

엘리베이터를 타자 여느 엘리베이터나 다 있는 거울이 강호의 얼굴을 비추었다. 푸석푸석한 얼굴이 거울에 비춰졌다. 근 1년 동안 미친 듯이 게임만 했으니 얼굴이 정상이면 그게 이상할 터였다.

위이잉!

어느새 1층에 도착한 엘리베이터는 부드럽게 문을 열어주었다. 강호는 엘리베이터에서 나와 밖으로 나갔다. 가을 특유의 차가우면서도 상쾌한 공기가 그를 반겼다. 강호는 옷매무새를 여미고 아파트 현관을 나섰다.

버스에 올라선 강호의 목적지는 은행이었다. 디넬라인 골드를 미리 교환 신청을 해놓았으니 아마도 지금쯤은 체결되어서 그의 통장에 들어와 있을 터이다.

강호는 버스에서 내렸다. 여전히 상쾌한 바람이 그를 쓰다듬었다. 강호는 주위를 걷고 있는 사람들과 마찬가지로 은행을 향해 걸어갔다.

삐릭.

은행 정문의 자동문이 강호를 감지하고 자그마한 소리와 함께 양쪽으로 열렸다. 디르는 은행 안으로 들어갔다.

평일이지만 꽤나 많은 사람이 은행 안에서 용건을 보고 있었다. 강호는 대기표를 한 장 뽑아 들고 소파에 가서 앉았다.

오랜만에 밖에 나와서 그런지 몸이 찌뿌드드한 게 금방 나른해졌다. 그래서 강호가 살짝살짝 졸고 있자 옆에 앉아 있던 할아버지가 강호의 어깨를 살짝 두들겼다. 강호가 놀라서 깨자 할아버지는 대기 번호를 손가락으로 가리켰다. 강호는 자신의 대기표를 보고는 깜짝 놀라서 할아버지에게 감사하다는 인사를 하고는 은행 창구로 갔다. 그곳에는 젊은 여직원이 살짝 미소를 지으며 강호를 기다리고 있었다.

"안녕하세요."

인사를 하자 여직원이 인사를 조용히 받아주었다. 그리고는 곧바로 용건을 물었다.

"무슨 일로 오셨습니까?"

강호는 자신의 코트에서 통장 하나를 꺼내었다. 그리고 그것을 직원에게 내밀었다.

"DLG를 원화로 교환했습니다. 그것을 이곳에 좀 넣어주시면 되겠습니다."

여직원은 강호의 통장을 받더니 누군가를 불렀다. 그리고 강호에게 몇 가지를 물었다.

"디넬라인 상에서 아이디가 어떻게 되세요?"

"디르입니다."

"예, 그러면 잠시만 기다려 주십시오."

강호의 자료를 찾은 듯 이 여직원은 모니터를 보았다. 그리고 누군가를 기다리는 듯했다. 강호는 아마도 확인 절차가 남았는가 보다 하고 잠시 기다렸다.

뒤에서 한 남자가 여러 가지 기계를 들고 강호 쪽으로 걸어왔다. 그리고 여직원에게 인사를 건네고는 강호에게 상냥한 목소리로 말했다.

"본인 확인 절차입니다. 잠시 불편하시더라도 참아주십시오."

남자 직원은 이상한 기계를 여직원의 컴퓨터와 연결하더니 강호의 눈을 검사하고 머리카락 하나를 뽑아서 확인하더니 강호에게 말했다.

"본인 확인되셨습니다."

남자 직원은 다시 안으로 들어가고 여직원은 강호의 통장을 들고 뭔가를 하기 시작했다. 강호는 아무 말 없이 기다렸다.

곧 통장에 교환된 금액을 인쇄하고 금액을 본 여직원의 눈이 살짝 커졌다. 하지만 직업 정신을 살려서 아무 말 없이 통장을 디르에게 내밀었다.

"여기 있습니다. 즐거운 하루 되십시오."

여직원의 말에 강호는 조용히 은행을 빠져나왔다. 강호의 통장에는 상당히 긴 숫자들이 배열되어 있었다. 통장을 안주머니에 단단히 넣은 강호는 다시 다른 곳으로 향했다.

거의 저녁 시간에 딱 맞춰 들어온 강호는 들어오자마자 유경희 씨의 잔소리를 들어야 했다.

"무슨 산책을 그렇게 오래 하니? 어서 빨리 와라, 저녁 식겠다."

유경희 씨의 말에 강호는 씨익 웃으며 식탁에 앉았다. 그렇게 강호의 식구 셋은 저녁을 들기 시작했다.

"잘 먹겠습니다!"

"오냐아!"

활기찬 둘을 보며 강호의 아버지 김강석 씨는 씨익 웃었다. 그리고 저녁을 먹기 시작했다.

한참 저녁을 맛있게 먹고 있을 때 강호가 갑자기 뜬금없는 말을 꺼냈다.

"내일 저녁 시간 비었죠? 오랜만에 효도 좀 하려니까 준비하고 있어 봐요."

뜬금없는 강호의 말에 유경희 씨가 강호에게 물었다.

"웬 효도? 돈 좀 벌었냐?"

유경희 씨의 말에 강호는 조용히 미소를 지었다.

"오랜만에 외식이나 하자고요."

강호의 부모님은 그냥 밥이나 한 끼 산다는 뜻으로 알아듣고 고개를 끄덕였다. 그렇게 하루가 지나갔다.

다음날. 언제나 그랬듯이 오늘도 시작되었다. 여전히 게임을 하다가 점심을 먹을 때쯤 점심을 먹으러 나왔다. 강호는 떡 진 머리를 부스스하게 해서는 엉덩이를 긁적거리며 식탁에 앉았다. 맛있게 점심을 먹은 강호는 오랜만에 샤워를 했다. 강호에게 오늘은 아주 특별한 날이었다.

"엄마, 잠깐 나갔다 올게요!"

웬일로 아들이 게임을 안 하고 밖을 나간다니까 평소 그의 건강을 많이 걱정하던 어머니는 거실에서 TV를 보며 당차게 대답했다.

"그래!"

어머니의 대답을 들은 강호는 대문을 열고 나갔다. 대문을 조용히 닫은 그는 씨익 웃었다. 파티 타임!

잠시 후 강호의 집 초인종이 울렸다.

"누구세요?"

"여기 유경희 씨 댁 맞으시죠?"

카메라로 보이는 대문 밖에 젊은 남자가 어떤 서류를 들고 서 있었다. 유경희 씨는 별 생각 없이 대문을 열어주었다.

"제가 유경희입니다만……."

"예, 김강호 씨의 부탁을 받고 왔습니다."

젊은 남자가 유경희 씨에게 정중하게 말을 하더니 뒤를 향해 손짓을 했다.

"다들 들어오세요!"

젊은 남자가 손짓을 하자 뒤에서 한 무리의 사람들이 엄청난 상자들을 들고 집 안으로 들어오기 시작했다.

"아니, 이게 무슨 짓입니까? 이렇게 막 들어와도 되는 겁니까?"

갑자기 소란스러워지자 안에서 김강석 씨도 얼굴을 내밀었다.

"뭐요?"

그때 화려한 옷을 입고 느끼한 미소를 짓는 남자 하나가 집으로 들어왔다.

"어머어머, 스타일이 쫘아악 잡히신 분들이네? 호호, 여기 앉으세요."

그 느끼한 남자가 손짓을 하자 뒤에서 보조 몇 명이 의자를 가지고 왔다. 얼떨결에 의자에 앉은 유경희 씨와 김강석 씨는 어리둥절하여 서로를 쳐다보았다.

"이분은 조금 더 우아한 이미지가 풍기도록 쫙 틀어 올려주시고, 이분은 조금 부드러운 이미지를 풍기도록 뒤로 싸악 넘겨주세요."

상당히 느끼하게 생긴 남자는 느끼한 목소리로 말했다. 그의 말이 끝나자마자 전문 헤어드레서 두 명이 각자 한 사람씩 맡아서 머리카락을 손질하기 시작했다. 헤어드레서 둘은 보조들의 도움을 받아가며 빠른 속도로 유경희 씨와 김강석 씨의 헤어스타일을 바꾸어 나갔다.

한편 유경희 씨는 그 느끼한 남자를 어디서 본 것 같은 느낌에 잠시 고개를 갸우뚱했다. 그러자 머리카락을 손질하고 있던 헤어드레서가 눈살을 찌푸렸다. 자신 앞에 거울을 들고 있는 보조 하나가 고개를 흔들지 말라고 손짓을 했다. 뻘쭘해진 유경희 씨는 조용히 고민을 계속했다.

"샤를 박 선생님, 한 시간 남았습니다."

보조의 말에 샤를 박이 고개를 끄덕였다. 유경희 씨는 샤를 박이라는 소리에 의자를 박차고 일어날 뻔했다.

샤를 박. 어려서부터 패션의 신동으로 유명했던 그는 9세에 처음 자신의 패션쇼를 가지면서 전 세계를 경악시켰다. 우아하고 화려함의 극치, 화려하면서도 전혀 천박스럽지 않은 그의 패션은 전 세계 패션계에

변혁을 일으켰다.

유경희 씨는 흥분을 가라앉히고 생각했다. 사인을 먼저 받아야 하나? 악수 한번 해달라고 할까? 아니면 옷 한 벌 달라고 할까?

유경희 씨의 고민은 오래가지 않았다.

"선생님, 헤어 손질 끝났습니다."

"자, 좋아요. 그러면 드레스를 맞춰봅시다."

서서히 일어서는 유경희 씨와 김강석 씨에게 샤를 박이 말했다. 유경희 씨는 온 얼굴에 미소를 지으며 샤를 박에게 고개를 끄덕였다. 하지만 김강석 씨가 갑자기 뭔가를 따지려는 것을 유경희 씨가 알아챘다.

"당신들… 억!"

유경희 씨에게 옆구리를 강타당한 김강석 씨는 유경희 씨에게 질질 끌려갔다.

"이제 뭐 하면 되죠?"

유경희 씨의 말에 샤를 박은 느끼한 포즈로 잠시 생각했다. 그리곤 옆에 사람들에게 지시했다.

"흐음, 우선 저 레이디 분을 위해서 검은색의 델리커트한 드레스를 준비해 주시고요, 그리고… 저 신사 분께는 약간 부드러운 컬러의 정장을 준비해 주세요."

샤를 박의 말이 끝나자마자 보조 여러 명이 엄청난 양의 옷을 들고 유경희 씨와 김강석 씨를 방으로 끌고 갔다.

약 한 시간 동안 유경희 씨와 김강석 씨는 패션쇼를 가졌다 할 정도로 많은 양의 옷을 입어보았다. 샤를 박은 사소한 액세서리까지 코디해 주었고, 유경희 씨는 아줌마 파워를 과시하며 생글생글 미소를 짓고 있었으나 김강석 씨는 옷 갈아입는 것에 지쳐서 눈이 풀려 있었다.

“오케이! 퍼펙트해요! 이제 시간이 되었으니 나갑시다.”

샤를 박은 두 사람을 데리고 밖으로 나갔다. 그 뒤로 엄청난 수의 보조들이 짐을 들고 줄을 이었다.

아파트 밖을 나서자 동네 사람들이 둥글게 뭉쳐서 입을 떡 벌리고 뭔가를 보고 있는 것을 발견할 수 있었다. 보조 몇 명이 길을 트자 사람들을 막고 서 있는 시커먼 경호원들과 강호를 볼 수 있었다. 하지만 그들의 눈에 먼저 들어온 것은 강호의 뒤에 있는 시커먼 차였다.

“오오!”

김강석 씨가 탄성을 흘렸다. 저것은 리무진 스페셜 모델로 50대 한정 판매된 물건이 아닌가. 저런 것이 국내에도 있었다니!

평소에 차에 상당히 관심이 많았던 김강석 씨는 리무진 스페셜 모델을 보고 넋이 나갔다. 다른 세상 사람들이 사용하는 차라고 구경도 못 해본 차가 자신 앞에 턱 있다니.

“여기요! 아빠, 엄마!”

리무진 앞에 서 있던 강호가 소리쳤다. 그러자 경호원들이 그 둘을 둥그렇게 감쌌다.

“샤를 박 선생님, 감사합니다.”

“호호, 뭘 그렇게 감사해요? 다음에도 종종 부르세요, 디르 군!”

그렇다. 샤를 박도 디넬라인을 하고 있었던 것이다. 그리고 디넬라인을 하는 사람 중에 디르라는 이름을 모르기는 쉽지 않았다. 플레이어 중에서 가장 많은 부를 축척하고 있는 디르였기에 게임 전문 채널에서도 소개될 만큼 유명했던 것이다.

“예, 그러면 다음에 뵙겠습니다.”

샤를 박은 강호의 인사를 받고 수많은 보조들과 함께 사라졌다. 그러자 강호가 미소를 지으며 차 문을 열었다.

"어머님, 아버님, 들어가시지요."

김강석 씨와 유경희 씨는 얼떨결에 시커먼 리무진 안으로 들어갔다. 강호는 경호원들에게 손짓을 하고는 자신도 차에 탔다.

타악!

차 문이 닫히며 차가 출발했다. 길쭉하게 잡아 늘여놓은 듯한 리무진이 부드럽게 앞으로 나갔다. 경호원들은 리무진이 나가는 길을 터주더니 자신들도 시커먼 밴에 타고는 리무진을 따랐다.

어두운 서울의 밤길. 과학의 발전보다는 자연과의 공존이 훨씬 중요한 문제라고 판단한 각국의 정부는 21세기 초부터 환경 유지에 지극한 노력을 쏟아 부었다. 그러기를 500년. 이제 더 이상 인간은 자연을 파괴하는 생명체가 아니었고, 인간들이 만드는 모든 것은 자연의 하나로서 자연과 공존하고 있었다. 그리하여 대부분의 전자 제품은 21세기 초와 흡사하였지만 모든 것이 자연 친화적으로 이루어지고 있었던 것이다.

시커먼 리무진은 서울의 도로를 죽 타고 뻗어 나갔다. 극심한 교통난으로 신음하던 서울시는 건축의 발달과 함께 기발한 일을 해내었다. 도로를 입체적으로 쌓아버린 것이다. 그래서 도로가 건물같이 변해 버리는 희한한 일이 일어났다. 하지만 공간 효율적인 측면에서는 위대한 공헌을 했다.

강호는 차창 밖으로 보이는 깨끗한 서울의 밤하늘을 보았다. 그가 타고 있는 차는 도로에서 가장 높은 층을 사용하고 있었다. 이제는 모든 도로가 터널같이 변해 버려서 바깥 경치를 볼 수 있는 꼭대기층 도로는 상당히 비싼 돈을 내고 사용해야 했다. 그래서 보통 교통 수단보다 유람 목적으로 더 많이 사용되는 것이 가장 위층의 도로였다.

아줌마답게 리무진 안에 설치되어 있는 냉장고에서 주스를 꺼내 먹던 유경희 씨가 강호에게 던지듯 물었다.

"어떻게 된 거냐?"

"빌렸는데요."

"빌린 돈은 어디서 났는데?"

"벌었는데요."

유경희 씨는 말문이 막혔다. 그녀는 다시 냉장고에서 오렌지 주스를 꺼내 마셨다. 김강석 씨는 아직도 얼이 빠졌는지 조용히 앉아 있었다. 그런 그에게 유경희 씨가 오렌지 주스를 하나 내밀었다.

"이거 몸에 좋다 그러던데."

김강석 씨는 오렌지 주스를 받아 들어서 벌컥벌컥 마셨다. 그리고 터져 나오듯이 말했다.

"어디 가는 거냐?"

"레스토랑이요. 다 왔네요."

차가 서서히 멈춰 섰다. 거대한 건물 앞에 멈춰 선 리무진은 지나가는 사람들을 한 번씩 힐끔힐끔 쳐다보고 가게 만들었다.

종업원 하나가 급히 뛰어나왔다. 그리고 차 문을 정중히 열었다.

"안녕하십니까!"

종업원이 문을 열자 강호가 나왔다. 그 다음 우아한 드레스를 입은 유경희 씨와 정장을 입은 김강석 씨가 나왔다. 안에서 연락을 받았는지 지배인으로 보이는 중년 남자 하나가 헐레벌떡 뛰쳐나왔다.

"김강호님 되십니까?"

"그렇습니다."

“따라오시지요.”

지배인이 앞장서서 강호 등을 안내했다. 강호는 당당하게 따라갔으나 유경희 씨와 김강석 씨는 고급스럽다 못해 번쩍거리는 레스토랑을 엉거주춤 따라갔다.

지배인이 안내한 곳은 가장 자릿값이 비싼 꼭대기 층이었다. 창가라서 서울의 야경이 훤히 다 보이는 그곳은 강호 등이 들어서자 은은한 클래식 음악이 흘러나오기 시작했다.

횅하게 비어 있는 층을 보니 아예 한 층을 통째로 빌린 듯했다. 그리고 그 중앙에서는 여러 가지 악기를 들고 은은한 음악을 만들어내고 있는 악단이 있었다.

유경희 씨는 악단의 연주를 힐끔힐끔 보며 지배인이 안내해 준 탁자에 앉았다. 김강석 씨도 상황은 마찬가지였다.

“메뉴판 여기 있습니다.”

지배인이 자리까지 안내하자 미리 기다리고 있던 웨이터가 메뉴판을 내밀었다. 강호는 말없이 메뉴판을 받아 들었다.

“뭐 먹고 싶은 거 있어요?”

김강석 씨는 서울 야경을 보느라 강호의 질문에 답할 상황이 아니었고, 유경희 씨는 연주를 하는 악단을 보느라 넋이 나가 있었다. 강호는 한숨을 폭 쉬었다.

“주방장에게 가장 잘하는 것으로 내달라고 하십시오.”

강호가 웨이터에게 말했다. 웨이터는 메뉴판을 받아 들더니 다시 주방으로 사라졌다. 강호는 아이처럼 좋아하는 어머니를 보고 미소를 지었다. 효도는 마음이라고 해도 돈이 있으면 없는 것보다는 효도를 하기에 좋은 것은 부인할 수 없는 사실이었다.

"강호야, 설명해 봐라."

김강석 씨가 단도직입적으로 말을 꺼내었다. 이제 충격에서 조금 벗어난 듯 궁금증을 가지고 강호를 직시했다.

"에… 1년 전에 사업 계획서 보시지 않았어요?"

"그렇게 해서 이 정도로 돈을 벌었다구?"

김강석 씨가 불신이 가득 담긴 눈초리로 강호를 보았다.

'그것밖에 없는데 뭐 어쩌라구?

강호는 어깨를 으쓱해 보였다. 그때 웨이터가 음식을 들고 다가왔다. 웨이터는 김이 무럭무럭 나는 바닷가재 요리를 탁자에 내려놓았다.

"주방장께서 이 요리와 잘 어울리는 와인이라며 추천하신 것입니다."

웨이터가 와인 잔을 놓고 우아한 포즈로 와인을 각자 따라주었다. 강호는 씨익 웃으며 와인 잔을 흔들어보았다. 붉은 색의 포도주가 와인 잔 안에서 흔들렸다. 그리고 살짝 마셔보았다.

'내가 만든 게 더 맛있군.'

강호는 속으로 자화자찬한 뒤 랍스터 요리를 김강석 씨와 유경희 씨에게 권했다.

"자, 드시지요."

강호의 말에 유경희 씨가 활기차게 대답했다.

"자, 먹자. 우리 아들이 사주는 건데 맛있게 먹어야지."

유경희 씨의 대답에 강호 등 세 사람은 저녁을 먹기 시작했다. 아름다운 서울의 야경이 그들의 밑으로 화려하게 펼쳐져 있었다.

디르는 랍스터 한 조각을 먹었다. 그리고 와인을 한 모금 입에 물었다. 향긋한 레드 와인의 향이 입 안을 맴돌았다. 괜스레 강호의 콧잔등이 시큰했다.

살짝 눈시울을 붉힌 강호는 부모님이 눈치챌세라 눈을 재빠르게 훔쳐내었다. 그리고는 옷 안주머니를 뒤적거렸다.

“엄마, 아빠, 여기.”

강호가 하얀 봉투를 내밀었다. 봉투를 받아 든 유경희 씨는 봉투 안을 살펴보았다. 안에는 종이 한 장과 카드 한 장이 들어 있었다.

“평소에 조용한 데서 살고 싶어했잖아요. 경치 좋고 공기 좋은 곳으로 집 하나 사놓았어요. 거기 차도 한 대 있고.”

강호가 약간 떨리는 목소리로 말했다. 그리고 말을 이었다.

“그 카드는… 쓰고 싶은만큼 쓰면 돼요. 내가 꾸준하게 충전시켜 놓을 테니까. 뭐, 특별히 많이 쓰지만 않으면 한동안 쓸 수 있을 거예요.”

강호는 기쁜 날에 눈물이 나오는 자신이 마음에 안 들었다. 이제야 그동안의 결실을 만끽하는 날인데 우중충하게 보내면 안 되는 것 아닌가. 기뻐서 날뛰어야 되는 것 아닌가.

그때 유경희 씨가 봉투로 강호의 머리를 때렸다. 강호는 어리둥절해서 유경희 씨를 보았다. 우느라 시뻘게진 눈으로 강호를 보고 유경희 씨는 피식 웃었다.

“누가 이런 걸 바란 줄 아냐? 뭐, 준다니 받겠지만…….”

유경희 씨는 봉투를 핸드백에 넣으며 말했다. 그리고 강호를 보며 씨익 웃었다. 김강석 씨도 유경희 씨와 함께 씨익 웃었다.

“우리 아들, 만년 백수 탈출한 것 축하한다.”

김강석 씨와 유경희 씨가 동시에 말했다. 강호는 시뻘게진 눈으로 헤벌쭉 웃었다. 유경희 씨는 그런 강호에게 알밤을 먹였다. 김강석 씨는 그 모습을 보고 웃음을 터뜨렸다. 은은한 음악을 연주하고 있는 연주자들과 웨이터들이 그 모습을 보고 훈훈하게 미소 지었다.

깨끗한 서울의 밤하늘에서는 많은 별들이 반짝였다. 그리고 그 밑에는 많은 사람들이 부딪치며 살아가고 있었다. 어떤 사람은 행복한 하루를 보내었으며 어떤 사람은 슬픈 하루를 보냈을 것이다.

그리고 어제가 그랬듯이 오늘도 그렇게 지나가고 있었다.

뽀얀 하늘. 희뿌연 하늘에서 눈송이가 떨어지고 있었다. 겨울임을 자랑이라도 하는 듯이 눈발은 그칠 줄을 몰랐다. 바닥에 차곡차곡 쌓이는 눈은 온 자할라딘을 하얗게 만들고 있었다. 새벽이라 그런지 은은하게 밝은 자할라딘과 나풀나풀 떨어지는 눈송이들은 그것만으로도 충분히 낭만적이었다.

뽀드득.

디르가 한 발짝 움직였다.

뽀드득.

디르가 다시금 발을 움직이자 그전에 디뎠던 발이 들리며 눈 덮인 자할라딘의 도로에 발자국을 하나 만들어냈다. 디르는 양팔을 벌리고 하얀 하늘을 바라보았다.

"아……!"

양팔을 쭉 펴고 입을 살짝 벌린 디르는 얼굴에 닿는 차가운 눈의 느낌을 즐겼다. 어떻게 보면 바보같이 보일 수도 있는 광경이었지만 디르의 입가에 은은하게 걸려 있는 미소는 보는 사람까지도 기분 좋게 할 정도였다.

"와아—!"

디르의 귀에 어린아이들의 탄성이 들려왔다. 이제야 잠자리에서 일어나서 첫눈을 감상하는 모양이었다.

곧 강아지처럼 촐싹촐싹대는 아이들 몇이 나와 눈이 소복이 쌓인 길을 마구 뛰어다녔다.

"이 녀석아! 옷은 입고 나가야지!"

촐싹대며 뛰어가는 아이 뒤로는 한 아주머니가 옷가지 하나를 들고 아이를 쫓아가고 있었다. 아마도 그 아이의 어머니인 듯 아이가 감기라도 걸릴까 봐 걱정하는 듯했다.

결국 어머니에게 잡혀서 외투를 걸친 그 아이는 배시시 웃음 지었다. 그런 아이에게 그 아주머니는 알밤을 먹였다. 알밤이 그래도 아픈지 눈물을 찔끔한 아이는 언제 맞았냐는 듯이 다시 눈밭을 뛰어다녔다. 그런 아이의 모습을 중년의 아주머니는 흐뭇한 미소와 함께 바라보고 있었다.

디르는 그 정겨운 모습을 보면서 자기도 모르게 미소 지었다. 자신의 가슴 한편이 훈훈해지는 느낌에 디르는 다시 하늘을 바라보았다.

희뿌연 색의 하늘은 위엄있게 눈송이를 뿌려주고 있었다. 마치 선물이라도 주는 듯이 뿌리는 눈송이에 디르는 다시금 씨익 미소를 짓곤 서서히 어디론가 걷기 시작했다. 디르가 걸어간 뒤로 생긴 발자국이 그가 지나갔다는 것을 보여주고 있었다.

디르는 높다란 담장을 보고 잠시 미소를 지었다. 수도권의 와인 업계를 쥐고 있는 디르 상가의 건물답게 증축과 증축을 거듭해서 이제는 꽤 으리으리해졌다.

디르는 담장을 따라 조금 걷자 나온 정문 앞에 섰다.

"안녕하십니까, 사장님?"

마침 소복소복 쌓이는 눈을 구경하러 밖으로 나와 있던 수위가 디르에게 인사를 했다. 디르는 미소를 지으며 그의 인사를 받았다. 수위는 황급히 디르 상가의 정문을 열었다.

"감사합니다."

나직한 디르의 목소리에 수위는 모자를 벗고 살짝 고개를 끄덕여 보였다. 디르는 수위에게 고개를 끄덕이고는 건물 안으로 들어갔다.

건물 안으로 들어가자 아침 일찍 나와서 서류 정리를 하고 있던 직원 하나가 디르에게 인사했다.

"예. 좋은 아침입니다. 수고하십시오."

디르는 그 직원의 인사를 받고 계단을 걸어 올라갔다.

그의 사무실은 3층. 마지막 층이기도 한 3층으로 올라간 디르는 그의 사무실로 향했다. 석조 건물이라서 그런지 디르가 걸어가는 데도 별 소리가 없었다.

끼이익.

자그마한 마찰음이 들리며 사무실의 문이 열렸다.

넓은 방. 한쪽 구석에는 벽난로가 장작을 태우며 온기를 유지시키고 있었다. 고급스럽게 생긴 벽난로는 타닥타닥 소리를 내며 장작을 계속 소비하고 있었다. 아마도 누군가가 지속적으로 그것을 살피는 모양이었다.

디르의 사무실 안에는 벽난로를 제외하자면 별 특이한 장식품은 없었다. 대신 유리창이 큼직하게—한쪽 벽의 반을 덮을 정도로—나 있었다. 하지만 그 창은 커튼에 의해서 가려져 있었다. 아마도 그 전날 디르가 악당 분위기를 내본 듯했다.

디르는 겉에 입고 있던 마법사용 로브를 벗어서 옷걸이에 걸었다. 그리고 커튼을 쳤다.

촤아악!

커튼이 열림에 따라 바깥의 풍경이 보였다. 디르 상가 건물의 3층 정 중앙에 위치하고 있어서 그는 건물 앞의 광경을 잘 볼 수 있었다.

많은 직원들이 삼삼오오 모여서 정문을 통과하고 있었다. 뭐가 그리도 재미있는지 깔깔깔 웃어대며 걸어오는 그들을 보며 디르는 피식 웃었다.

그때, 한 여직원이 디르가 그들을 바라보고 있다는 것을 알았는지 디르에게 열심히 손을 흔들었다. 그리고 입으로는 뭐라고 외치는 듯했다. 아마도 '야, 저기 사장님이다!' 정도이리라.

디르도 열심히 손을 흔들어주었다. 그러자 그들도 깔깔깔 웃으며 연신 소리쳤다. 디르는 그 모습을 미소 지으며 바라보았다.

이제 디르 상가도 이제는 기업이라 불릴 수 있는 수준의 규모였다. 상당히 큰 건물을 사무 업무를 보기 위해 짓고 창고도 꽤 늘린 데다가 고급 와인을 위해서 잔뜩 구입해 놓은 최상급 포도들도 어느새 상품으로 변해서 '시간의 방 1호' 에서 햇수를 보내고 있었다.

디르는 자신의 의자에 앉았다. 그리고 손을 깍지 끼고 조용히 벽난로를 바라보았다.

타닥타닥.

장작이 지속적으로 타올랐다. 그러면서 장작 타는 소리가 넓은 사무실에 퍼졌다. 디르의 눈은 벽난로를 뚫어지게 쳐다보고 있었다. 하지만 그의 두뇌는 다른 것을 생각하고 있었다.

'이제… 포도주 사업은 확실하게 잡았다.'

디르의 손에 서류 한 장이 잡혔다. 와인 업계의 점유율을 보여주는 서류였다. 디르 상가의 점유율은 정확하게 50%였고 나머지 50%는 많은 중소 업자들에 의해서 산산이 쪼개져 있었다. 그런 상황이니 어떻게 경쟁이 될 수가 없었다. 사실상 디르 상가의 독점이라 해도 과언이 아니었다.

하지만 디르는 독과점이 왜 규제되는지 정도는 알고 있었다. 경쟁이 사라지니 가격이 올라감에 따라 물건의 질은 떨어지게 되는 것이다. 그런 독과점의 폐해 때문에 독과점이 규제되는 것이었다.

하지만 그것을 아는 이상 그렇게 하지 않으면 되었다. 사실 그것은 영리를 추구하는 사업가의 입장에서는 어려운 것이었다. 가격을 올리고 재료비를 줄여도 잘 팔리는데 왜 그렇게 하지 않아야 하는가.

하지만 디르는 장사 한두 번 하고 말 것이 아니었다. 그에게 가장 중요한 것은 바로 브랜드의 이미지였다. 그 이미지야말로 떼돈을 버는 데 가장 중요한 것 중 하나이기 때문이었다.

디르는 잠시 생각에 잠겼다. 포도주는 이제 유지만 하면 꾸준히 엄청난 흑자를 낼 것이다. 여기에는 일명 '문어발 기업' 에 대한 규제도 없으니 포도주 사업에서 나오는 수익은 다른 쪽에 투자를 하는 것이 좋을 것이라고 생각했다.

그러면 어떤 사업을 해야 할 것인가? 사업을 할 종류는 많았지만 뛰어들어서 수익이 확실하게 나올 만한 것은 드물었다. 와인 업계에 뛰어들 때는 어두운 방법도 많이 사용했지만 이제 적당히 거물이 되다 보니 그런 일은 최대한 자제하는 것이 오히려 도움이 될 것이다.

이제는 아주 정당하게 싸워야 한다.

디르는 그것이 상당히 마음에 안 들었다. 하지만 지금 예전에 했던 것 같은 위험한 행동을 하는 것은 너무 위험부담이 컸다. 차라리 안 하면 지속적인 수입이라도 있는데 만약 언론에 터지기라도 한다면 모든 것이 물거품이 될 것이기 때문이었다.

디르는 곰곰이 생각했다. 최대한 자신의 브랜드가 가지고 있는 명성을 살릴 수 있으면서도 수익이 확실하게 보장되는 사업.

우선 명성이라는 것이 작용하려면 서민층으로 다가갈수록 훨씬 효과가 좋았다. 거대한 기업들과 상대하는 것보다는 아무래도 평범한 사람들을 상대할 때 명성이 더 효과가 좋은 것이다.

'대중적인 사업…….'

디르의 두뇌가 빠른 속도로 회전하였다. 대중적이면서도 다른 사람이 잘 하지 못하는 사업. 무엇이 있을까? 생산업? 제조업? 서비스업?

우선 생산업은 보통 시간이 많이 걸리므로 패스.

제조업은 특정한 기술이 필요한 것이 대부분이므로 또 패스.

서비스업! 그곳에 해답이 있을 것이다. 서비스업, 서비스업, 서비스업…….

그 순간 디르의 뇌리를 스쳐 지나가는 사업이 하나 있었다. 또다시 현실 세계와 디넬라인의 세계와 다른 것을 찾은 것이었다. 디르는 갑자기 흥분되었다. 노다지의 기운이 풀풀 나고 있었다.

“사장님, 아침 회의 시간입니다.”

그때 비서가 디르의 사무실로 들어와서 디르에게 말했다. 디르는 고개를 끄덕이고는 자리에서 일어섰다. 매일 아침마다 있는 회의 시간이었다.

디르가 회의실에 들어갔을 때는 이미 모든 사람들이 회의 준비를 마치고 디르를 기다리고 있는 중이었다. 커다란 회의실에는 둥그런 원탁이 있고 그곳에 간부들이 모여 있었다.

“죄송합니다. 조금 늦었군요.”

디르는 나직하게 말한 후 자신의 자리에 앉았다.

“그러면 우선 보고부터 시작해 주십시오.”

디르의 말이 끝나기가 무섭게 한 사람이 일어나 발표를 하기 시작했다. 포도주 제조 현황, 판매 현황, 디르 상가에 대한 고객들의 신망 통계 등등 여러 가지의 보고가 이어졌다.

디르는 고개를 끄덕이며 보고를 하나하나 주의 깊게 들었다. 모든 보고가 다 끝난 후 디르가 말문을 열었다.

“현재 활용할 수 있는 자금은 넉넉합니까?”

디르의 말에 원탁에 앉아 있던 사람들 중 하나가 서류를 뒤적거리면서 말을 했다.

“예. 현재 순수익만 해도 엄청난 수준입니다.”

디르가 고개를 끄덕였다.

“회의 마치고 그것에 관한 자료를 제출해 주십시오. 그리고 건의 사항이라든지 문제점이 있으면 지금 말씀해 주십시오.”

디르의 말에 모든 사람들이 침묵을 지켰다.

“우선 문제점은 없는 듯하군요. 건의 사항이 있으시면 언제든지 제 사무실로 찾아오시면 되겠습니다. 그러면 오늘 회의는 이만 마치겠습니다."

디르의 말이 끝나자 앉아서 회의를 하던 사람들이 주섬주섬 일어나기 시작했다. 디르는 회의석에 앉아서 조용히 사색에 잠겼다.

"비서."

디르가 비서를 불렀다. 옆에 서 있던 비서는 조용히 디르의 옆에 와서 섰다. 수소문한 끝에 꽤 유능한 비서를 구한 디르는 그 비서를 항상 곁에 두고 있었다.

"법률팀 소집해 주세요. 그리고 흐리스토 씨에게 여유 자금에 관한 자료 좀 받아와 주시고요."

"예."

디르의 말이 끝나자 비서가 밖으로 나갔다. 디르는 다시 생각에 잠겼다.

서비스업. 그것에 답이 있었다.

똑똑.

텅 빈 회의실에 노크 소리가 울려 퍼졌다. 디르는 보고 있던 기획서를 다시 아공간에 집어넣었다.

"들어오세요."

디르가 대답하기가 무섭게 비서가 들어왔다.

"법률팀 오셨습니다. 그리고 여기 말씀하신 서류입니다."

비서의 뒤로 꽤 나이가 있어 보이는 네 명의 신사가 서 있었다. 저마다 다른 스타일을 하고 있었으나 딱 보기에 교수 같은 스타일의 네 사람이었다.

디르는 일어서서 그들을 회의석에 앉으라고 손짓했다.

"고맙습니다."

비서에게서 서류를 받아 든 디르는 비서에게 인사를 했다. 비서는 고개를 끄덕이고는 회의실 뒤로 가서 섰다. 디르는 법률팀이 의자에 앉는 것을 보고는 비서가 가져온 서류로 눈길을 돌렸다. 그 서류에는 디르 상가의 총 판매액과 여유 자금 등이 빼곡하게 기재되어 있었다. 디르는 서류를 후루룩 넘겨보고는 말을 꺼냈다.

"우선 자금은 충분한 듯하군요."

서류를 탁 덮은 디르는 서류를 다시 비서에게 넘겨주었다. 그리고 회의석에 앉았다. 법률팀 네 사람은 조용히 디르의 말의 기다렸다.

"뭐, 당연한 일이지만 법률적인 문제가 있을지 없을지 여쭤보기 위해서 오시라고 했습니다."

디르는 네 사람의 얼굴을 한 번 쓰윽 훑어보았다.

"제가 이번에 새로운 사업에 투자해 보려고 합니다."

법률팀은 여전히 말없이 디르의 말에 집중하고 있었다. 그 모습에 디르는 피식 웃고는 말을 이었다.

"도로 사업을 할 겁니다. 자할라딘부터 자하딘 북서 편에 있는 주요 도시들을 잇는 고속도로를 만들고 통행세를 부과할 생각입니다. 아크일 산맥이 가로막고 있으니… 남서 편은 안 되겠고. 아아, 물론 개인에게는 무료로 제공하고 사업체들에게만 통행세를 부과해야겠지요."

도로 사업. 현실 세계에서는 국영 사업으로 되어 있는 사업이기에 일반인이 할 수 없는 부분이었다. 하지만 이곳은 달랐다.

디르의 말을 들은 법률팀 네 명은 조용히 생각을 하는 듯했다. 그리고 자신들끼리 각자의 생각을 토론하기 시작했다.

그 모습을 보며 디르는 다시금 미소를 지었다. 그리고 의자 깊숙이 앉았다.

도로 사업. 사실 그 통행세로 흑자를 내기란 거의 불가능한 사업이 도로 사업이었다. 현실 세계처럼 차가 있다면 모를까 자동차도 없는 세상에서 도로를 사용하는 일은 확실히 드물 것이다. 물론 물건의 교류가 있으니 많이 움직이겠지만 들어갈 돈에 비해서는 그다지 수익성이 좋은 사업은 아니었다.

거기에다 아크일 산맥을 제외하면 거의 다 평야인 곳이 자하딘인지라 도로의 필요성이 그다지 크지 않았던 것이다. 그냥 아무 곳으로나 질러가면 되는데 왜 돈을 내가면서 도로를 쓰겠는가? 그런 생각이 굳어지다 보니 도시 안을 제외하면 도로가 거의 없는 것이 현재 자하딘 황국 사람들 대다수의 생각이었다.

거기에다가 도로 사업이 한두 푼 드는 사업인가. 국가에서 특별히 프로젝트를 짜서 건설하지 않는 이상 그 자금을 다 투자할 수 있는 사기업은 흔치 않을뿐더러 자금이 있어도 투자하지도 않을 것이다.

하지만 디르는 음침한 미소를 지었다. 역시 이것이 전부는 아니었다. 디르가 돈이 벌리지 않는 곳에 투자할 일은 없을 것이니 말이다.

대충 토론이 끝난 듯 법률팀 네 명 중 하나가 대표로 디르에게 토론의 결과를 말했다.

"법률상으로는 문제가 없습니다. 일반인들의 통행을 무료로 한다면 문제는 더 없을 것입니다."

하얀 턱수염을 멋들어지게 기른 중년 남자는 잠시 말을 끊었다. 그리고 다시 말을 이었다.

"제가 상관할 바는 아니지만… 그다지 수익성이 보이지 않는 사업인데……."

중년 남자의 말에 디르는 피식 웃었다.

"저도 사업가입니다. 수익이 없는 곳에는 투자하지 않습니다. 법률적으로 문제가 없다니 다행이군요. 다른 할 말씀이 없으시다면 나가보셔도 상관없습니다."

디르의 말에 법률 팀 네 명은 자리에서 일어섰다. 그리고 디르에게 간단히 인사를 하고는 회의실을 나갔다. 디르는 그들의 인사를 받고 자신도 자리에서 일어섰다.

"비서, 자하딘 전국 지도 중에 가장 자세한 것을 가지고 와주십시오. 제 사무실에 있겠습니다."

비서는 디르의 말을 듣고 고개를 끄덕였다. 디르는 그것을 보고 회의실을 나왔다.

회의실을 나와서 자신의 사무실로 걷는 동안 디르는 곰곰이 생각해 보았다. 자신의 예상대로라면 충분히 가능성이 있는 사업이었다.

도로 사업만으로 돈을 벌 생각은 없다. 도로 사업은 그저 기반 사업일 뿐이다. 정말로 돈을 벌 수 있는 사업은 운송업이라고 디르는 생각했다.

운송업이라고도 따로 분리되어진 사업. 하지만 그 맥을 따지자면 고객에게 멀리 있는 물건을 가져다 주는 사업이니 서비스업이라고 할 수 있었다.

디르는 거의 확실하게 성공을 장담했다. 아예 도로를 자하딘 전역에 거미줄같이 깔아버리는 것이 디르의 목적이었다.

사무실에 들어온 디르는 다시 커튼을 다 쳤다. 또다시 사무실이 어두컴컴해지며 자연스럽게 악당 모드를 연출했다. 자기가 무슨 어둠의

자식인지 뭔지 디르는 어두운 곳에서 음모를 꾸며야 제대로 된 음모가
완성된다고 생각하는 녀석이었다.

디르는 차분히 의자에 앉았다. 그리고 그런 디르의 머리 속에 어린
시절 책 한 권 읽을 때마다 500원을 준다고 해서 읽어두었던 동화(?)
하나가 떠올랐다.

옛날 옛적에 입국이와 도조가 살았어요.

똥구녕이 찢어지게 가난했던 쌀씨 집안의 도조와 나름대로 살던 독
씨 집안의 입국이는 바로 옆집에 살고 있었어요.

도조를 불쌍히 여긴 입국이는 도조가 굶을 때마다 쌀을 주었어요.

그러던 어느 날 도조의 부모님이 돌아가시게 되었어요. 그래서 입국
이의 아버지는 도조를 양자로 들여서 같이 키우셨어요.

한 어두운 저녁, 불도 안 켜고 도조는 자신의 방에서 곰곰이 생각을
했어요.

'독씨 집안의 재산을 내가 뺏을 수 없을까?'

어두운 천장을 보면서 곰곰이 생각을 하던 도조의 머리 속에 독씨
집안의 하인으로 있는 완용이가 떠올랐어요.

그 다음날 입국이의 아버지는 독을 먹고 돌아가셨어요. 그리고 완용
이는 입국이가 범인이라고 했어요.

입국이는 누명을 쓰고 독씨 집안의 하인이 되었어요. 그리고 독씨
집안의 재산은 도조가 물려받았어요.

도조는 떵떵거리면서 살았어요. 하지만 어느 날 저잣거리에서 대판
싸우다가 얻어터져서 고을 원님에게 재판을 받으러 갔어요. 그리고 독
씨 집안의 재산을 빼앗은 것까지 들통이 났어요.

알고 보니 고을 원님 나라는 도조의 사촌이었어요. 쌀씨 집안에서 자수성가한 쌀나라는 출세해서 원님까지 된 것이었어요.

주위의 눈이 있는지라 입국이는 다시 자신의 재산을 찾았어요. 그리고 도조는 다시 옆집에 살게 되었어요.

어느 화창한 날 도조는 입국이의 어미 소 한 마리를 보았어요. 비쩍 마른 '독도' 라는 소인데 송아지가 엄청 많아서 그 독도만 빼앗아 오면 그 송아지들은 동물 관리법상 같이 빼앗을 수 있는 것이었어요.

도조는 급히 자신의 방으로 가서 차양(遮陽:커튼)도 치지 않고 곰곰이 생각을 했어요. 자신이 아직 독씨이니 그 어미 소를 가질 수 있다고 우기면 될 것 같은 생각이 들었어요. 거기에 이름까지 그것을 증명하는 듯했어요.

하지만 머리가 굵어진 입국이는 이번에는 당하지 않았어요. 그래서 도조는 땅을 치면서 후회를 했어요.

'차양을 쳤어야 했는데!'

디르는 씨익 미소를 흘렸다. 그리고 이 이야기의 교훈을 다시 떠올려 보았다.

교훈:음모를 꾸밀 때는 커튼 치는 것을 잊지 말자.

디르는 커튼이 제대로 쳐져 있는지 다시 한 번 보았다. 제대로 쳐져 있었다. 디르는 안도의 미소를 지으며 의자에 등을 대고 편하게 앉았다.

어두운 사무실에서 디르의 두뇌가 빠르게 굴러가기 시작했다. 운송업에 관한 손익 계산을 철저하게 하고 있는 것이었다. 돈에 관한 한 디르의 두뇌는 디르에게 매우 협조적이었다. 보통 때와는 다르게.

디르는 그런 녀석이었다. 그런 디르의 입꼬리가 슬금슬금 올라갔다.

『디넬라인』 2권에 계속…

무한 상상 · 공상 세계, 청어람 신무협&판타지

『신마대전』,『투마왕』의 작가 김운영
세간에 화제를 불러온 최신 기대&화제작!!

흑사자(黑獅子) / 김운영 지음

세상에는 수많은 강자가
존재한다.

『흑사자』
(黑獅子)

한 자루 검으로 거대한 마물을 능히 상대할 수 있는 소드 마스터.
마나를 자유롭게 다루어 온갖 신비한 힘을 발휘할 수 있는 대마법사.
신의 선택을 받아 기적 같은 신성력을 행하는 고위성직자.
단신(單身)으로 국가의 운명에까지 영향을 미칠 수 있는 자들도 있다.
그러나 이들도 어렸을 때에는 약했다.

인간인 이상, 태어나서 십몇 년간은 성인의 힘을 이길 수 없다.
강해진 자들은 하나같이 오랜 세월 동안 남들이 이해하기 힘든
노력과 경험을 쌓아온 자들이다.

그러나 난 달랐다. 난 어렸을 때부터 강했다.
내게는 그 어떤 수련도 경험도 필요없었다.

난… 사자다.

청어람 판타지 장편소설

예측불허(豫測不許)!!

슬레이브 마스터 / 어두미 지음

상상하지 말것!
어디로 튈지 모른다!
『슬레이브 마스터』

그가 원하는 것

- 써도 줄지 않는 돈과 권력, 폭력, 힘, 그리고, 사랑.

그가 좋아하는 것

- 살을 찢고 온몸을 붉게 장식하는 광경, 뼈가 부러지고 으스러지는 소리,
  처절한 비명과 식욕을 돋우는 피냄새, 마지막으로 처절하면서 감미로운 복수.

"나를 죽이지 못한 고통은 도리어 나를 강하게 만들 뿐.
그걸 잊지 마라. 노예왕을 만든 것은 너희들이라는 것을."